150—

ANDAMOS HUYENDO LOLA

NUEVA NARRATIVA HISPÁNICA

JOAQUÍN MORTIZ · MÉXICO

ELENA GARRO

Andamos huyendo Lola

Primera edición, julio de 1980
D. R. © Editorial Joaquín Mortiz, S. A.
Tabasco 106, México 7, D. F.

ISBN 968-27-0129-5

Detrás de cada gran hombre hay una gran mujer y detrás de cada gran mujer hay un gran gato.

HELENA PAZ

EL NIÑO PERDIDO

Ya tardeaba y yo iba caminando bien asustado "¡Caray!, mi casa está muy lejos" me dije y me acordé de mi santo papá dándome una de esas chicotizas en las que se regocijaba tanto. También me acordé de mi mamá, nomás mirando... "Yo no regreso, nunca me quisieron... tampoco me quiso mi señorita de quinto año, no apreciaba mis trabajos de geografía, ni siquiera los de Historia Patria. No le gustaba ¡ninguno!" En la mañana abandoné mi casa para siempre, vi su puerta pintada de azul y le dije: "Adiós, para siempre adiós..." es triste decirlo, pero así sucedió y en vez de ir a la escuela agarré camino y me fui anda y anda por la ciudad. En Bucareli me encontré con muchos fugados iguales a mí y con disimulo les pregunté: "¿Qué hacen?" ellos me miraron del lado y se rieron: "¿No lo ves? andamos de periodistas" me contestaron y se pusieron a gritar "¡Extra!... ¡Extra!" otros estaban comiendo unos tacos que me ganaron la vista y el estómago. "¿Andas huido?" me preguntó un grandote dándome un empujón. "La verdad sí, ando huido..." el grandote me miró de reojo "¿Qué te robaste?" me preguntó. "Yo nunca he robado nada" contesté. Y era la pura verdad. Me sabía muy bien el Catecismo y los Diez Mandamientos y en el único con el que no estuve, ni estoy de acuerdo es con ese de: "Honrarás a tu padre y a tu madre." La vida es injusta hasta en los Diez Mandamientos. Yo siempre honré a mis padres, quiero decir, que aguanté sus palizas y sus borracheras. ¿Pues qué no iba yo a las cantinas a buscar a mi papá? Pero, ellos no me honraron a mí, de seguro porque falta el Mandamiento de: "Honrarás a tus hijos." Se ve que ese Mandamiento se le pasó a Nuestro Señor Jesucristo y así se lo dije en confesión al señor cura, que se me quedó mirando, mirando y luego me llamó aparte para consolarme y decirme que Dios siempre honra a sus hijos y que todos, hasta mis padres, somos hijos suyos. Yo moví la cabeza, no era justo que mis padres y yo tuviéramos el mismo rango y el señor cura me dijo: "No olvides nunca que los niños son los elegidos del Señor." Ya sabía yo, que yo era su elegido... pero tanto cintarazo me dio mi padre que acabé por aburrirme. De noche, arrinconado en mi catre yo le pedía: "Seca su mano, Señor Jesucristo" y ¡nunca se la secó! Me gustaba imaginarlo con su mano seca como un palo, alzada con el cinturón y él nomás mirándola... pero Nuestro Señor no quiso hacerme el milagro y me fugué esa famosa mañana. Crucé muchas calles llenas de coches verdes, azules, colorados, amarillos, blancos, con sus defensas de plata reluciente y fue en Juárez donde me detuve, para ver pasar a una caravana de coches negros, con sus vidrios negros y hartos motociclistas con sirenas. "Ya se murió el Presidente de la República y ahí lo llevan a enterrar." "¿Y las flores?... de seguro que a los Presidentes los entierran sin flores y con sirenas", me dije y se lo comuniqué a un señor de chamarra, que me miró con desprecio. Quise explicarme: "Es que los Presidentes no son como nosotros..." le dije. "Es un Secretario que va a su Secretaría", me contestó y se dio de golpes en las canillas con su periódico. Ese fulano no tenía ganas de platicar conmigo y agarré y me largué de la avenida Juárez, pues mientras más me alejara de mi casa más seguro me hallaba. Entré a unas calles en las que casi no había tiendas, sólo casas grandes con jardines y rejas. "¡Caray! ¿quién puede vivir en semejantes casas?" me pregunté. ¡Quien sabe! Mi papá decía que el gobierno y a lo mejor era verdad, pues el gobierno es todopoderoso y muy omnipotente. Mis padres nunca salieron de su dichoso barrio del Niño Perdido... y ahora que lo pienso me va bien el nombre y se han de estar acordando de mí, porque yo soy el niño perdido... Pero, no como me decía mi papá: "¡Perdido!... ¡Sinvergüenza! ¡Ojalá y que nunca hubieras nacido!" y luego ¡Zas! y ¡Zas! y ¡Zas! zumbaban los cinturonazos y yo me encogía en el suelo y mis lágrimas me dolían al salir y al correr por mi cara. Sí, en mi casa estaba yo muy perseguido y me escondía en un rincón oscuro a pedirle a Nuestro Señor que le secara la mano a ese individuo, pero Dios dispuso de otro modo y ahora soy el designado por mi calle: el Niño Perdido. Ya pardeaba y tenía miedo de que me agarraran los Granaderos o los Azules. "Oye tú, ¿qué andas haciendo por estos alrededores?" me dirían. La tierra sólo se abre cuando hay temblores fuertes y si cuando me hicieran la pregunta, no se venía uno de esos terremotos y me tragaba la tierra, estaba yo ¡perdido! De seguro que me hubieran llevado a una bartolina, de las que nos hablaba en la escuela mi señorita de quinto año, y que están ahí desde los remotos tiempos de Don Porfirio. Muchas veces me pregunté por qué mi señorita le tiene tanto miedo, si según tengo entendido o tal vez me equivoco, Don Porfirio ya está difunto. ¡Tuve mala suerte acordándome de Don Porfirio! se me figuraba que salía de cada casa grande o que iba siguiéndome en un coche, o si no era él, sería alguno de sus esbirros, como decía mi señorita, y me dio el escalofrío. Esa calle me daba desconfianza y comencé a sudar y a sudar y apreté el paso. Detuve a un niño que andaba jugando por ahí y apenas le pregunté: "Oye mano ¿cómo se llama esta calle?" lo llamó una señora que estaba agarrada a unas rejas: "Lindo, ven aquí. ¡No me gusta que hables con pelados!" El niño alcanzó a decirme: "Es la colonia Anzures" y también alcanzó a sacarle la lengua a su mamá antes de obedecer su orden. A lo mejor me lo encuentro un día voceando la "Extra" en Bucareli... aunque yo no lo vendo, ni paso nunca por ahí, pues he sabido que hacen muchas redadas. ¡Quién me hubiera dicho que en esa misma calle curva sembrada de palmeras y de jacarandas iba yo a encontrar mi suerte! La vi venir, ¡eran dos! Una vestida de color de rosa y la otra de azul con cuello blanco de encajitos. Las dos eran güeras, sólo que una de ellas todavía iba a la escuela y la de rosa era su mamá. Así se me figuró y así resultó.

—Señora, lléveme a su casa... —le supliqué a la de rosa. La señora se me quedó mirando, se echó unas mechas güeras hacia atrás y luego comenzó a reírse. Me dirigí a su hija que tenía unos ojos grandes y muy compadecidos.

—Dígale a su mamacita que me lleve a su casa... no tengo casa, ando perdido y tengo mucho miedo. ¿No ve que ya está cayendo la noche?

La señora se agachó para divisarme bien y volvió a reírse con más ganas.

—¡Mira, pues estamos igual! Tampoco nosotras tenemos casa y también tenemos miedo —me dijo muy alegre. ¡No le creí! ¿Cómo una señora tan güera y tan elegante no iba a tener casa? Agaché los ojos y vi unas hojitas caídas en el suelo, que enmedio de las sombras brillaban como moneditas de oro y escuché decir a la colegiala:

—Es verdad, no tenemos casa... y tenemos miedo...

—No nos crees. ¿Cómo te llamas? —preguntó la señora.

—Faustino Moreno Rosas —contesté y se me olvidó aquello que le decía a mi señorita: "para servir a usted." Pues ¿de qué le iba yo a servir a esa señora y a su hija? ¡De estorbo!

—Ando cansado, he caminado todo el santo día...

—También nosotras hemos venido a pie hasta acá —dijo la hija de la señora.

—No nos crees, Faustino. ¡Pues ven con nosotras para que veas que no te engañamos! —dijo la señora.

Me fui con ellas muy gustoso y los tres comenzamos a reírnos porque yo no les creía. Y mientras menos les creía más gusto nos daba y más nos reíamos. Nos detuvimos frente a una casa grande y nos abrió una criada. Entramos y cruzamos un patio muy suntuoso, no como el mío y nos dirigimos a otra casa más chica que estaba en el fondo: "Vamos al estudio de Pablo" dijo la señora y abrió la puerta y entramos a un salón de billar muy grande, en el que también había una mesa de ping pong, igual a las que salen en la Televisión. Subimos una escalerita y llegamos a una sala muy grande también, en donde había sillones de cuero y hartos libros. No estaba toda iluminada, sólo había una lámpara verde y el tal Pablo, un anciano, sin pelo y metido en una camisa a cuadros.

—¡Hombre! Leli ¿qué haces por aquí? ... ¿y éste quién es? —dijo señalándome.

—Faustino. Un amigo que no me cree que no tengo casa. ¿Quieres explicárselo? —dijo la señora. El anciano se llevó las manos a la cabeza: "¡Vas a meterte en otro lío con este mocoso! ¡Claro que no tienes casa! Y no digas nada. Tú tienes la culpa. ¿De dónde sacaste a éste? ¡Nunca vas a entender! ¡Nunca!" y dio media vuelta y se dejó caer en un sillón.

Una cabeza como de mujer, se asomó por un sillón y dijo: "Es increíble que no entiendas. ¿No tienes ya bastantes problemas?" Era mujer, sólo que con los pelos rapados no se notaba bien. "¡Ha de haber tenido tiña, de seguro!" me dije, cuando la vi alzarse, metida en su vestido café con tirantes, y ¡bien descriada, bien fea! y preferí mirar al suelo. Era verdad que la señora Leli no tenía casa y que iba allí a pedir posada. "Hemos pensado que si traes una cama al cuarto de criados podemos recibirte ..." comenzó el anciano, pero la tiñosa interrumpió: "¡No, no, papá ...!" y se me quedó mirando y de seguro leyó mis pensamientos y puso una vocecita muy cambiada: "¿Cómo se te ocurre ofrecerles el cuarto de criados? ... habrá que pensar en otra habitación ..." y se arregló los tirantes y enseñó sus dientes, para que creyéramos que iba a ofrecernos un buen alojamiento. El anciano miró a su hija, agarró un vaso de licor y dijo: "Lo dejo en tus manos Artemisa ... este problema me está volviendo loco." Nunca había yo oído que alguien se llamara ¡Artemisa! "No es nombre cristiano" dije para mí y me la quedé mirando, mirando, era bien chaparrita y usaba zapatos de hombre para acabarla de amolar. Me dio coraje que la señora Leli y la señorita Lucía no se dieran cuenta de que nunca iban a darles el hospedaje que pedían. "Ya está rete oscuro, mejor vámonos", dije varias veces y nos fuimos, dejando al anciano agarrado a su vaso, mientras que su hija nos llevaba hasta la puerta, mirando al suelo con mucha modestia: "¡Cómo lo siento! Llama mañana ..." dijo.

La calle estaba muy oscura y nos fuimos caminando

La señora iba contenta: "¡Qué simpático es Pablo, da gusto encontrar amigos en estos momentos! ¡Lástima que no tuvieran lugar para nosotras!", iba diciendo. "¡De tener cuarto, tenían! Lo que no tuvieron fue voluntad" dijo enojado. Lucía me agarró de un hombro.

—¿Tú crees Faustino que no tuvieron voluntad? —preguntó muy asustada.

Me vi en la obligación de repetir lo que ya había dicho. "¡Es bien mala esa Artemisa! Tiene mirada de muerto" le dije, pues me acordé de cómo miraba don Lupe, en el día que lo mataron enfrente de mi casa. La señora dijo: "Lucía, desde ahora no haremos nada sin consultarlo con Faustino." ¡Y así fue, tal como lo dijo!

Ya noche llegamos al hotel en el que se hospedaban. Yo nunca había estado en un hotel y palabra, ¡que me gustó! Aquellos fueron días gloriosos. Ese hotel estaba atrás de un parque donde estaban construyendo el edificio más alto de todo México. Al ir llegando, nada más vi muchos picos negros de hierro, pero ni me fijé en ellos por ver la puerta iluminada del hotel.

—Buenas noches. ¡Da gusto llegar! —dijo la señora a un hombre alto con pantalón de rayas grises y chaqueta negra, que me miró un poco feo... pero no me importó mucho.

El cuarto eran dos cuartos, uno más arriba y otro más abajo, separados por unas cortinas verdes. En el de abajo había sillones, un diván, según me explicó Lucía y una Televisión. En el de arriba estaba una cama muy blandita y un escritorio mejor que mi pupitre de la escuela. También había un baño y una cocina muy elegante y junto una mesa redonda.

—Tú vas a dormir en el diván —me dijo Lucía y encendió la Televisión.

En eso oí a la señora: "Serafín... Serafín... en dónde te has metido?", me puse alerta y miré a la señora que andaba cerca de la cocina. De allí sacó a Serafín, un gatito güero, que les daba un aire de familia y que se sentó con nosotros a ver la Televisión. Lucía agarró el teléfono y pidió comida, yo me quedé esperando a ver si era verdad

14

y cuando llamaron a la puerta la señora me metió en el baño.

—Veo que tienen muy buen apetito ¡tres langostas y cuatro arroz con leche! —dijo un hombre, al que alcancé a ver por la rendija.

Cuando se fue, nos sentamos a la mesa y quedé muy satisfecho. Me gustó la carne a la tampiqueña, la langosta, la ensalada y el arroz con leche. Luego, nos echamos a ver la Televisión, estábamos contentos, cuando vi aparecer mi retrato en la pantalla: "El niño perdido Faustino Moreno Rosas. Sus padres piden a las personas que lo vean, que den aviso al 5-89-000. Lleva una camiseta de color naranja y unos pantalones de mezclilla."

—¡Carajo! ... dieron el número del estanquillo —dije y sentí que se me cayó algo adentro, como esas cosas que se caen cuando hay terremotos.

—Te están buscando ... —dijo Lucía.

—No salgas hasta que tengamos dinero para comprarte otra ropa —dijo la señora muy tranquila.

—¿Y si me encuentran? ... —y me acordé del hombre del pantalón de rayas grises.

—¡Qué te van a encontrar! ¿Han encontrado a Serafín? —me preguntó la señora.

No pude ya ni ver la película, pero muy tarde me vi otra vez en la Televisión. Esta vez también estaban mis padres y llorando los muy ¡payasos!

—¡Órale! llorando, buscando la compasión. ¿Y cuando me daban los cinturonazos? —dije.

Nos dormimos muy tarde, pero bien. Andábamos muy cansados.

Pasamos unos días muy buenos, comíamos bien y a nuestra hambre, veíamos la Televisión y jugábamos con Serafín. Siempre digo: "Aquel que no haya conocido a Serafín, no sabe lo que es un gato." ¡Tan alegre, tan cortés, con su nariz igual a un botón de rosa y sus manitas enguantadas de blanco! En el convento las monjitas lo querían mucho y él jugaba en el jardín, hasta que lo espantó un tamaño perrazo, que se metió sin que lo notáramos y mientras que la Madre Esperanza estaba ense-

15

ñando el piano a las pobres huerfanitas que vivían allí. Después del perro, Serafín prefirió jugar en la Capillita o en el piano, mientras nosotros bebíamos una tacita de manzanilla, para recogernos la bilis. Parece que siempre hay alguna bilis que recoger y Serafín, también bebía su tacita. Mejor no me acuerdo de él...

En el cuarto, me metía debajo de la cama cuando llegaban las criadas: "No se molesten, así está bien les decía la señora si querían meter la barredora. Supe que ellas también andaban huidas y que no tenían casa ni dinero.

—¿Crees que la policía sabe que estamos aquí? —preguntaba Lucía mientras mirábamos la Televisión.

—¡Claro que no! ¿No te acuerdas de que aquí hacíamos las juntas? A poco crees que el Administrador Camargo no sabe quiénes somos. Di un nombre falso para cubrirlo, si la policía nos descubre —contestaba la señora muy tranquila.

—¿Camargo es el chaparrito o es el alto? —pregunté.

—El chaparrito —contestó la señora.

Era el alto, el que me había mirado feo, pero yo estaba al alba con los dos y cuando salíamos al oscurecer para ir a la Estación a vernos con la Colorada, yo pasaba haciéndome el disimulado, aunque poco vale hacerse el disimulado cuando uno se enfrenta a gente mala. ¡Caray! la Estación estaba bien lejos y nos íbamos anda y anda y anda... Nunca he visto a nadie tan alta y tan derecha como la Colorada. Ni tampoco he escuchado sueños más bonitos que sus sueños. ¡Palabra que me hubiera gustado soñarlos! Pero, yo no tengo suerte con los sueños, en ellos siempre me persiguen y siempre me quedo como paralítico, tal como yo le pedía a Dios que dejara la mano de mi papá y me despierto sudando. En cambio la Colorada soñaba con una viborita de plata que tomaba el sol en su tejado y a veces era un corderito y a veces una vaca, pero, ¡eso sí! siempre de plata, siempre amable. Yo nomás escuchaba sus sueños y no me importaba que de repente me mirara y dijera:

—Y tú, caprichoso, ¿cuándo regresas a tu casa? Ya he visto a tus pobres padres en la Televisión, llorando por ti.

—No me importa que los vea. No los ha visto borrachos y golpeándome.

—Ya me los puedo imaginar. Óyeme, Leli, qué malas costumbres tiene nuestro triste pueblo mexicano. ¿No te parece?

Y la Colorada nos invitaba chalupitas en una fonda frente a la Estación. Ella se hospedaba en un hotel muy distinto, allí los pisos eran de mosaico y en los cuartos había camas de hierro con colchas azules. Aprendí muchas cosas y entre otras que a la Colorada la nombraban así en el Norte, porque a los diecisiete años, la agarró la Policía junto con unos amigos amotinados que andaban trabajando en los campos de algodón.

—¡Sí, mocoso, nos sublevamos! ¿Y cómo se vive mejor que sublevado? A ti te gusta decir que sí a todo, eres un buen chilango. Nosotros no somos así, a ver si aprendes a ser más hombrecito —me contestó, echándome encima sus ojos tan grandes como los de una artista de cine, sólo que verdaderos, pues ya se sabe que los de las artistas son falsos. Esa noche, la Colorada estaba pensando en que la señora no tenía dinero para pagar el hotel donde nos alojábamos.

—¡Caray! Te digo que nos jalemos para el Norte. Acá son tan tarugos que desprecian a la mujer que vale. Ya sabes que por allá es distinto. Allá nadie te agarra. ¿Pudieron la otra vez? pues ahora es igualito.

Yo no sabía lo "de la otra vez" pero mucho me hubiera gustado que nos fuéramos al Norte. ¿Y qué tal si nos mudábamos al hotel en el que se alojaban los norteños?

—¡Mira, ya habló otra vez esta tarugada! Las tarugadas no hablan. ¿Quieres que estos chilangos nos agarren a ella y a todos sus amigos? —preguntó la Colorada dándome un manotazo.

—¿No te parece que esta tarugadita te puede poner los esbirros en tu espalda? —preguntó la Colorada.

¡Los esbirros! y traté de mirar para ninguna parte. Cuando ya nos íbamos, la Colorada le dio dinero a la señora y le dijo:

—Ten, para que agarres un taxi, no sé, pero tengo un

mal pálpito. Mañana, voy a buscar a ese vago, para ver si ya te vendió las cosas con el fin de que pagues el hotel y te mudes.

Sus palabras nos dejaron sobrecogidos y esa noche nos atrancamos en el cuarto del hotel. Antes de dormirnos dijo la señora:

—Creo que la Colorada exagera un poco, pero sería bueno que se hubieran vendido la jarritas de plata... bueno, ¡vamos a rezar!

Encendió la luz, sacó de su bolsa "La Magnífica" y los tres la rezamos muchas veces.

—Así, ya no nos pasa nada —dijo la señora.

Esa noche Serafín se pasó a mi diván y se acostó sobre mi pelo, en vez de acostarse sobre el de la señora Leli. Yo soñé que Serafín se había vuelto de oro y que revoloteaba entre las nubes y desperté muy satisfecho. "Glorifica mi alma el Señor y mi espíritu se llena de gozo" repetimos Lucía y yo toda la mañana y toda la tarde, mientras esperábamos que la Colorada nos dijera si ya se habían vendido las jarritas. ¡Dichosas jarritas! Nunca llegué a verlas, pero tengo entendido que eran muy plateadas, muy brillantes y con mucha agua fresca para la señora, Lucía, Serafín y yo. Comimos en el cuarto y jugamos con Serafín, que también saboreaba gustoso la langosta y para ese día, que no sabíamos que iba a ser tan señalado, le pedimos una enterita para él solo. Y Serafín se pasó jugando con las patas anaranjaditas de su langosta mucho rato y luego se subió corriendo a las cortinas y quién sabe por qué, cuando la noche comenzó a hacerse muy oscura Serafín dejó de jugar y se arrimó a nosotros, que nos fuimos quedando tristes y nada más mirábamos las patitas esparcidas de la langosta del gatito.

—Pide la cena... —dijo la señora y Lucía obedeció y agarró el teléfono.

—Dicen que la Policía está abajo y que no nos suben cena... dicen que si intentamos fugarnos nos disparan —explicó Lucía cuando colgó el teléfono.

—¡Pobres diablos! —contestó la señora.

Cogió el teléfono y pidió un número. La oí decir:

"¡Oye tú, soy yo!... ¡no hables, me acaban de decir que abajo está la Policía!... ¿cuál Policía?... ¡yo que sé! ¡hay tantas!... No, no vamos a salir, pero ya sabes, avísale a quien ya sabes..." y colgó el teléfono muy tranquila.

—Ya vienen la Colorada y sus amigas —nos dijo.

—¡Mamá!, ¿le hablaste a ella?... —preguntó Lucía que se había puesto tan blanca que me asustó.

—¡No! le hablé a la del tendajón para que le avise... estoy pensando que ella tiene razón: quieren quedarse con "los conejos".

Lucía corrió al armario y sacó dos abrigos de pieles y dijo: "Aquí están. ¿También nos van a quitar esto?"

La señora me llamó y me puso un abrigo encima del otro: "No, te quedan demasiado grandes... qué lástima... tengo una idea" y entonces me puso zapatos de tacón alto, pero tampoco le pareció: "Es inútil no tienes el tipo, no te van..." dijo y se dejó caer en el diván. Yo me quedé con los abrigos y los zapatos puestos: "¡Palabra que no es justo que agarren a una señora tan buena y a su hija tan seriecita y tan alegre!", me dije y luego pregunté: "¿Y también van a agarrar a Serafín?"

—¡También! —contestó la señora y comenzó a fumar con ansias.

—¡Pinche gobierno! —gritó Lucía.

—¿Pinche?... ¿pinche?... yo diría más bien ¡cabrón!, perdonando la palabra —dije, al recordar que mi papá así lo nombraba cuando estaba borracho y cuando no lo estaba. ¡En eso sí, él nunca varió de palabra! Serafín se puso contento cuando hablé mal del gobierno y vino a acomodarse junto a mí. Tenía yo ansias de ver a la Colorada, ¿qué íbamos a hacer si no llegaba? Pero no subió la Colorada. Una señorita llamó de abajo y dijo: "¡Subo ahora mismo!" Tocó tres veces en la puerta y abrió Lucía. Vi a una joven muy bella, muy bien vestida, con las mejillas muy encendidas. "Soy Alma... no me conoces, soy tu abogado, ningún hombre quiso venir. ¡Ya sabes qué valientes son nuestros hombrecitos! ¡A ver quiero esos "conejos"! —dijo entrando.

Lucía me los quitó de encima y se los entregó. Me fijé

19

que estaba tan blanca que a mí se me aflojaron las rodillas.

—¡No se asusten! Abajo está la Policía pero también está la Colorada y está Ángeles, pero no la nombren. Hagan como si no la conocieran, ya saben que mañana lanza su candidatura para Diputada. Con la Colorada sí pueden hablar. Bueno, hay que salir y evitar que vengan ellos a agarrarlas... —nos dijo y clavó sus ojos de muñeca en el suelo. ¡Estaba bien triste! pero no acobardada.

La señora me llamó aparte:

—Ya oíste, Faustino, nos llevan presas. ¡Escúrrete! y si te detienen dí que sólo pasaste aquí unos días. Dí la verdad, con la verdad te salvas —me dijo la señora con mucha tristeza.

—¡Ni Dios mande que vaya yo a decir la verdad! ¿No ve que la acusarían de rapto de menor? Si algo me preguntan diré que vine de visita o que vine a... pedir limosna —dije con harta pena.

—Mientras nos llevan, tú te vas a tu casa —me ordenó la señora.

—¡Eso sí que no! Yo no las dejo, prefiero irme a la cárcel con ustedes... —contesté.

—Bueno... vamos. A ver si no te perjudica que tengan tus huellas en la Policía —dijo la señora.

Almita abrió la puerta y salimos a entregarnos a la justicia. No vimos a ningún policía. Bajamos en el elevador y yo nomás miraba a Lucía, que iba ¡bien blanca! y a mí se me volvieron a aflojar las rodillas. ¡Nunca pensé que acabaría yo preso en compañía suya! La señora llevaba abrazado a Serafín, que también iba a entregarse a la justicia. Apenas se abrió el elevador, una nube de hombrones nos cayó encima. Igualito que en las películas. Vi entre ellos, al tal Camargo y a su amigo el alto. El tal Camargo apuntó a la señorita Alma:

—¡Esa mujer lleva un abrigo puesto y otro en el brazo! —gritó.

Dos hombres quisieron agarrar a Almita, pero ella se quedó como una estatua del Paseo de la Reforma y sin mirarlos les dijo:

—¡Sinvergüenzas! ¡Cobardes, estos abrigos son míos! —y se salió a la calle y se los pasó a la Colorada en un momento.

Los hombres por mirarse asustados, no la miraron.

—¡Llévenla a ella también! —ordenó Camargo.

Los hombres creyeron que hablaba de la señora y a ella se dirigieron, pero la señora los esquivó:

—Sé caminar sola —dijo y salió con Serafín.

Cuatro hombrones agarraron a Lucía que se dejó llevar con tamaños ojos abiertos. A mí nadie me miró y salí a la calle. ¡Qué despliegue de fuerzas! hubieran dicho los periódicos. Había una fila de coches y dos carros de granaderos. ¡Caray! ¡llevaron hasta granaderos para nuestra aprehensión! Enfrente, en lo oscuro del parque, estaban Almita, la Colorada y otra señora, de seguro la tal Ángeles y cuando las miré, me hicieron señas de que me callara, de modo que sin decir una palabra me encontré adentro de un carro de granaderos en compañía de Serafín, Lucía y la señora. ¡Son grandes los dichosos carros de granaderos y tienen banquitas adentro, para que uno vaya cómodo! También iban junto a nosotros algunos granaderos con sus cascos puestos, que nada más nos miraban y nos miraban. Arrancó el carro y se fue quién sabe adónde. La señora iba bien seria y Serafín bien alerta, yo me junté a Lucía y le dije con mis ojos: "Nos llevan presos" y ella me contestó con los suyos: "Nos llevan." Me dí cuenta de que es bien triste ir preso, no se puede decir ni una palabra y le pregunté a Lucía "¿Y quién nos lleva presos?" y ella me contestó: "El gobierno . . ." ¡Caray, qué gobierno tan cabrón! hubiera dicho mi papá de hallarse allí con nosotros, pero Dios quiso que él no fuera a la cárcel: "De seguro que ya regresó a la Televisión a hacer rodar sus lagrimitas" me dije. No daba bien en la Televisión, tampoco mi mamá, pero con el motivo de mi fuga no salían de allí y se andaban haciendo los artistas. Iba yo a reírme, cuando vi la cara de uno de los granaderos, que me miraba bien fijo. Entonces, me puse serio y suspiré hondo y dije: "¡Qué mala suerte!" porque vi a la señora medio triste y ella contestó: "Bastante mala..." y ni Serafín ni Lucía dijeron nada. Cuando se detuvo el carro, abrieron las puertas de atrás y nos ordenaron con tamaño vozarrón: "¡Bajen!" y bajamos.

Estábamos en una calle bonita, frente a otro parque y allí se hallaban ya los otros carros de los granaderos y los coches de Camargo y de los policías de la Secreta. La Comisaría estaba bien iluminada con faroles, era grande y nosotros estábamos bastante destanteados. Enfrente, se agrupaban: Alma, la Colorada y Ángeles, y como iba a ser diputada, Ángeles se nos escondió entre los árboles para que los policías no la reconocieran. Almita vino corriendo, ya no traía los "conejos", venía a cuerpo.

—¡Entren!... ¡Entren! —nos ordenaron.

Entramos a un patio y de allí a unas oficinas con barandales de madera en donde había jueces y muchos acusados. El tal Camargo se abrió paso a codazos y todos nos miraron: "¿Y éste qué se trae?" dijeron los que ya estaban allí. Nos vimos en una sala, frente a una barandilla y hartos escribanos que escribían a máquina y que dejaron de escribir apenas nos vieron. Los granaderos se quedaron en el patio y el tal Camargo, en compañía del otro, del pantalón rayado, comenzó a gritar:

—¡Señor Juez!... ¡Señor Juez!... —pero el Juez siguió agachado leyendo unos papeles, mientras que nosotros empujados por Camargo, comparecimos ante él.

Me fijé muy bien en los de la Secreta, que también entraron y se pusieron muy arrimados a la pared, como haciendo que estaban y que no estaban. Almita se le encaró al tal Camargo:

—¡Cobarde! ¿Cuánto le pagan por hacer esto? —le dijo.

Camargo dio otro paso y se plantó mero frente al Juez.

—¡Señor Juez! acuso a esta mujer de haberse inscrito en mi hotel bajo nombre falso y con fines delictivos —dijo con una voz tan fuerte que los otros acusados, así como sus familiares, se agolparon atrás de nosotros y la sala se llenó de gente que miraba a la señora Leli, que llevaba entre sus brazos a Serafín y que no decía ni una palabra.

—¡Miente! —gritó Almita.

Pero nadie podía callar al tal Camargo, que estaba bien colorado.

—¡Señor Juez!, esta aventurera, esta mujer carente de escrúpulos, esta extranjera perniciosa, esta enemiga de México, ¡me ha engañado! Se ha inscrito en mi hotel bajo nombre supuesto y ha permanecido allí durante un mes durmiendo, comiendo y escondida para llevar a cabo sus fines criminales. ¡Exijo, en nombre de la Ley, que quede detenida, así como su cómplice, que también lleva nombre supuesto y a quien también acuso de fraude y mala fe! —y Camargo extendió su brazo y señaló a Lucía, que apenas tuvo tiempo para oír tamañas palabras.

Pero el señor Juez siguió mirando sus papeles, y la gente arremolinada junto a nosotros siguió mirándonos, mientras que los de la Secreta, se juntaron más a la pared.

—¡Señor Juez! yo soy una persona honrada que trae una queja contra una extranjera criminal, y usted no se digna escucharme —gritó Camargo.

Fue entonces cuando el Juez, ya un anciano, levantó sus ojos y miró a Camargo y luego a la señorita que cargaba a Serafín y estaba ¡bien callada! Noté que el juez parpadeó muchas veces, cuando vio a la señora y que luego puso su pluma sobre sus papeles y en eso, Camargo sacó un papel y gritó:

—¡Señor Juez! aquí tiene usted la prueba fehaciente de la culpabilidad de esta aventurera. ¡Ha firmado con nombre supuesto en el registro del hotel! —y puso su papel en el escritorio del juez.

El juez apartó el papel de un manotazo y Camargo gritó: "¡Pretende llamarse Inés Cuétara!"

Yo nomás temblaba y temblaba y miraba a la señora que no decía ni una palabra. Fue entonces cuando el juez le preguntó:

—¿Se llama usted Inés Cuétara? —y la miró con lástima.

—Pues, sí y no ... verá usted señor juez: Inés es mi segundo nombre y Cuétara es mi tercer apellido —contestó ella y todos la escuchamos con mucha atención.

—¡Ella misma confiesa su delito! —gritó Camargo.

Almita estaba muy encendida y dio un paso adelante y sus ojos de muñeca echaron chispas.

—¡Yo soy su abogado!

El juez apreció su belleza y le sonrió y le hizo una seña para que hablara después y en seguida le preguntó a la señora:

—¿Y por qué usa usted su segundo nombre y su tercer apellido?

—Pues... porque me da miedo usar mi primer nombre y mi primer apellido —dijo ella muy tranquila.

Camargo aprovechó la ocasión para volver a escandalizar: "¡Criminal! ¡Aventurera! ¡Enemiga de México!" Y ya cuando se calló la boca, el juez le preguntó a la señora:

—¿Y cuál es su primer nombre y su primer apellido?

—Leli... —y la señora se agachó y dijo muy bajito su primer apellido. Yo no alcancé a oírlo pero los borrachos y los otros acusados que estaban mirándonos dijeron: "Ah, con razón, con muchísima razón" y la miraron con tamaños ojos y luego miraron a Camargo y unos le dijeron: "¡Esbirro!" y otros le dijeron: "¡Roto desgraciado!" y la señora se agachó y le preguntó al juez en voz muy bajita pero que alcancé a oir:

—¿Usted no tendría miedo si se llamara como yo?

—En efecto, señora, tendría miedo —confesó el juez y se quedó pensando.

Y Camargo comenzó de nuevo con sus gritos. Entonces, el juez se puso bien colorado y ordenó:

—Un poco más de respeto para la señora Leli. ¡Caramba! Que vengan los peritos. ¡Este individuo está borracho y está insultando a una señora en la misma cara de la justicia!

Camargo se echó para atrás, lo vi asustado, ¡bien asustado! y quiso llamar a los de la Secreta que se apretujaron más contra la pared, pero no tuvieron tiempo de nada, porque tres peritos se acercaron a Camargo y le dijeron:

—¡Eche el aliento!

Y lo echó y ellos dijeron: "¡Borracho!" El juez les hizo

una seña y agarraron al del pantalón rayado: "¡Eche el aliento!" y lo echó y dijeron: "¡Borracho!"

Y entonces todos lo borrachos y sus esposas que allí estaban aplaudieron y comenzaron a gritar: "¡Ora sí, jijos, ya les llegó su hora!"

—Quedan detenidos por insultos a una señora, a su hija y a la autoridad. Además están briagos. Mañana se ventilará su caso —ordenó el juez.

Todos vimos cómo los agarraban los gendarmes y se los llevaban para adentro. "¡Éste sólo es el primer round!" gritó Camargo y añadió: "¡La meteremos al bote!", pero ya no pudo decir nada más pues los gendarmes lo metieron.

—Retírese, señora. Una deuda de dos semanas en un hotel no es un asunto penal —dijo el juez.

—¿Podemos irnos? —preguntó la señora.

Almita la agarró del brazo: "¡Ándale, vámonos de aquí, rápido, que ellos tienen mucha gente detrás!" nos dijo.

Salimos y los borrachos y sus esposas nos dieron la mano y nos echaron hasta la bendición. Cuando estábamos en el patio nos detuvieron dos granaderos y con voz compadecida nos preguntaron:

—¿Y adónde va usted esta noche? ¡Tan sola, con su hijita, su gatito y su mocito! Somos pobres pero si le sirve nuestra casa de cobijo, aunque sólo sea por esta noche, está a sus órdenes... y perdone, nosotros sólo somos unos mandados... y cumplimos...

—¡Vámonos! Yo tengo que entrar para levantar el acta. ¡Dénse prisa! Enfrente están Ángeles y la Colorada de refuerzo. Ángeles tiene los abrigos, pero no la busquen, acuérdense de que mañana se lanza de Diputada —nos dijo Almita, mientras nos iba sacando a la calle y luego se volvió a meter.

Nos fuimos corriendo por calles frescas, con jardines y casas muy antiguas. "¡Insurgentes!... ¿Dónde está Insurgentes?" preguntaba la señora mientras íbamos a buen paso por esas calles empedradas, en las que casi nos caíamos en nuestra huida. Según tenía yo entendido, tanto la señora como Lucía no tenían familia, ¡eran solas en el mundo! Tal vez por eso les cayó la desgracia, eran como yo, que nadie daba la cara por sus vidas. Bueno, como yo no, ¿pues qué no andaban mis padres en la Televisión asomando su cara bañada por las lágrimas? Cuando dimos con Insurgentes ya caminamos menos de prisa. Era muy tarde y casi no había coches, algunos taxis se paraban, pero no teníamos ni un centavo, ni lugar a donde ir y seguimos caminando y mirando para atrás para ver si nos seguían. "¡Vamos a tener que andar toda la noche!" nos dijo la señora. Ya andábamos muy lejos, cuando pasamos por una casa grande. "¿Y si le pedimos posada a tu madrina, nada más por esta noche?", preguntó la señora. "Hace años que no la veo, no nos abrirá" dijo Lucía. "Eso no importa, se ha de acordar de ti" y la señora se detuvo frente a la casa grande y comenzó a llamar al timbre y a gritar: "¡Tacha... Tachita!" le contestó el silencio y siguió: "¡Tacha... ábrenos, sólo por esta noche!" Nos quedamos esperando. Vi cuando se abrió una ventana con rejas enlazadas, que daba derechito sobre la acera y una voz salió muy cerquita de nosotros:

—¡Hagan el favor de largarse! Aquí son desconocidas. La señora está durmiendo —era una voz de mujer muy rara, como de tartamuda, sentí que la voz me caía sobre el pelo y me asusté. "¿Quién es?" le pregunté a Lucía. "Debe de ser Justa, su criada, ya no me acuerdo", me dijo y luego comenzó a gritar:

—¡Madrinaaa!... ¡Madrina! ¿No se acuerda de mí?... ¡Soy Lucía!... ¡Madrinaaa!...

Y nos quedamos esperando, hasta que salió otra voz y dijo desde lo oscuro: "¡Cállate! No puedo abrir. ¡Cállate! ni siquiera sé quién eres" y cerró la ventana.

—¡Ya lo sabía yo! —dijo Lucía.

Nos fuimos y seguimos caminando. "¡Cómo pesa Serafín!" dijo la señora cuando ya íbamos bien lejos de la casa de la madrina. La verdad es que yo nunca había andado tan noche en la calle y para qué negarlo, ¡tenía yo miedo! "A ver si no nos agarran los patrulleros" dijo la señora cuando vimos a un carro de patrulla con su antena alta, que pasó muy despacito echándonos su faro. "sería salir de guatemala para entrar a guatepeor. ¿No les parece?", nos preguntó. "Sí nos parece" le respondimos y seguimos cruzando la ciudad oscura. "¿Adónde iremos?" preguntaba la señora. "Mejor nos hubiéramos ido con los granaderos, si nos iban a agarrar, pues ya nos tenían y si no nos iban a agarrar estaríamos cobijados" dije. "Es verdad ... ¿y ahora adónde iremos?" volvió a preguntar la señora. De repente se acordó de un nombre: "¡Elíseo!" Lucía se animó y dijo: "Sí, Elíseo vive solo y es muy bueno" y nos encaminamos a la casa del tal Elíseo. Llegamos a las cuatro de la mañana. Pero no era casa, era un edificio muy alto y nos vimos en la necesidad de subir andando muchos pisos, por una escalera bien oscura. "¿Quién habrá inventado lo oscuro?" me decía yo, tropezándome con los escalones que no veía. De verdad que esa noche de nuestra detención fue muy larga y muy inmerecida. Ya no teníamos aire cuando un vozarrón preguntó de atrás de la puerta:

—¿Quién es?

—¡Soy yo, Leli, abre! —contestó la señora animada.

—¡Ah! ... no te vayas, ahora mismo abro —gritó el vozarrón muy contento.

Me vi sentado en una salita con faroles rojos y negros adornados con hilitos de oro. También había unas mariposas clavadas con alfileres y metidas en un cuadro y el vozarrón gritaba sentado frente a nosotros.

—¡Pendeja! Te pasó todo por pendeja —y se echaba unas carcajadas tremendas.

Elíseo no era grandote, al contrario, era muy chiquito y gordito, lo único grande que tenía era la voz y sus palabras y sus carcajadas. Estaba muy animado y ni siquiera me miró, nomás miraba a la señora y cuando Lucía quería colocar una palabra la callaba: "¡Jodida! No hables." Sacó una botella de tequila y nos ofreció una copa, fue cuando yo comenzaba a beberla, cuando notó mi presencia.

—¡Ay Dios! ¿Y éste quién es? —preguntó muy asustado.

—Un amigo nuestro, se llama Faustino —dijo la señora.

—¿Faustino qué?... —preguntó Elíseo mirándome con sus ojos negros que me dejaron clavado como a una de sus mariposas.

—Nada más Faustino. No tiene padres, lo abandonaron —dijo la señora.

—¡No me gustas!... no, no me gustas y me parece que te he visto en alguna parte. Sí, en alguna parte —dijo Elíseo sin quitarme la vista.

—¿Por qué no te gusta? ¡Es muy bueno! Y nunca lo has visto —le contestó la señora.

"¿Y si me hubiera visto en la Televisión?" me dije y hasta se me cayó encima mi primera copa de tequila. Elíseo, preguntando, preguntando, supo todo lo de nuestra detención y no me gustó cuando le dijo a la señora: "Eres divina. ¡Simplemente divina!"

—¡Acuéstense aquí! —nos ordenó cuando ya rayaba el día.

Y nos llevó a un cuarto que tenía una ventana a la calle. Elíseo la cerró bien cerrada y se volvió a mirarnos y ordenó: "¡Nunca me la vayan a abrir! Hay corrientes de aire y los vidrios se pueden estrellar."

El cuarto era chico, tenía algunos libros viejos y de pasta roja, leí el título: "La Comedia Humana" de Honorato de Balzac. Resulta que todos eran el mismo libro. En la cama había un colchón quemado, que sacaba harta ceniza si nos movíamos. ¡Pero ni nos desvestimos! Nomás nos echamos a dormir. Temprano nos despertó el vozarrón.

—¡Anda tú, vago de esquina, prepara el café!

"¡Vago de esquina!", dije y fui a calentar el agua para luego echarle "Nescafé". Elíseo dormía en otro cuarto más chiquito y me gritó que allí se lo llevara.

—Oye, tú no vas a quedarte en esta casa. Yo no soy un pendejo como ella. ¡Tú te me largas! —me dijo bebiendo su "Nescafé".

Se lo fui a decir a Lucía y miró para todas partes y me dijo con voz quedita: "Vamos a buscar al Pato." Elíseo llamó a la señora y se sentaron en la salita de los faroles rojos y negros con hilitos de oro. Yo nada más bien "¡Pendeja! no sabes nada. ¡No supiste nada!" Al rato so que le decía a la señora: "¡Chaplin! ¡Eres Chaplin!" y se reía, luego le dijo: "No sabes, ni sabrás nada."

—Y este Elíseo ¿quién es? —le pregunté en secreto a Lucía.

—Pues es un sabio... creo que descubre mariposas y piedras antiguas o algo así —me dijo ella también en secreto.

Estábamos sentados sobre el colchón quemado, aguantando los rayos del sol y con la ventana ¡bien cerrada! tal y como lo quería Elíseo. Los dos teníamos sueño, pero el sabio no quería que durmiéramos. Serían las cuatro de la tarde cuando Lucía y yo fuimos a la salita, entonces vi que Elíseo estaba descalzo con su copa en la mano y hablando de puras tarugadas.

—Mamá, tenemos que ir a ver al abogado —le dijo Lucía como lo habíamos convenido.

—¿A cuál abogado? —preguntó la señora que por estar jugando con Serafín ni siquiera escuchaba a Elíseo.

Lucía se puso bien colorada y miró a su mamá con el mismo enojo que yo miraba a la mía.

—¿Ya se le olvidó señora? Hoy le dieron cita para hacer declaraciones —dije yo echándole un capote a Lucía.

—¡Qué barbaridad! Se me olvidó completamente —contestó la señora que creyó lo que le decíamos.

—¡No vayas a volver a meter la pata! —dijo Elíseo cuando ya estábamos en la puerta.

Nos hallamos en la calle, enmedio de un solazo que nos achicharraba: "¿Y en dónde vive ese abogado? ¿y cómo se llama? ¡Mira que tener que caminar con este sol!" —se quejó la señora que iba cargando a Serafín.

—¡Nada de abogado! Vamos a buscar al Pato —le respondió Lucía muy enojada.

Lo difícil era hallar un teléfono que no costara, pues no teníamos para la llamada. Entramos a muchas tiendas y nos negaron el favor. Fue una viejecita que tenía un tendajón la que nos dejó hablarle al Pato y hasta me regaló un pedazo de piloncillo. "Dice el Pato que esperemos en la esquina", nos comunicó Lucía y nos salimos a esperar. Llevaríamos un buen cuarto de hora cuando se detuvo un ¡tamaño cochecito! ¿Quién hubiera dicho que adentro iban cinco muchachos? Los estudiantes se bajaron para darnos paso y luego se volvieron a subir y al rato, me vi sentado en un café cerca del Paseo de la Reforma y en muy buena compañía. El Pato se retorció el bigote:

—No fue acertado ir a la casa de Elíseo —opinó.

En eso, vimos que unos individuos se acercaban a su cochecito y le pegaban un cartel de propaganda del PRI y que otros nos tomaban fotos. "¡Ya me fregué! Me van a ver mis papás!", me dije.

—¡Ahora vengo! —dijo el Pato.

Salió arreglándose el bigote y arrancó el cartel de su coche, mientras que los individuos le tomaban fotos desde atrás de un árbol. El Pato regresó a la mesa.

—¡Te retrataron, mano! —le dije.

—Espero haber salido tan bien como Pedro Infante —contestó.

¡Me cayó bien el Pato! Hablando vimos que comenzó a oscurecer y ni modo, había que regresar a la casa del Elíseo. "Pero, seño, ¿no sabe que anduvo en Chiapas y nos fue de . . . bueno, cómo nos fue?" Le dijeron a la señora a la que llamaban: seño.

—¡Dios mío! y ¿cómo lo iba a saber si nunca he ido a Chiapas y hacía tres años que no veía a Elíseo? —contestó ella muy preocupada.

Y así contaron otras cositas y nosotros nos asustamos. "No se preocupen, para mañana les tendremos un lugar seguro. ¡Ojo con hoy!", nos prometieron los muchachos y nos citamos para el día siguiente. Nos despedimos a dos calles de la casa de Elíseo. Llegamos con miedo, aunque la seño, se quería hacer la valiente. "¡Dios mío, no entiendo nada! ¿Qué ha sucedido?" iba diciendo la seño, mientras subíamos la escalera. "¡Te lo dije, que te estuvieras quieta en la casa!" le contestó Lucía.

Hallamos a Elíseo con su copita de tequila en la mano, se animó mucho al vernos.

—¡Anden! pasen, vienen muy sucios. ¡Báñense! Puse el calentador, así dormirán bien —nos dijo. La verdad no teníamos ni ganas de bañarnos, estábamos pensando en lo que nos dijo el Pato y nos quedamos sentados en la salita.

—¿Tú crees que si pido disculpas me perdonen? —preguntó la tonta de la seño.

—¿Después de tantas cabronadas como has hecho? Odias al gobierno y ahora ¿qué?... ¡La gran pendeja cree que la van a perdonar! —gritó Elíseo.

—Ya no le digas ¡pendeja! —le contestó Lucía.

—¡Carajo! ¡Te repito que tu madre es una pendeja!... Bueno, ¿se van a bañar?

—Sí, vamos Lucía, para que luego se bañe Faustino —dijo la señora.

"¿Para que luego se bañe Faustino?" ¡Caray! todavía estoy esperando el dichoso baño. Apenas cerraron la puerta del cuarto de baño, Elíseo se me vino encima.

—¡Ah! ya vas a ver. ¡Te vi en la Televisión! ¡A mí no me haces pendejo y ahora mismo viene la Policía a buscarte! —me dijo Elíseo y se soltó una carcajadota.

Abrí la puerta de salida y bajé la escalera oscura dándome de tropezones. Elíseo venía detrás de mí gritando: "¡Agárrenlo... Agárrenlo!" pero nadie, nadie, abrió sus puertas. Me encontré en la calle y corrí como flecha. ¡Bien que oí la sirena de los patrulleros que venían en mi busca!... pero no me vieron, me les hice chiquito. El Pato vivía en Tacubaya y hasta allá llegué a las tres de la mañana.

—¡Muy bien! Serás el chícharo del grupo —me dijo el Pato que a esa hora andaba medio adormilado. ¡Y así fue como entré a formar parte en las filas revolucionarias! Supe que al día siguiente la seño y Lucía se salieron de la casa de Elíseo. ¡Cómo no iban a salirse! Esa misma noche y mientras yo iba huyendo para refugiarme en la casa del Pato, por poquito y se mueren las dos. Estaban dormidas y tenían la ventana ¡bien cerrada! y la seño se despertó casi ahogada. Alguien olvidó cerrar la llave del gas de la estufa... Bueno, es que Elíseo y el tequila siempre van juntos, digo yo. Elíseo estaba encerrado en su cuartito adonde yo le llevé su "Nescafé" con su ventana abierta para aspirar el perfume de los árboles del jardín de la casa de junto. Elíseo se acobardó y dijo que lo querían matar, pero se resistió a que se fueran de su casa, porque se reía con ellas. ¿Cómo dicen que la suerte del loco y del borracho es buena? ¡Que me lo digan a mí que aguanté a mi papá! Los compañeros me dijeron que las dos lloraban mi suerte y estaban enojadas con el tal Elíseo, porque nomás les dijo cuando ellas terminaron su baño y me llamaron: "¿El mocoso ése? . . . no sé, por ahí andaba . . ." ¡Si será mentiroso! . . .

Yo ya no las vi, era más prudente por aquello de que la seño todo lo dice sin darse cuenta. Se le figura que no se perjudica y los compañeros por prudencia revolucionaria prefirieron que ella no supiera mi incorporación a las filas de la revolución, ¡como era yo muy menor y andaba fugado!

—¿Quieres que se lo digamos? —me preguntaron los compañeros.

Iba yo a decir que sí, pero me acordé de eso del clandestinaje que me había explicado esa mañana el Pato y con la cabeza dije un ¡no! que me dolió harto. ¡No importa! Trabajo mucho con los compañeros y cuando llegue el día del triunfo y de agitar las banderas, le diré:

—Seño, ¿se acuerda usted de Camargo, ese parásito burgués? —Y nos reiremos los cuatro juntos, la seño, Lucía, Serafín y yo . . . ¿qué digo? Serafín hace ya mucho tiempo que cayó víctima de la lucha por el pueblo. ¡No importa! En el día del triunfo le haremos su muy hermoso monumento, alto, muy alto, con sus columnas de oro y arriba muy arriba él, Serafín, hecho en oro macizo, como el Ángel de la Independencia de los Gatos, con sus alas abiertas . . . Así lo hemos decidido mis compañeros y yo.

Y mientras ese tiempo llega ¡a las pintas compañeros! De noche y cuando los enemigos andan distraídos . . . Y que nadie diga que yo soy el Niño Perdido, porque de perdido, ¡nada! . . .

LA PRIMERA VEZ QUE ME VI...

La primera vez que me vi tuve una agradable sorpresa. Era un día caluroso, el sol empezaba a ocultarse, la lluvia se empeñaba en no aparecer y yo sin ella me pongo triste. Necesito del agua que baja cantando del cielo y produce hermosos charcos en los jardines y arroyuelos en las calles. La humedad refresca la piel y reverdece a las hojas amarilleadas por el calor y mi color preferido es el brillante verde. Yo sabía que los otros ya me habían visto. Por ejemplo: en el jardín, cuando lloviznaba y los ramos pequeños y morados de los heliotropos perfumaban de miel a la lluvia. El aire olía entonces a Viernes Santo y yo respiraba profundo y me sentía bendito.

Por aquellos días las señoras se enlutaban ese viernes de la Semana Santa y los señores se ponían cintitas negras en las solapas de sus levitas. Caminaban pausadamente, ellas barrían el césped con sus faldas de sedas crujientes y ellos charlaban en voz baja. Ahora suele decirse que aquellos tiempos eran otros tiempos, que eran tiempos mejores. Eso es un decir, no hay tiempos mejores ni peores, todos los tiempos son el mismo tiempo aunque las apariencias nos traten de engañar con su espejeo. También me habían visto sentado a la mesa, cuando todos comíamos en silencio y le dábamos gracias a Dios por el pan nuestro de cada día. Otros me vieron en los campos de batalla, pues me gusta el olor de la pólvora y algunos alcanzaron a verme por los caminos amarillos cercados de rocas y de montañas azules. Los coches rodaban sobre las piedras y el trote de los caballos no cesaba hasta detenerse en algún portón amigo que se abría para escondernos, pues íbamos huidos. Yo, en cambio todavía no me había visto.

Fue en casa de los Valle, en donde buscamos refugio una tarde caliente y redonda, cuando tuve el honor de verme por primera vez. Me escondí en una habitación enorme, de muros blancos, muebles oscuros y cortinajes rojos, donde supe cómo era yo y no quedé descontento. Encima de una cómoda pesada estaba él, brillando como un lago profundo y peligroso. No olvidaré jamás a ese estanque preso sobre una pared. Me subí a un banquito de terciopelo rojo para olvidar al miedo y miré los frascos de cristal rojo, que me recordaron la sangre derramada de Rafaelito, vi las borlas blancas salpicadas de polvos olorosos que me dieron más sed y quise lanzarme al agua presa y quieta clavada sobre la pared. Confieso que la lujosa habitación era fresca, pero yo tenía sed y estaba muy cansado. "Un baño me vendrá bien", me dije. No pude bañarme, el agua color plata estaba congelada y en sus profundidades distinguí algunos cadáveres de color verde esmeralda y rostros desconocidos contemplándome con indiferencia, como si ése no fuera mi lugar. Supe que una bella figura que me miraba era yo mismo, pues repetía mis gestos con exactitud y cuando quise lanzarme en el pequeño lago, me lastimé la cabeza y nunca me sentí más cerca de mí mismo.

Ya dije que la primera vez que me vi era una tarde triste, una tarde de derrota y nada hay más triste que la amarga derrota. Yo no había tomado parte en las batallas, pero algunos amigos se habían juntado a los franceses y a esa hora ya estaban fusilados. Para decirlo bien y pronto: ¡había ganado Juárez! Estaba yo reflexionando en su victoria cuando entró Fili, la sirviente a levantar la colcha blanca tejida con dibujos de conchas marinas. Yo conocía el mar, las amables caracolas, los rosados corales y las perlas multicolores. Es decir, lo mejor que produce y no es que me guste tanto el lujo, aunque sí lo aprecio. Fili no me vio, ya que corrí a esconderme detrás de las cortinas. La sabía ingrata y en ese momento su ingratitud no me enojó tanto, porque estaba yo satisfecho con mi indudable hermosura. Sin embargo no pude evitar decirme: "¡Caray, cuánta sangre derramada de balde!" La sangre no me disgusta, porque tiene un color muy escogido y cuando se coagula toma formas caprichosas como joyas reales. Siempre supe distinguir lo bello de lo feo, por eso

supe en ese cuarto de los Valle, que yo era suprema-
mente ágil, gracioso y bello.

Me distraje de mi agradable descubrimiento para observar a Fili: llevaba las trenzas negras sobre la espalda,
los pies descalzos y al caminar, mostraba las plantas rosadas como pétalos tiernos de claveles. ¿Por qué la parte
más bella de sus pies debía quedar oculta cuando estaba
quieta? Fili era muy joven, andaría en sus quince años y
no estaba triste. Al contrario, la escuché canturrear:

> "Estaba yo sentado
> al lado de mis padres
> cuando viene la patrulla
> tendiéndome los sables . . ."

Todos sabían lo que le había sucedido a Rafael y todos
habían llorado, menos la ingrata Fili. Rafael era el mejor
peón de la finca de los Salgado, siempre alegre, siempre
vistoso, siempre dispuesto y los sábados siempre borracho
para festejar al domingo lucido. Sólo la ingrata Fili continuaba cantando:

> "Adiós madre mía
> mi teniente Flores
> con la vida pago
> todos mis errores . . ."

Rafael nunca pensó meterse de soldado, no le gustaba
la milicia ni la pólvora, pero a nosotros, es decir, a los
patrones, les gustaba la Corte y todos amábamos a la
Emperatriz. ¿Y quién mejor que ella para ser amada?
Nadie tan transparente como Carlota, con su traje blanco
como de cisne, igual al de los cisnes que se paseaban en el
lago para ofrecerle su retrato. Nunca vimos un peinado
semejante al suyo, de seda japonesa de la más fina, ni
manos tan melancólicas como sus manos, olorosas a
nardo. Hace ya muchas, muchísimas semanas, digamos
años, que la Emperatriz ya no se pasea por las terrazas de
balaustradas blancas y que no contempla los ahuehuetes

de copas altas. Y allí sigue con su abanico quieto como una gran concha de mar, abierto enmedio de la noche, reflejando a la luna que corre entre las nubes espumosas. Para mirarla hago correr las puertas de los biombos de oro que la ocultan y que ocultan a todos. Me gusta contemplar de cuando en cuando, lo que está oculto entre las luces cegadoras del tiempo redondo que nos envuelve y que nos cubre igual que una copa centelleante. Oigo decir por ahí, a los necios y a los miopes, que cualquier tiempo pasado fue mejor. Ya dije, que yo no opino lo mismo, todos los tiempos son mejores porque son el mismo tiempo y yo colocado en el centro, hago correr las puertas de los biombos de oro y los veo a todos. Lo único que no había visto era a mi persona y la primera vez que me vi, Fili la olvidadiza ingrata, seguía cantando:

"Adiós padre mío
adiós hermanitos
con la vida pago
todos mis delitos . . ."

¿Cuáles fueron los delitos de Rafaelito? Escuchar las palabras zalameras y engañosas de Fili, que hablaba poco, pero bien. Él las escuchaba como si fueran la música de los pasos de la plata y cogió el camino que la voz de la pérfida Fili le indicó. Cuando los varones escuchan a las hembras cometen errores, lo tengo comprobado. ¿Qué acaso el propio Emperador no se dejó equivocar por la voz de Carlota, cuando le dijo: "¡Acepta, acepta!"? Entonces, ¿cómo pedirle a Rafaelito que no se dejara equivocar por la voz de campanilla de Fili? Hablaré francamente: una noche oí que Fili le decía al muchacho: "¡Pásate con el Emperador!" Rafael abrió sus ojos negros, ladeó la cabeza, se agachó y luego dijo: "¿Ésa es tu voluntad?" "¡Ésa misma!" contestó Fili que siempre fue mandona y mandona murió ya muy ancianita. Rafael golpeó el suelo con un pie y volvió a mirar a la joven: "Ni siquiera entiendo su idioma" respondió. Fili se dio la media vuelta y él la agarró por el hombro. Para no repetirme, diré que tres veces y en distintas ocasiones, Fili le ordenó lo mismo y Rafael pasó a formar filas con el Emperador. ¡Así fue, yo soy testigo ocular!

Cuando vinieron las horas tristes todos lloraron la muerte de Rafaelito el Traidor. Lo prendieron de noche, junto a un muro de adobe en donde se había parapetado y perdió el color y al rato también perdió la vida. Su sangre esplendorosa salpicó la tierra oscura y él se quedó con los ojos muy abiertos, buscando la mirada de la ingrata que fue su perdición.

Cuando lo supo doña Refugio, llamó a Fili:

—Fusilaron a Rafael —dijo y se soltó llorando.

—¡Alabado sea Dios y alabado sea el Emperador —contestó Fili.

Ya íbamos de huida cuando lo supimos y la joven no lloró, nada más se quedó mirando a un fresno y al rato se subió al coche de doña Refugio. Ya en el último momento, yo salté a la berlina de don Santiago, pues deseaba correr su misma suerte. Andaban en peligro y yo estaba muy engreído con ellos, aunque yo fuera apolítico y patriota, pero hay que decir las cosas como fueron. La señora Refugio huyó una hora antes que nosotros. Íbamos rumbo a Guanajuato, pues allí había personas pudientes que nos iban a esconder: doña Oralia, doña Francisca y doña Esmeralda. ¡Buenas señoras y muy piadosas! Estábamos espantados, la muerte rondaba los caminos, acechaba en los árboles y hasta el canto de un pajarillo nos enfriaba las entrañas. No es vergüenza tener miedo. Es malo, porque confunde los sentidos y equivoca a las personas. "¡Allí están!" dice uno y luego no hay nadie. O cuando menos nadie de sus días, pues uno suele toparse con algunos que se asoman desde atrás de los biombos de oro o con algunos que apenas van a colocarse allí, para confundirse con las luces cegadoras. No recuerdo en qué año fue la huida, las fechas son la misma fecha porque en todas andamos escapando de la muerte. Los días son diferentes, los hay bonitos y los hay feos. Para mí, el mejor día es el domingo. No en balde hay el Domingo de Ramos, que es la entrada triunfal por caminos sembrados de polvo de oro y estandartes de palmas de plata pura y luego hay el Domingo de Resurrección, dichoso Domingo en el que todos estaremos vestidos con nuestras mejores galas, aunque antes hayan sido peores, para ese día brillarán como alhajas. Hasta ahora no hay ningún cristiano que repudie los Ramos y tampoco ningún mortal que repudie la Resurrección. Cuando yo resucite quiero encontrarme con un Ramo en la mano y con mi cuerpo nuevecito. ¿Hay alguien que se moleste?

"¡No hay ninguno, señor!"

Así se lo dije al protestante de Nueva York, cuando nos vio de arriba para abajo y de abajo para arriba. Debo aclarar que la historia del protestante me ocurrió en otra ocasión, cuando ya los mexicanos se cruzaban el Río Bravo y eran pepenados para la deportación. Hay muchos aconteceres y yo he andado en demasiados.

El protestante estaba muy callado y nada más nos miraba. "Nos está mirando la desdicha", me dije y clavé mis ojos en sus antiparras de arillos de oro, su camisa caqui y las pecas de sus manos. "¡Caray, no es fácil ser mexicano, arriesga uno ser traidor, ser escapado de la justicia, ser fusilado, ser bracero y ser deportado!", le dije quedito a la viuda.

Yo ya había cambiado de familia y andaba de ofrecido con una viuda pobre y con su hija huerfanita. Esa tarde, también era calurosa, nos hallábamos en Nueva York y para más señas en el piso catorce, donde está Deportación. Afuera había un chubasco, que no nos mojaba por estar cobijados. De ese lugar, sale uno esposado y bien escoltado, como sucede en México cuando van a fusilarlo a uno. Nos habían acarreado allí con mañas. Las mañas siempre abundaron, sólo que antes eran ilegales. La viuda se agarraba al San Miguel que llevaba colgado al cuello y la pobre huerfanita estaba muy engallada. Para más señas era un Viernes Santo sin heliotropos y las señoras no llevaban luto. Yo quería encontrar una postura digna de las circunstancias y para darme valor, recordé la primera vez que me vi. Entonces, escuché a la huerfanita:

—Usted no se va a llevar a mi mamá amarrada en el fondo de un avión...

Vi correr su llanto y miré con fijeza al protestante.

—Señor ¿usted no sabe que yo formo parte de la Bandera Nacional?

El individuo me miró de soslayo, pues un ultraje a la Bandera ¡es un ultraje!... y allí en Deportación, volví a vivir mi amistad con la viuda pobre y con Lucía, la huerfanita. Yo estaba impuesto a las casas ricas, como la de doña Refugio, la de don Ignacio, la de don Remigio o la de doña María, que en paz descansen todos, hace ya un buen tiempito en el Panteón Francés, en el que queda por la Calzada de la Piedad.

¿Nadie se ha puesto a pensar en ese nombre de la Calzada de la Piedad? Yo sí y sirve mucho. Por eso, cuando supe de labios de la señorita Cecilia, que la viuda y la huerfanita se habían ido al "otro lado" solas, buscándose la vida y espantadas, me presenté una noche en su cabaña junto al mar a visitarlas. ¡Qué cuadro!

Era un paisaje solo, apartado del mundo, con caminos bordeados de vallas de rosas blancas, el cielo alto y cruzado por gaviotas, atrás de las rosas se alzaban hileras de acacias que sembraban de pétalos perfumados los senderos que llevaban a la cabaña de madera. En mi búsqueda, me crucé con el silencio y con conejos de rabos cortos y orejas alertas, también hallé a un gato salvaje, que corrió a esconderse en una cochera en ruinas. Quise verlo de cerca y me fui derechito hasta el montón de maderas podridas cubiertas por la madreselva y desde allí descubrí los faros amarillos de sus ojos chisporroteantes. Juzgué prudente alejarme, cuando el animal me dio a entender: "La viuda y la huerfanita me alimentan." Ya andaba yo muy cerca de las hortensias gigantes que tapan la entrada de la cabaña. ¡Nunca creí que tales flores pudieran ser tan grandes ni de reflejos tan color de rosa! En alguna ocasión, cuando don Victoriano Huerta ordenaba sus fusilatas, lo vi caminar a zancadas por el salón de Palacio. Andaba enojado, arreglando las muertes de algunos disconformes y había junto a uno de los balcones un ramo grande de hortensias, que le habían mandado junto con una notita pidiendo gracia para el fusilado. Y digo fusilado, porque ya estaba muerto, aunque todavía no se había dicho y era secreto de Estado. Yo me dije: "¡Caray, tanta flor de tan buen porte en un lugar tan equivocado!" Don Victoriano llamó a un asistente: "¡Llévate esta pendejada!", le dijo. Y el asistente se llevó el ramo. Yo hubiera deseado que lo llevara a los llanos de Tacubaya para adornar la sangre fresquecita del ajusticiado, pero me parece que no fue así y por prudencia no indagué a dónde fue a parar el dicho ramo. En Palacio hay muchos espejos y me vi adentro de ellos, decir que me puse verde, es un decir. Aquel susto recordado, no me apartó de la sorpresa que me llevé al ver los colores y el tamaño de las hortensias que tapaban la puerta de la cabaña de la viuda.

En ese lugar apartado del mundo había mucho silencio, demasiado silencio y no me gusta que no haya ningún ruido. Era de noche. Vi que estaba encendida la luz de la cocina, la puerta estaba abierta y en el quicio y sentada en el suelo, la viuda acompañada de la huerfanita que iba descalza.

—Señora ¿me regala usted un traguito de agua?

La viuda me dejó entrar a su cocina acompañado de la huerfanita. Ya habían cenado pues en el bote de la basura estaba tirada una lata vacía de frijoles. Me regresé a la puerta y me planté entre la viuda y las hortensias, "la pendejada", como dijo aquél que ya no es y que sigue siendo y que tan triste suerte halló entre los protestantes.

—Pues ¿qué pasó señora?

—Ya sabe usted, que la tinta es perversa —dijo la viuda.

Y así nos fuimos platicando todo. No me presentó sus quejas, quejarse encierra peligros. Pongamos por caso: se queja la mamá de un bracero difunto y corre la tinta y sale que murió apretujado en la cajuela de un camión de carga. ¿Quién se friega? La mamá del difunto, que si traidora a la Patria, que si embustera, que si estafadora. Por eso es más seguro velarlo con sus cuatro cirios comprados a escote, sus Aves Marías y esperar a que llegue el dichoso Domingo de Resurrección, para que a poderes iguales ajustemos las cuentas, porque en ese Domingo no vale que si fuiste ladrón o no lo fuiste, o si fuiste policía, ni valen las influencias ni las "mordidas", ni que tú dijiste o que yo dije. ¡Ese Domingo todos parejos, los Presidentes, los Niños Héroes y las viudas!

—¿Y cómo está allá? —preguntó la viuda.

—¿Allá? . . . pues como siempre, ya sabe, esperando . . .

Y así seguimos la plática. A un lado estaba el mar muy tranquilo, de olas chicas y poca espuma, pero retumbaba como las Trompetas del Juicio Final. Es a ese muy famoso Juicio al que estamos esperando y ya veremos a cómo nos toca. Entonces, "será el crujir de dientes" leí en alguna Escritura. No hay que desesperar, pues de que llega el Juicio, ¡llega!

—Esto está muy solo —dije.

Me contestaron los grillos, las luciérnagas se apagaron y se encendieron muchas veces. Arriba corría la luna por el cielo y de repente vi que se detuvo a lo lejos, para iluminar la otra casa, la del loco, a quien yo todavía no había visto. Como si supiera que la luna lo estaba señalando, el loco abrió su puerta de alambrado verde y salió con su perro de pelambre vieja y orejas gachas. Lo vi venir andando adonde estábamos, cruzando el campo a través de un sendero abierto entre las rosas blancas. Traía pantalones con tirantes y no llevaba camisa. Se puso muy cerca de nosotros.

—Es un inocente —dijo la huerfanita con su voz de hilito y agachó su cuerpo de hebrita blanca.

El loco miraba para todas partes, como si buscara una palabra enmedio de aquel silencio perturbador. Algunas veces vi situaciones parecidas en las películas y pensé que como andábamos fuera de México, tal vez sin fijarnos nos habíamos metido en una película de miedo y nos estaban fotografiando. Entonces, me arrimé a las hortensias y me tapé la cara, porque hablando claro, no me gustan los detectives y es bien sabido que, en un lugar apartado, con una cabaña, muchas flores, el mar junto, la luna corriendo, el loco enfrente y el perro silencioso, siempre hay maleantes y los detectives andan cerca. De reojo miré a la huerfanita y me pareció que ya la había visto en una película del cine Gloria. ¡Famoso cine! Allí, en vida todavía de don Maximino y de don Manuel, dos hermanos y los dos con fuero, estaba yo con una familia muy caprichosa y el niño nada más quería ir todas las tardes a ver "Bambi". ¡Para que luego digan que no hay diferencias! ¡Siempre las hubo, las hay y las habrá! Para no ir más lejos: ¿es igual "Bambi" que María Félix? ¿Es igual "María Candelaria" que "El Padrino"? Sólo los necios me dirán que sí, pues es sabido desde la infinidad de los tiempos, que en la variedad está el gusto. ¿O qué quieren? ¿que vivamos sin gusto? Aunque como se dice: "Hay de todo en la viña del Señor."

La situación era de peligro y tomé mis precauciones. Bajé la voz para darles el mensaje de la señorita Cecilia a la que en México nombran: Ceci. Ella fue la única que supo que iba yo a buscar a las Traidoras a la Patria y antes de salir de México me fui a su casa de las Lomas y esperé agarrado a las rejas de su jardín. Era de noche y yo andaba triste, el cielo estrellado me miraba y de cuando en cuando pasaba algún cochazo por la avenida silenciosa. ¡Caray! ya dije que aprecio a la belleza. Entonces, ¿cómo no apreciar a la señorita Ceci? Se me presentó en un de repente, rutilante enmedio de la noche, igual a la estrella de la mañana, me miró con sus ojos de gacela y su piel de durazno norteño y yo le dije:

—¡Palabra de honor, señorita Ceci, que si el difunto Doroteo Arango, conocido como Francisco Villa, la hubiera visto a usted, hubiera perdonado a su honorable familia y no hubiera hecho la Revolución!

La señorita Ceci movió su cuello de gaviota, dio una vuelta para no enseñar su risa, y su vestido azafranado de una tela como de papelillo y con una mariposa de oro prendida sobre el hombro, giró como una amapola al sol. Agarró su mariposa de oro y me la entregó.

—Lindo, se la das a Lucía la huerfanita, en mi nombre —y se alejó por su jardín umbroso, como se alejan las columnas de oro que aparecen en los sueños.

Encandilado, me quedé junto a las rejas mucho tiempo, pensando en que la belleza es traidora, pues aparece y desaparece sólo para deslumbrarnos, igual que la rutilante señorita Ceci. Para desgracia de la huerfanita y vergüenza mía, la mariposa de oro se me voló en el camino. Sé que las malas lenguas dirán que la llevé al Empeño, el Altísimo y el señor Romero de Terreros saben que eso no es un falso testimonio y que si se escapó la mariposa de oro, es que andaba muy engreída en el hombro de la señorita Ceci.

Esa primera noche, me despedí de la viuda y de su hijita y no dijimos nada más. Todavía a través de las persianas de sus ventanas vi la silueta de papel blanco y las mechas güeras de la huerfanita. "¡No va a durar!", me dije y recordé sus pies flaquitos como los pescados del Lago de Chapala. Yo sabía que andaban huidas, pero con ellas no quise comentarlo. ¿Para qué recordarles que las habían acusado de traidoras? Además, según gentes muy cultivadas, todos los mexicanos somos traidores. Entonces, ¡no era tanta novedad! Cerraron su puerta entablada con una aldaba. La dicha puerta se abría de un empujón y en caso de peligro nadie las escucharía. Me fui a lo oscuro, a observar la situación y me arrimé a un árbol frondoso. Desde allí, vi cuando la viuda y la huerfanita apagaron su luz y sólo se me ocurrió cantarle a la muchachita:

"Cuando yo tenía mis padres
me vestían de oro y de plata
y ahora que ya no los tengo
me visten de hoja de lata..."

Siempre me dio tristeza esa canción y ante el recuerdo de la huerfanita no hallé mejores palabras que ésas. En la ciudad de México la había yo visto vestida con trajes de encaje blanco, como un monaguillo y calzada con chapines blancos y ahora andaba descalza y amparada en esa cabaña junto al mar. Pensaba yo en esos detalles, cuando me sobresaltó una linterna sorda que caminaba en lo os-

43

curo encendiéndose y apagándose, como la de un ladrón que busca lo que no es suyo. Me eché a tierra, como lo hice en la batalla de Torreón y esperé. La linterna rodeó a la cabaña y echó la luz por las ventanas cubiertas de alambrado verde.

"Las están espiando", me dije y me puse en guardia. La huerfanita pegó un grito y la viuda abrió la puerta y salió corriendo a buscar al enemigo. Con su camisón y su cabello delgadito parecía un fantasma. "¡Qué arriesgada, salir en circunstancias tan adversas!", me dije. El intruso se untó a un árbol vecino al que yo ocupaba y escuché su respiración agitada. El camisón blanco de la viuda flotaba y de repente, se me presentó el Convento de Churubusco y las tropas de mi General Anaya a las que ni siquiera el fantasma que rondaba los patios de naranjos asustaba. ¡Mi General era muy hombre! y nunca se rindió hasta que le llegó el momento de rendirse. Al sentirme yo tan cerca del intruso le dije: "Si hubiera parque no estaría usted aquí." El hombre de la linterna no me oyó, porque se lo dije en la memoria, pero sintió la presencia mexicana, se volvió para todas partes y se fue corriendo por un sendero lleno de sombras negras. Corrí tras él, lo vi saltar unas trancas, ganar la carretera y subirse a un coche estacionado, que arrancó con los faros apagados.

Regresé a la cabaña oscura y me quedé pensando en lo que buscaba aquel intruso, pues las cosas no suceden de balde. Entonces, juzgué prudente echarle un vistazo a la casa del loco. "Hay muchos detectives que se hacen pasar por locos y éste debe de ser un 'oreja' ", me dije con el corazón acongojado por la suerte de la viuda y de la huerfanita. Con cautela me arrimé a su casa. Allí estaba el loco platicando tristemente con su perro.

—Bumper, Bumper, ¿quién juega con la luz?

Estaba sentado en el escalón carcomido de la puerta de su cocina oscura y el perro llamado Bumper, movía el rabo y pedía su cena. Era muy viejo, tenía hambre y nadie se ocupaba de su tristeza. ¡Qué desolación en aquella noche oscura y abandonada de la alegría!

—Bumper, Bumper, mira, una estrella, dos estrellas,

tres estrellas. ¿Cuántas estrellas cayeron en el campo de Miss Judy?

El perro quería su cena y el loco no se la daba. Vivía solo, triste y abandonado a sus pensamientos, que nadie se ocupaba en conocer. Adentro de su cocina había ollas sin lavar, trapos rotos y platos con restos viejos de comida. El loco y el perro se pusieron a llorar enmedio de aquella noche apartada del mundo y de sus placeres.

—Mami, mami, échame una estrella...

No cayó ninguna estrella y el loco continuó llorando. Así, supe que dondequiera hay desdichados. Me le acerqué y contemplé su soledad. Yo no podía socorrerlo, era yo un triste extranjero y él suponía que su dolor me era ajeno. "¡Caray, qué mal trato para un inocente!" El loco estaba vencido y en el mundo así pasó, pasa y pasará. El que gana ¡gana! y el que pierde ¡pierde! Ésta es la triste historia de los pueblos, cambiante, pero pareja. Nadie preguntaba por el loco del lugar apartado que lloraba por su madre y yo le dije en voz muy fuerte.

—Señor, en México hay muchas estrellas errantes y con algo de suerte le puede tocar alguna. ¿Por qué no se va usted para allá?

El loco movió la cabeza. Yo soy muy compadecido, así me lo enseñaron en la Doctrina y saqué un peso de plata del 0.720 de recuerdo de cuando había plata, lo tiré al aire jugando al "águila o sol" y cayó sol junto al perrito Bumper. El loco se precipitó a agarrarlo.

—¡Mami, mami, me echaste un Sol! —gritó contento y se metió a su casa con su perro.

El hombre es fácil de engañar y se contenta con muy poco. Cuando vi que el desdichado se acostaba en su catre deshecho, con el 0.720 sobre su almohada y con su perro echado sobre sus pies me alejé contento.

El intruso de la linterna había huido y sólo me quedaba reconocer el lugar apartado. Para no despertar sospechas, busqué el amparo de un hotel elegante a muchas leguas de la cabaña de la viuda, para pasar el resto de la noche. El hotel era grande, aunque no tanto como algunas casas del Pedregal, pues por allá somos caprichosos y de plano nos hacemos una recámara para cada día del año o de plano dormimos a campo raso o arrimados a la pared de una casa, aunque vengan las autoridades a asustar: "¡Órale, vago, malviviente, vámonos a la Comisaría!"

Por la mañana salí a reconocer el terreno y me vi rodeado de casas blancas y campos verdes. Anduve y anduve entre las acacias, las rosas blancas y las magnolias de hojas acharoladas. Las madreselvas se enredaban en los troncos de los árboles y los perfumes embriagadores me marearon. Tenía yo hambre y me encontré con un campo de fresas y me puse a comer algunas. Estaba yo disfrutando de su jugo, cuando vi a una señora que las andaba pizcando. Detrás de ella venía su marido, un polaco güero y colorado. "¡Pobre Lucía, no va a durar, tiene la sangre muy delgadita!" dijo el hombrón hablando de la huerfanita. "Al rato les llevaré su canastita de fresas" contestó su mujer con voz compadecida. Así, supe que les prestaban su cabaña y que algo de lástima les tenían. Esperé a que se alejaran y seguí mi camino, iba yo sucio de tierra y abatido.

Cuando llegué a la cabaña la encontré vacía. Se me saltó el corazón. "¡Ora sí, ya se las llevó el intruso!", me dije y salí a buscarlas afuera. Recorrí los prados y me acerqué a las rocas que bajaban a la playa abandonada en donde sólo se alimentaban las gaviotas. La playa era larga, tendida hasta los confines de la tierra y no había nadie. Sólo el silencio. Las rosas blancas bajaban por las rocas hasta la arena y algunos lirios morados se asomaban entre ellas. El engañoso mar estaba quieto, no se movía ni para arriba, ni para abajo, ni para atrás, ni para adelante. Pensé que se trataba de un lago azul mezclado con mercurio.

—¿Tú crees que todo se va a arreglar?

Era la voz de la huerfanita, que venía desde los matorrales de rosas. Me agaché sobre las rocas y vi que se había bañado, pues tenía los cabellos y los pies mojados. Su voz sonaba rara en aquella soledad tan peligrosa, pues tanta belleza y tanta soledad daban escalofríos y desconfianza.

—¡Claro que se va a arreglar! El mar es muy bueno y

todo está en que tengas voluntad para aliviarte. ¿Rezaste anoche? —preguntó la viuda.

Me quedé sobre las rocas escuchándolas. Así como yo las oía las podía escuchar cualquiera y miré al mar, hasta que su brillo me hizo cerrar los ojos. Es verdad que todo sucede en este mundo en un abrir y cerrar de ojos, porque cuando los abrí ya era de noche y en el agua sólo brillaba el camino de la luna que yo todavía no sé adonde conduce, pero que invita a pasear, como el muy conocido anillo de Saturno. "¡Qué aventureros los que llegaron a la luna!", me dije, con algo de envidia, pues qué más hubiera deseado yo que me invitaran. "A nosotros los mexicanos nunca nos toca lo bueno", me dije dolido. Andaba yo en esos pensamientos, cuando escuché un forcejeo que venía de la cabaña. "¡Órale! ¿Qué pasa?". Cuando llegué corriendo a la casa de la viuda, la puerta estaba abierta, la cocina encendida y sentada en una silla, la huerfanita. Me espanté.

—Niña ¿dónde está tu mamá?

La huerfanita no respondió. Tenía los ojos muy abiertos y las manos colgantes. "¡Ya se murió!", pensé y volví a preguntarle por su mamá y volvió a no contestarme. Revisé la cabaña y no me quedó ninguna duda de que había pasado algo que yo no comprendía. Me fijé en el hilo del teléfono estaba cortado con tijeras y que por dentro tenía hebras de seda rojas y azules. También vi que las camas estaban hechas. Me acalambré de miedo y regresé junto a la huerfanita, que continuaba con los ojos espantados. Afuera la noche estaba muy cerrada y muy lejos divisé algo como los pantalones del loco y corrí a preguntarle lo sucedido, a su lado estaba Bumper.

—Yo no hablo si mi mami no me da el permiso —me dijo el loco con los ojos abultados por las lágrimas.

El Bumper comenzó a rodearme y a gruñir, para decirme algo que no entendí. Más bien dicho, que entendí tarde, eso del inglés siempre estorba, pues cuando Bumper me jaló por atrás y me di vuelta, vi que dos hombres con gabardina se llevaban a la huerfanita.

—Le repito que se vaya usted a México, ¡allá hay muchas estrellas errantes! —le grité de despedida y corrí y vi que en la cabaña no quedaban huellas de la viuda ni de Lucía, pues los desconocidos habían recogido todo. Corté por un sendero en sombras y alcancé a la huerfanita. En ese triste momento se soltó un chubasco, que deshojó a las rosas y dobló a las acacias. El agua me dio ánimos y alcancé a treparme al automóvil en el que habían metido a la huerfanita.

—Si mañana las busca el polaco, creerá que se fueron solas —dijo el que se puso al volante y más tarde encendió los faros ya en plena carretera.

La huerfanita iba atrás sentada en compañía de dos hombres con gabardina puesta, uno güero y el otro moreno y a éste, me pareció que ya lo había yo visto por Gobernación. ¡Sólo que uno ve tantas caras, que no supe si lo vi en tiempos de don Victoriano Huerta, del General Calles, de don Porfirio o de Ruiz Cortines! Antes, en los tiempos de Santa Anna, que tan mala fama tiene, no andaban tan diestros los pepenadores de mendigos. Quiero decir, que había más libertad para la limosna, aunque ahora haya más limosneros. Parece que según crece el Progreso se achica la Caridad. No estoy seguro si "contra Progreso, Caridad o al revés, si contra Caridad, Progreso". Yo estudié el Catecismo mucho antes de la separación de la Iglesia y del Estado y desde entonces creo que ha habido algunos cambios, aunque todo siga igual, pero ¡peor! Lo único que sé, es que ahora el silabario ¡priva! Yo digo que el silabario no contiene todo, por ejemplo: los hombres de la gabardina no sabían que iba a llover, aunque la llevaran puesta, por aquello de esconder las pistolas. En cambio Bumper, me avisó del chubasco y de la suerte de la huerfanita y de la viuda, sin que yo se lo pidiera y sólo para prevenir.

La lluvia barría el parabrisas y los hombres se pusieron descontentos ignorando mi alegría. Ya dije que me gusta el agua y en mi tierra hay veces en que me molesta la sequedad del aire. Por eso, uno de mis lugares preferidos es Chapala, aunque digan que sus aguas son traidoras. Allí me pasé unos días acompañando a unos comu-

48

nistas que se habían ido a esconder, cuando ya la Embajadora Kolontay se había ido de México. ¡Vanas son las glorias de este mundo! Vanas y huecas, porque detrás de los biombos de oro y enmedio de la luz cegadora están los que se fueron y ya no son, pero que siguen siendo.

Atrás, custodiada y muy silenciosa iba la huerfanita y aquella lluvia que me gustaba tanto, me dejó triste. Caía sobre el automóvil como un gran llanto y en el camino se formaban arroyos que ahogaban a los pétalos caídos de las rosas y de las acacias. La tierra se llenaba de perfumes de magnolia, esa tierra blanda que le daba tan buen gusto a las fresas de la polaca. Estaba muy oscuro y nosotros íbamos corriendo como si fuéramos ladrones. Yo no podía ver mi reflejo en los charcos que abundaban en la carretera y en los campos. No me importa correr, pero no para cometer tropelías, como era el caso. ¡Qué diferencia con aquella tarde en Guanajuato en que me vi por primera vez en la casa de los Valle! Entonces, andaba yo derrotado, pero ahora sin disparar un balazo, también andaba yo en la derrota y espantado al encontrarme así entre extranjeros. ¡Por qué el extranjero impone al más bragado!

A las cinco de la tarde del día siguiente nos hallábamos en Deportación y afuera seguía lloviendo. La oficina estaba seca y nosotros estábamos de pie frente a un mostrador. Mirándonos las espaldas y sentados en unas butacas como las que hay en los cines, había algunos compatriotas y otros desconocidos ya condenados a la deportación, como nosotros. Sólo que nosotros tres alegábamos con un manco, que se puso un garfio para disimular que no tenía mano. El tal manco, nomás se reía del río de lágrimas de la huerfanita. Junto a él estaba otro individuo alto y flaco, con una uña muy larga en el dedo meñique, como se la dejan crecer algunos peluqueros en la ciudad de Tampico. La viuda no decía nada, ni siquiera cuando apareció el protestante con sus antiparras de oro y su camisa caqui. Era Viernes Santo y nadie andaba de luto. "Muy pronto llegará el Domingo de Resurrección", dije mirando al protestante y me acerqué a la viuda y murmuré en un momento dado:

—¡Verde es la esperanza amada y verde es el manto de la Virgen de Guadalupe, Patrona de los desamparados!

La viuda se volvió a agarrar a San Miguel y fue en ese momento justo, cuando sentí que alguien nos estaba mirando y me volví, sólo para descubrir que sentada en una butaca de cine, estaba una señora desconocida, grandota, güera y un poco calva de la cabeza y de los ojos. Llevaba medias moradas y un portafolio negro. Así, a la luz de la tarde que se filtraba por los vidrios empapados de las ventanas, daba miedo. Era de esas gentes que más vale ver de noche y si se puede, más vale no verlas nunca. Ahí estaba sentada, mirándonos con sus manos huesudas y su piel de cuero de lámpara apagada. Afuera seguía lloviendo y miré al agua que resbalaba con alegría, pues la vista de la señora de párpados de venitas rojas y ojos grandes como huevos azules, me enfrió la sangre. Calzaba botines grises y tenía las piernas cruzadas. Supe que odiaba a la viuda y a la huerfanita que seguía llorando.

—No me conmueven sus lágrimas de cocodrilo —dijo el protestante.

"¡Ora sí, lágrimas de cocodrilo!", me dije y las lágrimas de la huerfanita crecieron y los compatriotas sentados en las butacas, comenzaron a llorar también por la triste suerte de Lucía. La viuda sacó un espejito de su bolso.

—¡No llores! Mira que cara se te ha puesto —le dijo con severidad.

Comprendí que prefería que la esposaran y la metieran en el fondo del avión con los otros deportados que mendigarle al protestante.

La huerfanita no obedeció a su madre y siguió llorando con lágrimas cada vez más grandes. Los compatriotas la acompañaron en su llanto, sólo que sus lágrimas eran más saladas porque eran lágrimas de hombre.

—¡Es la histeria latina! —dijo la señora de las medias moradas y los botines grises desde su butaca.

¡Caray! eso sí que me dio coraje. Y aunque fuera la misma Muerte, no era todopoderosa y mucho me hubiera complacido verla del "otro lado", en mi tierra y en nuestra misma situación. Los compatriotas ni siquiera escucharon sus palabras y sus lágrimas continuaron corriendo junto con las de la huerfanita.

—Muchachita, obedece a tu mamá, mírate en el espejo —le dije esperanzado.

La huerfanita agarró el espejito y al mirarse lo inundó con sus lágrimas y con las de los compatriotas que lloraban por ella. Se vio borrada en aquel estanque chiquito que llevaba su madre guardado adentro de su bolso y la primera que se fue por ese lago, fue Lucía, después empujé a la viuda que ya se andaba ahogando y el último en salir de Deportación fui yo. Debo decir que actuamos con presteza. En seguida nos hallamos en el río Hudson y de allí pasamos a los lujosos espejos del Hotel Waldorf en el que sólo de pasada vimos que se celebraban cinco banquetes al mismo tiempo, después llegamos al espejo de una señora que se estaba depilando las cejas y ya de allí en adelante, el viaje fue más rápido y sin tropiezos y salimos con bien a la casa de doña Gabriela que preparaba su lección de español. Al vernos se levantó muy feliz.

—¡Qué alegría! ¡Qué alegría! Las pensé perdidas... —y abrazó a las dos y las besó.

Debo aclarar que doña Gabriela nació un veintinueve de septiembre, que es un día muy señalado y no cualquiera nace en ese día. Por eso, como a la viuda y a la huerfanita, le falta un huesito de la mano, una señal que pocos tienen. Doña Gabriela nos llevó a su cocina, porque estábamos empapados. Me gustó su cocina, olía a especias y tenía una estufa de campana. Su mesa, colocada cerca de la puerta, estaba cubierta por un mantel a cuadros rojos y blancos. Todo relucía de limpio y después de tantos avatares, me volví a sentir yo mismo, allí, en la relumbrante cocina, asegurado contra los perversos que nos perseguían. Doña Gabriela preparó un café muy perfumado. Hablaba como siempre: cantando, con su deje de la mentada América Latina. Bebimos el café y comimos pan con jamón y me quedé muy quieto, pensando en la dicha de tener amigos. Luego me fui a echar un vistazo a su salón lleno de libros. ¡Caray! de verdad que si tuviera tiempo me dedicaría a la lectura, pero siempre ando muy ocupado con mis compatriotas, que nunca dejaron, ni dejan, ni dejarán de meterse en camisa de once varas. Allí en el salón de doña Gabriela recordé que una de mis últimas lecturas fue la de don Ricardo Palma, que por cierto fotografiaba muy bien y que aunque nunca fue mexicano, llegó a ser muy nombrado.

Volví a la cocina y repetí el café de doña Gabriela, que despide un aroma muy especial, muy de café muy perfumado y los cuatro muy felices comenzamos a reír y nos fuimos al salón de los libros a esperar la llegada de don Haroldo, el marido de la señora y a recordar al protestante con sus antiparras de arillos de oro. Temprano, llegó don Haroldo, muy alto con su bulto de libros bajo el brazo y su eterno gusto por la risa y se sentó a beber café, mientras escuchaba y decía:

—¡Es fabuloso! ¡Es fabuloso!

De repente me miró como asustado, como con sorpresa, tal vez porque estaba yo en el centro del salón mirándolos a todos y en mi actitud prominente, tal y como deseo que si alguna vez la justicia es justicia, me fabrique mi estatua, sólo que todavía no decido en qué plaza quiero que la pongan sobre un pedestal más alto que el de doña Josefa, la Corregidora. Yo no dije nada, preferí mirar las mejillas de doña Gabriela, llenas de soles muy chiquititos. Ella no dijo nada. En cambio la viuda y la huerfanita dijeron al mismo tiempo:

—¡Mira, Haroldo, es un compatriota! ¡El mejor de todos! Cuida a los descarriados y se ocupa de los que andan en la desgracia.

Me sentí halagado, no por vanidad, sino porque cuando lo cierto es reconocido, siempre se regocija uno por muy modesto que se sienta. Don Haroldo las miró y luego volvió a mirarme con bastante simpatía.

—¡Pero miren los que nos trajo la lluvia! Es increíble, pues por aquí no hay jardines. ¡Qué verde más bonito tiene y qué chiquito es! —dijo mirándome y olvidando que desde su ventana se mira toda la anchura del río Hudson.

Me dio gusto no haber perdido mi hermoso color de hoja tierna. Siempre me gustaron las hojas de los mastuerzos y con ellas suelo compararme cuando no ando perseguido, ni en malos pasos, cosa que no siempre me sucede a pesar de mi buena voluntad para ser el mejor de los ciudadanos mexicanos. No deseo alabarme ni cantar mis glorias, pero yo me he paseado por todo México y conozco sus jardines, su Historia Patria, de la que he sido testigo ocular, como ya se los dije, sus estanques, sus lagos, sus desiertos, y sus muy altos montes, así como sus ríos y sus espejos. Los hay con guirnaldas de oro y los hay con el retrato del Padre Pro, sobre sus tapas. Eso no quita que conozca también a sus pecados, a sus tiranos, a sus muy famosas torres, a sus próceres, a sus mercados, a la Cámara de Diputados, y a la Bandera Nacional, siempre gloriosa, y en la cual me integro los días 15 de septiembre, cuando la ondulan en el balcón del Palacio Nacional y repican las Campanas de Dolores, que no es más que una. No digan que es vanidad, sé que soy muy glorioso, muy imperecedero y también muy compasivo, por eso me meto en donde no me llaman y me necesitan. Estaba yo pensando en mi brillante color y en mi vida impoluta, cuando escuché a la huerfanita.

—¡Haroldo, se llama Dimas! Se bajó de la cruz en el día de hoy, el Viernes Santo, hace casi dos mil años, para ayudar a los mexicanos.

Me halagaron las palabras de la huerfanita, pero no es verdad que yo soy aquel que estuvo en la cruz en el Viernes Santo, aunque me llame como él y en algo me le parezca y trate de emularlo. Pero, ¿cómo iba yo a contradecir a la huerfanita? Es malo quitarle la ilusión y la esperanza a un inocente y no sería yo el que lo hiciera y menos en el santísimo Viernes, día tan señalado.

—¡Ah! . . . es un sapito mexicano. ¡Qué simpático, qué chiquitito, qué verde, parece una hoja de tilo, hay que premiar su heroicidad, ejemplo de los hombres y gloria de los héroes más destacados! —dijo don Haroldo.

Se levantó, tiró su gorra al aire, se comió su tostada con mucha prisa y corrió a su cuarto de baño. Me llenó la bañera de agua fresca: "Debe de estar cansado" dijo. La huerfanita me puso en la palma de su mano, yo hice una pirueta más graciosa de la que hice la primera vez que me vi en la casa de los Valle y me tiré un clavado ¡perfecto!... No supe hasta dónde llegué, pues amanecí en Durango, cerca de unos muchachos mineros, con la cara llena de tierra que se precipitaron a darme la bienvenida:

—¡Dimas, te estábamos esperando! Tú sabes mano, que andamos muy revueltos y tenemos que escaparnos... Yo dije: "¡Ave María y que me perdone la señorita Ceci!"...

EL MENTIROSO

A Tomás Córdoba

El camión Flecha Roja iba muy aprisa cruzando campos verdes. Cuando se detuvo junto a unos árboles le dije a mi mamá: "Voy a hacer de las aguas", y ella dijo: "Ve."

Caminé el pasillo del camión y los pasajeros me vieron muy enojados, noté que se les torcía la boca. Por eso me fui lejos, no quería yo que vieran que iba a hacer mi necesidad. Busqué árbol que me cubriera, pero ninguno me dio seguridad y me bajé a una hondonada desde la que ya no vi al Flecha Roja. Me quité mi sombrero nuevo y luego con mi pie puse tierra en el charquito. Yo, al igual que todos uso huaraches, cuando me va bien y ya sé que nunca tendré el gozo de ponerme unos zapatos. En el camión sólo el chofer llevaba zapatos. ¡Bien que me fijé! Digo yo que ha de ser muy rico. Cuando busqué al Flecha Roja se había desaparecido. Si cosas más grandes como las ciudades se esfuman ¡cuánto más un Flecha Roja! No quise asustarme, aunque algo me dijo que era peligroso estar sólo en esa carretera y me quedé mirando la mañana fresquecita perdida en la mitad del campo y vi que la mañana era redonda. Si miraba de frente la veía curva y si daba la vuelta completa era redonda y encerrada entre montes. Fue entonces cuando me pareció que iba yo a espantarme, pero oí cantar a las chicharras y zumbar a las avispas y si no fuera por el pájaro ese, que cantó más alto, no me hubiera asustado. El pájaro me gritó:

—¡Tontotototó!

No me dio lugar a contestarle porque en seguida cantó:

—¡Solitotototó!

Y algo como la mano del muerto me agarró la garganta y el pájaro me avisó:

—Corretetetete!

Disimulé que escuché su aviso, me quedé quieto, luego di unos pasitos y de repente me eché a correr. Y corrí y corrí junto a campos verdes en donde no había ni señas de un Flecha Roja. Corriendo llegué a unas afueras de una ciudad de casas medio amarillas y medio anaranjadas y me dije: "Ando viendo el mundo." Pero, me metí por una calle larga y me salí del mundo. "¡Ora sí, ya me salí del mundo!" y caminé con los ojos bajos por esa calle larga. Apenas me atrevía yo a ver las ventanas cerradas de sus casas. En seguida pasé junto a una iglesia con dos torres y como católico apostólico que siempre fui y que soy, me persigné, pero no salió nadie. Al ratito pasé junto a otra iglesia con una sola torre y me volví a persignar, pero no salió nadie. "Nadie vive aquí", me dije.

Por una esquina se asomó un perrito amarillo muy alegre que se me quedó mirando. "Ni un cristiano", dije y le agradecí la presencia del perrito, que era muy buena gente porque se vino corriendo junto a mí moviendo el rabo y detrás de él vinieron muchos perros, todos ¡bien pobres! Unos eran amarillos, otros grises, otros con manchitas blancas y otros muy negros. Todos me rodearon y saltaron de gusto. "Se salieron del mundo para librarse de las pedrizas", me dije y caminé con ellos que me hacían ruedo. Llegamos a una plaza grande con una iglesia muy grande, me gustó el atrio y sus rejas abiertas y me metí allí con los perritos. "Es La Parroquia", me dijo el perro amarillo. Los espanté con mi sombrero porque sé que los perros sólo entran a la iglesia el día de la Bendición. Les estaba yo diciendo eso, cuando las campanas se echaron a vuelo, vi sus torres y no había campanero, me espanté y los perros se quedaron quietos. Me santigüé, y salí del atrio atronado por los campanazos sin campanero.

Llegué hasta otra plaza grande, amarilla, como de polvo de oro y con sus kioscos de encaje para los músicos. En la plaza hay prados marchitos y unos pilares de piedra o de azúcar quemada, no estoy seguro. Al fondo de la plaza hay otros dos atrios y otras dos iglesias con sus rejas

56

despintadas. El muro de un atrio es de piedra, con pilares. "¡San Francisco!", me dijo el perrito amarillo. ¡Yo nunca he visto unos atrios tan grandes, en ellos caben todos los pueblos! Atrás del muro de pilares hay dos iglesias más, ¡caray ya no puedo contarlas porque solo sé contar hasta el cinco! y avancé sigiloso. "En todo el mundo no hay un atrio tan grande como éste", pensé y me acordé de que no andaba yo en el mundo.

Me puse frente a la misma puerta de San Francisco, y era tan grande que ningún hombre la abriría jamás y me fui a la iglesia de junto: "Es la Capilla Real", me dijo el perrito y rodeamos el muro pegaditos a él y nos fuimos deteniendo en las tumbas que están en el muro. Alcé los ojos para ver el final de los contrafuertes, pero no tenían fin... ¡Qué bonitas son las tumbas de los Santos! Allí están todas, pero los Santos andan sueltos.

La puerta de la Capilla Real estaba medio abierta, la empujé y dio un quejido, la empujé más y abrí una buena rendija y me metí. Había una algarabía de pájaros, remolinos de pájaros y muchas, muchas cúpulas amarillas y un boscaje espeso de columnas blancas. No es una iglesia cualquiera, tiene muchas naves, yo alcancé a contar hasta cinco, pero tiene más. Estaba yo quieto, enmedio de los remolinos de pájaros y las columnas blancas cuando oí el quejido de una puertecita y por allí salió una viejecita con sus trenzas y su rebozo. Me quise esconder, pero no hay altares y los pájaros anidan arriba de las columnas. La viejecita se me acercó:

—¿En dónde ando, señora?...

—En Cholula, en la Capilla Real que tiene cuarenta y nueve cúpulas —me dijo.

—Ya vi muchas capillas —le dije.

—Aquí hay trescientas sesenta y cinco iglesias, aquí Dios tiene una casa para cada día del año —me dijo en secreto.

—¿Y tantísimo pájaro?... —le pregunté.

—Aquí viven estos pajaritos.

—Y usted... ¿quién es?

—Rita... —me contestó.

57

La vi que se iba caminando entre los remolinos de pájaros y yo me fui tras ella pensando que en su ciudad, Dios es tan rico que les regaló una de sus casas a los pájaros. Todo eso me lo dijo Santa Rita, que también vive allí y que me dio buen trato. Sólo hay un altarcito de madera, con una escalera muy chiquita y sus barandalitos de madera, está cerca de una pared y es tan chiquitito para que en él recen los pájaros. Santa Rita me llevó a la puerta por la que se apareció y supe-que daba a la torre. "Sube para que veas desde arriba todas las casas de Dios", me dijo. Subimos a la azotea de la iglesia y vimos sus cuarenta y nueve cúpulas saliendo como huevos grandísimos en el techo y también el cielo muy azul, con unas plumitas de nubes, su aire fresco y muy azul y muchas, muchas torres y cúpulas de todas las iglesias que hay allí. Nos quedamos viendo esa mañana del otro mundo y luego Santa Rita me acompañó a la puerta de la Capilla Real y volví a encontrarme en el atrio, donde hay una cruz tan grande como un árbol y echados a su sombra, los perritos que se pusieron contentos de volver a verme. Así fue como se me apareció y se me desapareció Santa Rita, que vive sola en esa torre y sólo baja de ella para rezar con los pajaritos.

Me fui al atrio de San Francisco, donde está el panteón, con sus losas de piedra, sus cruces, sus guirnaldas y sus escrituras, todas de piedra buena, pues son las tumbas de los Reyes Magos y de otros reyes también muy esplendorosos. Todo estaba quieto, no había ni un ruido y me senté en una tumba a esperar. A los dos lados había tapias y cada una tenía una puerta chiquita con rejas y las dos estaban entreabiertas. Las dos puertas dan al cielo y la iglesia queda atrás sobre una loma. Estaba yo mirándolas ¿y qué vi? A un niño como yo que se asomó por la puerta de la izquierda y me miró. Era igual a mí pero no era yo y cuando se esfumó, me levanté y caminé de puntitas hasta la puerta de rejas y me asomé y vi que abajo había una callecita y un montón de paja y sobre la paja estaba echado el otro niño y nos volvimos a mirar sin decirnos nada. Me retiré con mucho sigilo, me fui al atrio y quise abrir la puerta de la iglesia.

—Está quemada ... —me dijo la voz del niño atrás de mí.

Me di un tiempito antes de hacerle frente y nomás me di la vuelta y le pregunté:

—¿Y tú quien eres? ¿Cómo te llamas?

—Facundo Cielo —me contestó.

Y se fue a la puerta principal de la iglesia y yo caminé detrás de él. Arriba de esa puerta hay un balcón con su barandal de piedra para que se asome Dios a vernos. Facundo Cielo empujó la puerta y se metió y yo hice lo mismo sólo para encontrarme en un cuarto de piedra ruinosa. De allí salimos a un patio chico de piedra y con bancas también de piedra. Ese patio está encerrado por muros muy altos y una escalera de piedra y abajo de la escalera hay montones de sillas viejas y de Santos. Facundo agarró el brazo de un Santo con la manga de su traje en grana y oro y con él apuntó para arriba. "Lo quemaron", me dijo.

—¿Quién lo quemó? —pregunté muy asustado.

—¡Quién sabe! ... dicen que fue en los tiempos en los que Judas anduvo suelto en compañía de los judíos, pero ya se fue ...

Me dijo y comenzó a subir la escalera y llegamos al balcón y divisamos el patio. De allí, Facundo Cielo agarró otra escalera más tortuosa, me dio miedo, pero seguí subiendo la escalera de la torre hasta que salimos a la azotea, que también daba al cielo. Facundo se trepó por la cúpula y yo con él y nos agarramos a una ventanita para ver cómo estaba la iglesia por dentro: toda blanca, con andamios y trapos con cal, los altares eran blancos, yo digo que los estarían enyesando, pero no había nadie. Me preguntaba yo quién haría el trabajo, cuando sentí que me miraban y me decían: "¡Intruso!" y levanté mis ojos al techo de la cúpula y allí vi a una guirnalda de angelitos de oro que me miraban muy enojados con sus ojos negros. Me bajé de un resbalón y casi me mato.

—Ya se enojaron los ángeles —le dije a Facundo.

Y regresamos a la escalera de la torre, llegamos al balcón de Dios, cogimos la otra escalera y bajamos al patio donde se halla el brazo del Santo que quemó Judas. "A lo mejor me confundieron con el Judas", pensé, mientras nos encaminamos al atrio, donde están las tumbas de los Reyes Magos. Facundo Cielo se sentó sobre los escalones.

—¿No vienes conmigo? —le pregunté, consolado por su compañía.

—No puedo cruzar la calle —me dijo y se quedó sentado.

Yo me fui con los perritos que me estaban esperando y se pusieron muy contentos al verme. Caminamos sin gusto y nos topamos con otra iglesia cerrada. "Es Santa María Tonantzintla", me dijo el perrito amarillo que es ¡bien bueno! Tan bueno, que hasta llegué a pensar que era mi ángel de la Guarda. Entonces, me acordé de Facundo Cielo y de sus palabras: "Dios se enojó y dejó que Judas quemara esta casa suya, pero no le importa, al fin que le quedan muchas." Crucé el atrio y empujé la puerta y apenas entré en Santa María me quedé atarantado de tanto resplandor y de tantos colores como el arco iris. Miles de ángeles chiquitos me miraron desde las paredes cubiertas de columnitas con mujeres iguales a las flores, que también me miraron. Yo vi que unas iban a bailar y otras iban a volar, mientras que las otras se quedaron quietas. Todas llevaban guirnaldas de flores perfumadas y entre tanta flor menuda, tanta virgen vestida de rosa, de azul o de amarillo que comenzaron a reír al verme, perdí el miedo y supe que estaba en la Gloria, en la casa de las Once Mil Vírgenes, que dijeron contentas: "Mira a este indito"... "Mira qué chiquito" y revolotearon a mi alrededor y regresaron a sus columnitas. Los ángeles más chicos que ellas, volaron como mariposas de oro y se quedaron quietos cuando oímos que echaban un cerrojo. "¡Ya estaría de Dios que me quedara yo entre las Once Mil Vírgenes!", pensé. Pero una de ellas dio un volido y se puso a caminar frente a mí, ¡era muy chica! apenas me alcanzaba a la mitad de la pantorrilla. La Virgen me llevó a otra puerta, le di las gracias y la crucé bien triste. Me hallé en un patio de piedra cerrado, atrás también había una escalera. En el centro del patio está una mesa de pino y a su alrededor y sentados en sillas de tule hay doce ancianitos. Sus sombreros de petate están en el suelo. Estaban pensativos y tristes y uno de ellos tenía el papel en la mano. Otro ancianito levantó un dedo y luego lo levantaron todos y el que tenía el papel apuntó algo: "¡Judas!" Yo no sé leer ¿pero qué otra cosa podían apuntar los Doce Apóstoles que acababan de saber que entre ellos andaba Judas? No me gusta ver lo que no debo y me fui de puntitas y me hallé en una calle con cercas de nopales. En la esquina estaba Facundo Cielo que al verme se escondió y yo enojado, me alejé de las Once Mil Vírgenes y de los Doce Apóstoles, que ahora ya son ancianitos o a lo mejor siempre lo fueron, eso no se lo he preguntado al señor cura.

Los perritos me llevaron a una colina con escaleras que la van rodeando y comenzamos a subir al "Santuario" hasta que llegamos al atrio y a sus terrazas, desde donde vi el Valle de los Olivos, muy brillante, con mucha luz azul, muy redondo. Desde allí sólo se ven las cúpulas y las torres de las casas de Dios y el sol está justo en el centro del cielo para que todo resplandezca. Rodeamos a la iglesia y dimos con la sacristía en donde Marta y María planchaban los vestidos de Dios y de los Santos. Casi no alcancé a ver sus ribetes de oro, porque una de las dos hermanas medio se enojó y me bajé corriendo por las escaleras que rodean a la colina. Los perritos me siguieron sin ladrar y en eso comenzó a sonar el teponaztle para avisar de mi presencia. Cada golpe llenaba el valle y para más seguridad, abandoné las escaleras y corté derecho entre las matas de la colina. Pero los golpazos del teponaztle no paraban y me metí por una puerta abierta en la ladera. Esa puerta era distinta y allí hay una silla vacía. Me metí y me hallé dentro del monte. ¡Caray! yo no sabía que adentro de los montes hay pasillos muy largos, muy oscuros, de piedra mojada. No podía correr en lo oscuro y sólo a veces hallaba un foquito encendido. ¡Adivinar quién los puso! Ese pasillo oscuro se abre en muchos pasillos y unos suben y otros bajan. Me perdí adentro de la montaña y de repente me quedé quieto, porque me seguían los pasos de un gigante: ¡Pam! ¡Pam! ¡Pam! Apreté el paso y los pasos también. Me espanté y corrí a riesgo de matarme contra las paredes de piedra mojada y los pasos corrieron detrás de mí, entonces me detuve y tamaña manaza cayó sobre mí y una voz de campana me dijo:

—¿Qué haces aquí?

No me atreví a dar la vuelta para ver la cara de aquel enemigo y sólo le pregunté:

—¿Quién eres?

—¿Yo? . . . soy hombre, soy cholulteca —contestó con su voz campanuda.

—¿Dónde ando? —le pregunté sin dejar de temblar.

—Adentro de la pirámide de los Antiguos —me contestó la voz.

—¿Los Antiguos? . . . ¿Y dónde andan los Antiguos? —le pregunté sin verlo.

—Los Antiguos ya se murieron —me dijo la voz.

—¿Y tú? . . . —le pregunté a la voz y a la. mano que me tenía agarrado por el hombro.

—Yo la cuido. ¿Quieres verla? ¡Ven!

Me agarró de la mano y me llevó por unos pasillos oscuros que nunca terminan. Era el Hombre y a ratitos sacaba una linterna y la alumbraba y a ratitos la escondía.

—Pinturas de los Antiguos —me dijo echando su linterna sobre una pared medio mojada en la que sólo alcancé a ver unas manchas como de sangre y comencé a temblar de nuevo.

—Están bonitas —dije, pero no vi nada, los ojos los tenía empañados.

El Hombre me sacó a una terraza en donde había día. La terraza es de piedra y vi que el Hombre llevaba una carabina.

—Mira las tumbas, las tumbas de los Antiguos —me dijo y se empinó sobre una tumba abierta llena de huesos y me los fue enseñando.

—¡El Rey! . . . ¡La Reina! . . . y su perrito —me dijo.

Y vi a los dos muertos sin carne, en puros huesos,

acostados junto a un perrito también muerto, sin carne, en puros huesos. Me espanté y vi que los perritos me estaban esperando entre los matorrales, seguro que no deseaban que el Hombre los matara con su carabina. Yo pregunté:

—¿Y el niño? . . .

—¿Qué niño? . . . ¡Ah! es verdad que falta —me dijo y me miró con sus ojos negros y se soltó una carcajada.

Noté sus intenciones de meterme en la tumba de los Antiguos y comencé a temblar más fuerte y el Hombre comenzó a reír más fuerte también. Entonces, volvió a sonar el teponaztle: "¡Óilo!" me dijo el Hombre pero yo me eché a correr por la ladera, seguido de los perritos que también iban huyendo. Llegamos abajo, atrás del "Santuario", íbamos muy asustados porque habíamos visto al Hombre, al único que vive allí escondido adentro de la montaña. Nos hallamos en una calle con un edificio enfrente que no parecía iglesia. Su puerta estaba abierta y los perritos y yo entramos, ellos se quedaron entre unos montones de ropa blanca y yo anduve husmeando. Pasé frente a una cocina en la que había ollas muy enormes, más bien peroles, que me recordaron aquello del Infierno. "No vaya a ser que el Hombre me haya empujado al mero infierno", pensé y crucé un cancel de vidrios y me topé con un patio cuadrado con corredores de barandales de hierro. En el centro había prados secos y una fuente seca. Sentado en una banca de hierro estaba ¡él! Lleva unos pantalones grises con rayitas, un chaleco blanco con hilos de plata, una corbata negra, una chaqueta negra y una maleta negra llena de papeles. No me miró, estaba viendo el día, muy aburrido, con la boca triste y los ojos colorados. En la banca de enfrente estaba otro señor, vestido de gris y con el pelo muy largo. El señor marcaba números de teléfono y hablaba muy ocupado: "¿Bueno? . . . ¿bueno? . . . ¿bueno? . . . sí, aquí la Agencia Universal de Regalos . . . sí, Feria de Chicago . . . digo, Chi-ca-go", hablaba mucho por teléfono, sólo que no había teléfono, o a lo mejor era invisible, así suele suceder fuera del mundo. Estaba yo pensando en el teléfono invisible cuando ¡él! me vio, saltó, agarró su maleta y vino corriendo. Es muy grande. Se puso frente a mí y gritó:

—¡Un niño pobre! —y abrió su maleta y sacó muchos papeles de colores y un lápiz. Se agachó y me preguntó con buena voz:

—Niñito, ¿qué quieres que te regale? ¿Un circo? ¿Un león? ¿Una plaza de toros? ¿Un árbol?

La verdad no supe qué escoger y nomás lo miré muy agradecido y ¡él! me dijo:

—¿Cómo te llamas pequeño amigo mío?

—Carmelo... —le dije, porque así me llamo.

Y ¡él! se puso a escribir sus papeles de colores muy aprisa, luego levantó la cabeza, se pasó la mano por el pelo, miró a una nube y dijo:

—Carmelo... bonito nombre. ¡Carmelo, yo soy el Rey del Mundo! Mira, ése es mi secretario —y señaló al señor del teléfono. Yo dije: "¡Ah!" y entonces ¡él! me preguntó:

—Mira ese árbol. ¿De qué color es?

Yo vi al eucalipto que me señalaba, lleno de polvo y contesté:

—Pues es verde, señor Rey del Mundo.

—Por mi voluntad, por la voluntad del Rey del Mundo, es... ¡rosa! —ordenó.

Y el eucalipto se volvió todo de color de rosa: su tronco, sus ramas y sus hojas.

—Sí... es rosa —dije.

Y el Rey del Mundo se puso a escribir en sus papeles y me dio muchas tiritas azules, verdes, amarillas, violetas, rosas. Yo agarraba las tiras de papel sin dejar de ver al árbol rosa, pues la verdad nunca he visto a ningún árbol de ese color. El Rey del Mundo a cada tirita de papel que me daba me decía:

—Aquí tienes: un circo, un león, una carroza, un galgo, una plaza de toros, una bailarina, un cañón, un general, un arco iris, una estrella, una pelota, una lagartija mágica, un libro...

Y mientras me iba regalando tantas cosas, en el árbol de color de rosa aparecía colgada una jaulita de oro muy preciosa y yo seguía recibiendo tiritas de regalos y el árbol se seguía cubriendo de jaulitas de oro.

—Una guitarra, un patín del diablo, un mar, una bicicleta, una fábrica de dulces y un... ¡avión! Y ahora, Carmelo, huye, huye, no te vayan a robar tus tesoros —me dijo.

Guardé mis papelitos entre mi camisa y mi pecho y seguí el rumbo que apuntaba el brazo del Rey del Mundo, que no se parecía al brazo del Santo y me fui corriendo. Aquí traigo todos sus regalos. Allí vive el Rey del Mundo en compañía de Dios, de las Once Mil Vírgenes, de los Apóstoles y de todos los Santos. Corrí y llegué al fondo del patio y me hallé con otra puerta y la crucé y entré en una huerta con su hortaliza. Había coles, zanahorias, perejil, lechugas y vi que ya no me acompañaban los perritos y que se estaba poniendo el sol y los surcos con las coles estaban oscuros, pero doraditos. En la huerta sólo había un curita recogiendo lechugas. Sintió mi presencia, se enderezó y con las lechugas en las manos vino adonde yo estaba. No era cura, porque iba vestido de Santo, con su túnica y su cordón amarrado a la cintura y me quedé muy lleno de respeto al verlo. El sol le hacía más grande su aureola de rayos de oro que iluminaba a la huerta. El Santo me dijo:

—Hijito ¿qué haces en esta casa de orates?

Aunque creo que dijo de "orantes". Yo le dije: "Estuve con el Rey del Mundo. ¿Y tú quién eres?" Le hablé de tú, porque un Santo nunca da miedo.

—El hermano José —me contestó.

Y así supe que me hallaba yo en la presencia de San José, el mismo que amparó a la Virgen y a Nuestro Señor Jesucristo y a mí, Carmelo Calzada. San José me dijo: "Te llevaré al Flecha Roja para que regreses a tu casa." Me cogió de la mano, me sacó de la casa de los orantes, porque oran mucho, y me llevó por la misma calle larga por la que me salí del mundo, hasta que llegamos a una parada del Flecha Roja. Antes no había ningún Flecha Roja, pero San José lo puso para que yo llegara a mi casa y ahora que llego, usted papá, nomás me grita y me mira enojado. Veo su enojo a la luz de la vela y mi mamá ya me dijo perverso y no me permiten acostarme en el petate. "¡Mentiroso!" "¡Mentiroso!" me gritó usted papá, porque me salí del mundo y luego ordenó:

—¡Vete a ese rincón! ¡Híncate! Pon los brazos en cruz y pídele a Dios que te perdone tantísimas mentiras como has dicho esta triste noche en la que te esperamos sin esperanzas de volver a hallarte.

Y aquí estoy en el rincón, viendo mi sombra sobre la pared de adobe, con las rodillas y los brazos muy cansados, con mis tiritas de regalos tiradas en el suelo, oyendo cómo roncan mis padres, mientras yo estoy crucificado sólo porque vi las trescientas sesenta y cinco Casas de Dios, vi a Marta y a María planchándole sus vestidos, vi a Santa Rita, a los remolinos de pájaros, a su altarcito para que recen, vi a las Once Mil Vírgenes todas chiquititas, cubiertas de flores sonrosadas, vi al Rey del Mundo que tuvo la atención de hacerme tantos regalos, vi al Hombre, escondido en el cerro con su carabina y que sólo sale para ver los huesos de los muertos Antiguos, que ahora me parece que él mismo los mató, vi a los Apóstoles y si no vi a Judas es porque ya se había huido y vi a San José . . . ¡Y aunque les pese, los vi y los vi y los vi! . . . Papá, no apague la vela. ¡Ya la apagó! Papá, no me diga mentiroso, porque los vi y los vi y los vi . . . por eso ahora estoy crucificado en este rincón oscuro . . .

Aube y Karin se sintieron dichosas. Habían abandonado el establo de Connecticut en el que vivieron los dos últimos años y ahora terminaban de instalarse en un estudio de muros blancos y alfombras verdes. Un verde césped que les recordaba el campo en sus mejores días. Estaban en Nueva York y Karin seguiría los antiguos pasos de su madre y se convertiría en una hermosa modelo. La ciudad ofrecía todas las oportunidades, no importaban los drogados y las prostitutas. ¡Habían empezado con suerte! En el periódico leyeron el aviso: "Viva un mes gratis en el mejor barrio." ¡Y era verdad! El estudio estaba situado a unos pasos de Park Avenue y dentro de una antigua casa de tabique remodelada en estudios pequeños y acogedores. El dueño, el loco de Soffer, regalaba un mes de alquiler y a pesar de ello el pequeño edificio permanecía vacío, como si alguien le hubiera lanzado un maleficio.

El estudio de Aube y de Karin tenía dos ventanas a la calle y ellas veían caer la nieve no sin cierta melancolía, aunque ninguna de las dos era dada al pesimismo o a la tristeza. Triunfarían. Estaban convencidas. Sus enseres se reducían a algunos utensilios de cocina, una silla de mimbre y dos almohadones. Ellas dormían sobre la alfombra y siempre tenían el teléfono a la mano. Tenían muy poca ropa y esto desesperaba a Aube, que contemplaba con sus ojos azules de muñeca, los ojos de muñeca de su hija Karin y maldecía a Al, su ex marido que era incapaz de regalarle a su hija un guardarropa que le permitiera presentarse en las agencias de modelos a buscar trabajo.

—¡El muy imbécil sólo piensa en suicidarse! —sentenciaba Aube enfadada.

Por su parte, Karin frecuentaba la tienda de comestibles donde trabajaba su padre para hacerse de comida. Le irritaba la derrota de su padre. ¿Por qué si había sido tan listo para escapar de Alemania cuando empezó la persecución a los judíos no hacía algo ahora, para librarlas de aquella miseria? El viejo Al Meyer se escudaba en el abandono en el que lo dejó Aube cuando escapó con su segundo marido y no hacía ¡nada!, salvo vender pepinillos y leer y releer los diarios. Karin contaba con recibir ayuda del círculo judío amigo de su padre. Ellos dirigían la alta costura. Pero habían rechazado a su madre y nunca le perdonarían su fuga con el extranjero. Tampoco se la perdonaría Karin. Cuando Aube cometió el error, Al Meyer estaba en la cúspide de su carrera, era el mejor vendedor y comprador de trajes de alta costura y Karin todavía recordaba el lujo en el que vivió.

Hacía ya dos semanas que habitaban el estudio y el edificio continuaba vacío y sin calefacción. Ese martes, muy temprano por la mañana, Karin escuchó que alguien subía trabajosamente la escalera. Le llegaron palabras entrecortadas: "¡Camina! . . . lo que te han hecho." Llamó a su madre y ambas escucharon asustadas: "¡Bandidos! . . . sube, ¿quieres morirte en la escalera?" Y después: "Por favor, haz el último esfuerzo, no puedo mezclarme en esto!" Guardaron silencio, estaban demasiado solas en el edificio helado. Eran dos mujeres las que subían la escalera y una arrastraba a la otra, que se limitaba a lanzar quejidos débiles.

—¡Ya llegaron las prostitutas a este edificio. Estamos perdidas! —suspiró Aube—. ¡El miserable de Soffer las engañó! ¡Judío hipócrita! —dijo Aube en el oído de su hija.

—Traen a una, está herida . . . —contestó Karin en voz baja y con el oído pegado a la puerta.

Oyeron abrir el estudio situado justamente frente a la escalera, esperaron unos minutos y en seguida escucharon que salía alguien y bajaba corriendo los escalones. Aube abrió, se inclinó sobre el barandal del pasillo y alcanzó a ver a una cabeza rubia femenina que huía despavorida. Se volvió y vio que la puerta del estudio estaba completamente abierta. La desconocida olvidó cerrarla antes de huir. Reflexionó unos minutos y le comunicó a su hija lo ocurrido. Discutieron y ambas decidieron cruzar la puerta abierta y ver lo que sucedía en ese estudio.

—¿Hay alguien?... ¿hay alguien? —preguntó Aube antes de cruzar la puerta abierta.

Nadie contestó. Entraron de puntillas al estrecho pasillo que llevaba al cuarto. A un lado y abierta en un hueco estaba la pequeña cocina apagada y oscura. En el cuarto, en un rincón había una cama y sobre ella yacía una niña cubierta con un enorme abrigo de visón. En la oscuridad helada del estudio la criatura parecía muerta. Karin levantó una punta del abrigo: la niña tendría catorce años, estaba lívida, llevaba una chaqueta de lana rosa y gris abierta y en el pecho izquierdo tenía una herida de más de diez centímetros, que sangraba en abundancia.

—Vamos a llamar a la Policía... —dijo y retrocedió espantada.

—Espera, espera... en estos casos a lo último que se llama es a la Policía —contestó su madre.

Aube corrió a su estudio, quitó una bombilla eléctrica y volvió para colocarla en una lámpara incrustada en el muro. Entonces, se inclinó sobre la chica herida y examinó temblorosa la sangre.

—¡Karin!... ¡Karin!... tiene puntos... alguien la ha cosido —comentó asustada.

Era indudable que se hallaba frente a un crimen cometido por la Maffia. Karin cubrió a la chica y Aube le tocó la frente: estaba helada.

—¡Trae todas las mantas! Está viva —le ordenó a su hija.

Karin fue a su estudio y volvió cargada con el edredón y dos mantas. Su madre tomó el pulso a la chica, la cubrió con esmero y trató de obtener una palabra: "¿Quién eres?... ¿qué te sucedió?... ¿te sientes muy mal?" La chica abrió unos ojos enormes y extraviados y volvió a cerrarlos sin decir una palabra. Karin y Aube se sintieron aterradas.

—¡Trae el cojín eléctrico!... lo peor puede ser la pulmonía —opinó Aube.

Su hija volvió con el cojincillo eléctrico. Buscaron un enchufe, alargaron el cordón agregando el de su única lámpara y colocaron el cojincillo sobre los pies helados de la chica. Entonces vieron que llevaba zapatos franceses muy elegantes, aunque inútiles para la nieve que caía sobre la ciudad amontonándose sobre las aceras.

—La rubia que la subió era extranjera... ¡tenía acento eslavo! —murmuró Aube en voz muy baja.

—¿Por qué huyó? —preguntó Karin aterrada.

Aube guardó silencio, se había puesto muy pálida, tenía miedo y calculaba sus acciones, contempló a su hija preocupada: inmiscuirse en aquello era peligroso, ¿valía la pena arriesgar a su hija? Pronunció las palabras terribles:

——Esto es una venganza soviética. La que huyó también era muy joven. ¿Por qué la trajo aquí? ¡Ese loco de Soffer!... ese pobre imbécil. ¡Ese judío estúpido!... Voy a llamarlo.

En pocos minutos llegó el señor Soffer, un viejecillo de piel rosada, que avanzó por el estudio con pasitos breves y se inclinó sobre la desconocida.

—No sé quién es... —declaró.

—¿Cómo que no sabe? ¿Alquiló usted este estudio o no lo alquiló? —preguntó Aube cada vez más asustada.

—Señora Mayer, señora Mayer, no se excite. Alquilé este piso a una señora rubia muy elegante... es extranjera, cuando firmó el contrato llevaba un abrigo de visón de más de cuatro mil dólares.

—¿Como éste? —preguntó Karin levantando las mantas y el edredón que cubrían a la chica.

El señor Soffer se inclinó a observar la piel y movió afirmativamente la cabeza.

—Más o menos como éste. Ustedes saben que soy especialista en antigüedades, no en pieles. ¿Cuántas veces señora Mayer le he explicado que ya mi abuelo era el propietario de "Soffer und Soffer" en Viena? Ahora todo anda mal, miren a esta criatura... En Viena éramos todos muy felices, los Archiduques nunca tenían dinero, sólo tenían amigas muy lindas Karin, como tú y como esa pobre niña y les hacían regalos. Una vez al año, mi padre me decía: "¡Ponte elegante, que vamos a visitar al Emperador!" Y el Emperador Francisco José nos recibía y pagaba las deudas de los jóvenes pícaros que iban a la Ópera... ¡Era muy noble el Emperador Francisco José! En sus tiempos no sucedían estas cosas... ¡terribles!

El señor Soffer entrecerró sus ojos viejos para soñar con la corte y con la Ópera y se hundió en un pozo de tristeza. Aube lo contempló indignada y Karin sonrió con desprecio.

—¡Sí, era muy noble su Emperador! pero esta chica se va a morir, entre otras cosas de frío. ¿No se da cuenta de que aquí no hay calefacción? —gritó Aube.

—¡Calefacción!... sí, sí, voy a buscar a Toma y ustedes por favor cuiden a esta niña. Tal vez aclaremos este horrible misterio —sentenció el señor Soffer.

Aube lo detuvo por una manga, se le acercó y le preguntó en voz muy baja:

—¿La extranjera rubia era rusa?

El señor Soffer se zafó de la mano de Aube, dio unos pasitos y movió la cabeza.

—Podría ser rusa... sí, podría ser rusa, aunque no de papeles. ¡Pobre señora, estaba muy aterrada! Sí, muy aterrada. Me pregunto: ¿Dónde estará ahora? ¿Y quién es esta niña que lleva puesto su abrigo? ¡Ah esto no sucedía en el tiempo del Emperador! Voy a buscar a Toma, se necesita calor...

Aube y Karin se miraron inútiles, Soffer el viejo astuto las engañaba. La desconocida yacía inmóvil y Aube decidió darle unos masajes en los pies, mientras Karin le frotaba las sienes y la nuca con alcohol.

—Mira... —gritó Aube retirando la manos de debajo del abrigo y de las mantas enrojecidas de sangre. La chica sangraba abundantemente por todas partes, era necesario llamar a la Policía.

—Mami... mami... —repitió Karin aterrada, en aquel estudio vacío en el que se acumulaban sombras heladas y quiso correr a llamar a la Policía. Una mujer alta, rubia y muy pálida le interceptó el paso, llevaba un abrigo de visón parecido al que cubría a la moribunda.

—Por favor, no llamen a la Policía —exclamó, se

71

acercó al catre, se sentó en la orilla y acarició a la moribunda.

—Soy su madre —aclaró y guardó silencio.

—La puerta estaba abierta —dijeron Karin y Aube para explicar su presencia y la desconocida les dio las gracias en voz baja.

—¡Hay que llevarla a un hospital! —urgió Aube nerviosa ante la inmovilidad de la desconocida.

—La echaron esta mañana del hospital... la operaron ayer, despertó de la anestesia a las tres de la madrugada —contestó fijando sus ojos en los ojos de muñeca de Aube.

—¿La echaron?... ¡No es posible! En América eso no es posible. ¡Es ilegal! ¿Comprende? Hay que demandarlos. Karin, llama a Ken, su hermano es Fiscal de Distrito. Esta chica se muere —ordenó Aube.

Karin corrió a su estudio para llamar a Ken, en el pasillo se cruzó con el señor Soffer y con Toma, el joven yugoslavo, que servía de conserje en el edificio vecino y que estaba encargado de arreglar la calefacción en el suyo.

El señor Soffer entró a pasitos en el cuarto helado seguido por Toma, que miró con fijeza a la enferma.

—Querida, ¿qué sucede? Esta niña no está bien, apareció aquí y la señora Mayer está asustada. ¿Es su hija? —preguntó el señor Soffer a la desconocida que continuaba inmóvil sentada en la orilla del catre. La mujer asintió con la cabeza y el señor Soffer se volvió a Toma para que arreglara la calefacción. Toma salió corriendo, para volver con un martillo. Con decisión, clavó un clavo en el muro, sacó un crucifijo de su bolsillo y lo colgó.

—La cruz da calor, vida, aleja a la pulmonía —le dijo a la enferma inclinándose sobre su oído.

Después se volvió a la madre: ¡había hecho todo mal! Él, Toma y su hermano, escaparon de su país y se internaron en un campo de refugiados en Italia, desde allí pidieron asilo político y ahora él era conserje y su hermano, camarero. En cambio, ¿qué había hecho la señora? ¡Llegar directamente al país sin ninguna garantía! Toma se tocó la frente.

—¡Hay que pensar! Ahora lleve a su hija al hospital. ¿Tiene papeles? —preguntó.

La desconocida no contestó. Al señor Soffer no le sorprendían las tragedias, más bien lo asombraba la dicha. Reconoció para sí mismo que había remodelado aquella casa para dar refugio a los perseguidos y bajó la vista para recordar a Viena y al Emperador. La señora Mayer le había preguntado si su nueva inquilina era rusa y él se dedicó a observarla. "¡Claro, es rusa! La señora Mayer es muy inteligente" y decidió guardar silencio y no mencionar la nacionalidad del pasaporte absurdo que llevaba la señora Lelinca. Karin interrumpió sus pensamientos.

—Mami, te llaman por teléfono —anunció la jovencita con voz desconcertada.

Aube se dirigió a su estudio y permaneció escuchando en el teléfono una voz gangosa: "Usted no sabe quién es esa mujer. ¡Dígale que no persiga más a mi Gobierno! Es una vieja prostituida y sobre ella pesan cargos muy graves. ¡Ah! no lo sabe ¿verdad?" Aube escuchó las acusaciones e insultos proferidos por la voz gangosa que padecía un grotesco acento extranjero. Prometió no inmiscuirse en el asunto.

—Es algo político —afirmó Aube. Karin la escuchó en silencio y ambas regresaron al lado de la moribunda a esperar la llegada de Ken. Deliberaron con Soffer: debían llevar a la chica a un hospital.

—No tengo dinero —contestó la madre de la moribunda.

Ken llegó con rapidez acompañado de su amigo David. "Es algo político", les murmuró Aube.

—¡No importa! Vamos a demandar a ese hospital —dijeron los dos jóvenes.

Con presteza tomaron en brazos a la herida, la bajaron al automóvil de David y la llevaron a otro hospital. Los demás los siguieron. En el nuevo hospital no pudieron internar a la enferma: necesitaban la constancia del hospital donde la habían operado y los certificados médicos. Aube telefoneó a los doctores: "¡Tráigala aquí inmediatamente!", le ordenaron. Pero la madre rehusó el ofrecimiento.

—No quiero que la maten ... —confesó en voz baja.

La chica permaneció en el servicio de emergencia hasta las siete de la noche, mientras los demás esperaron pacientes en los pasillos. "¡Estas cosas no deben suceder en América!" "Demandaremos al hospital."

—Cuando la madre salga del choque, ¡mírenla! tiene mucho miedo —dijo David.

Transportaron a la enferma nuevamente al estudio vacío y esperaron, cuando la muchacha abrió los ojos le dijeron a coro:

—¡Bienvenida al Club!

Aube preparó un buen caldo de gallina, se disponía a llevárselo a la enferma, cuando escuchó ruidos en el piso de las extranjeras y se dirigió allí de prisa. Encontró a Ken y a David discutiendo con un desconocido alto, entrado en años y con el rostro marcado por aventuras más o menos dudosas.

—¡Esta chica no puede viajar! ¿No ve en qué estado se encuentra? —gritaba Ken.

El hombre se abrió el abrigo como si súbitamente se sintiera muy acalorado, enrojeció y miró al suelo. Aube avanzó amenazadora y le tendió la mano.

—¡Koblotsky! ... estoy aquí para trasladar a esta chica a su país. Debe tomar el avión esta noche.

—¡Es usted judío! ¿No le da vergüenza? ¡Un judío cometiendo este atropello! —gritó Aube.

—Lo sé ... lo sé, pero trabajo para ellos ... señora Lelinca, no vuelva usted ¡jamás! ¡Jamás! —exclamó Koblotsky. Evitó ver a la madre de la enferma y miró en derredor suyo, pareció impresionado por la desnudez y el frío que reinaban en el estudio. Aube, Ken, David y Karin, lo observaban en silencio, acusadores.

—¡Aquí no hay nada! No tiene usted dinero, ¿verdad señora Lelinca? Tenga, por favor —dijo en voz baja, sacó su billetera y tendió los billetes que contenía: trescientos ochenta dólares.

—Es usted buen judío —dijo Aube arrebatando el dinero que tendía.

—Señora Lelinca, no vuelva usted ¡jamás! —repitió a la madre de la enferma que permanecía en silencio y Koblotsky bajó la escalera de prisa para enfrentarse a la noche que acumulaba nieve y ventiscas. En su casa lo esperaban su mujer y su hija Gloria y quiso llegar a ellas y comprobar que lo esperaban al lado de la chimenea. Debía olvidar a la chica lívida, tendida bajo unas mantas, abandonada en un estudio vacío en el que reinaban la miseria y el miedo y al que rondaba la muerte.

Aube le dio unas cucharadas de caldo a Lucía, ahora todos conocían su nombre, después todos se sentaron en el suelo y comieron aquel caldo "capaz de levantar a un muerto". Eran las doce de la noche y el día había sido largo y trágico.

Al día siguiente por la tarde, llegó Karin acompañada de Lola. Los muros del estudio resplandecían de frío. No funcionaba la calefacción y Lucía se arropaba en las mantas y los abrigos de visón. Con el dinero de Koblotsky, Aube compró almohadas, una lámpara, algunos platos, un florero y unas flores que colocó sobre el alféizar de la ventana que daba a un patio interior. El patio tenía piso de mármol de color de rosa y en el centro una pequeña fuente que acumulaba nieve. Aube contempló consternada los huesos de Lucía pegados a la sábana y le dio en la boca cucharadas de caldo de gallina.

—¡Traje a Lola, porque es como tú, escapó a la cámara de gas! —anunció Karin con un gesto que quiso ser alegre.

Lola permaneció de pie, se dejó contemplar, estaba triste metida en su gabán de pobre. Agachó la cabeza y se sintió avergonzada. Hubiera deseado ser invisible para escapar a sus perseguidores. La señora Lelinca sintió compasión por aquella vieja fugitiva.

—Andamos huyendo Lola... —le dijo para traquilizarla.

Lola se quedó quieta, tenía frío y estaba muy cansada. Aceptó recostarse en la orilla de la cama de Lucía y a pesar del miedo se quedó dormida. Lola, como todos los perseguidos, no recordaba su pasado, no tenía futuro y en su memoria sólo quedaban imágenes confusas de sus perseguidores.

"¿Insiste usted en ayudar a esas mujeres?", preguntaba la voz gangosa en el teléfono de Aube. Ella y su hija eran seres libres ¿que podía sucederles? Era saludable pensar que eran invulnerables y Karin llevó su vieja Televisión al cuarto de Lucía. Al oscurecer cenaban juntas y veían películas de "nostalgia". Casi siempre las acompañaba Ken. Su amigo David trataba de investigar quiénes eran aquellas dos extranjeras que no daban ninguna explicación sobre lo que les sucedía.

—Se mudó un hombre al estudio que está bajo el tuyo. Sus ventanas dan al patio y aproveché para echar una ojeada. El tipo es joven, se afeita la cabeza y usa un kimono japonés —anunció Aube muy preocupada.

—¡Un karateka! —exclamó Lucía con aire divertido.

—El karateka tiene muebles franceses, candiles de cristal y sillones forrados de raso —explicó Aube.

Llenas de curiosidad, las cuatro mujeres se asomaron a la ventana y vieron las luces del piso del nuevo inquilino reflejadas sobre la nieve del patio. El hombre tomó la costumbre de apostarse en la escalera y esperar la entrada de las mujeres.

—El karateka salió de la oscuridad y me invitó a su estudio. Va descalzo y lleva el kimono abierto. Parece un loco. ¡Yo huí! —anunció Karin casi sin alientos al volver de su diario recorrido por las Agencias de Modelos. Sus amigas la escucharon asustadas.

—¡El viejo zorro de Soffer con su afán de lucro nos ha puesto en peligro! Debe ser un maniático sexual... o un ¡KGB! —exclamó Aube.

Opinó que la señora Lelinca debía estudiar su rostro de tártaro y ella debía llamar a Soffer. El viejecillo se presentó con su trote ligero, una sonrisa y una caja de bombones para Lucía.

—Debes ponerte bien. Eres muy bonita y con algo de suerte podrías debutar en Broadway —le dijo a la enferma y tarareó un vals de Strauss. Estaba contento, Lucía acomodada entre almohadones llevaba un maquillaje perfecto confeccionado por Karin.

Aube, metida en sus pantalones azules, su suéter azul, avanzó hacia el viejecillo mirándolo con sus ojos azules de muñeca indignada.

—Señor Soffer ¿quién es el karateka? —preguntó mostrando sus dientes afilados de tigresa.

—Señora Mayer, señora Mayer, no sé de quién me habla usted. La encuentro siempre muy nerviosa.

—Nos ha puesto en peligro. ¿Por qué le alquiló el estudio a ese karateka? —insistió Aube.

El señor Soffer la miró con asombro y dejó de tararear a Strauss.

—El joven del piso de abajo pertenece a una familia muy rica de Boston. No es karateka.

—Soffer, usted es un judío vienés que llegó ya muy viejo a América. No sabe de lo que habla, siempre está soñando con Viena. El hombre de abajo ¡no es de Boston! —afirmó Aube.

—Señora Mayer, ese joven es de Boston —repitió Soffer con aire resignado.

Aube se acercó a él, se inclinó, miró a la señora Lelinca, a Lucía y a Karin y exclamó en voz muy baja.

—Ese hombre es ruso. Lleva la cabeza al rape, ¡típico de un cosaco! Señor Soffer, ese hombre es un miembro prominente de ¡la K . . . G . . . B . . .! —afirmó Aube.

—Señora Mayer, por favor . . . ese joven es de Boston —gimió Soffer y movió la cabeza con aire resignado. La señora Mayer estaba equivocada, pero era inútil tratar de sacarla de su error. Levantó sus viejos ojos fatigados y la escuchó decir.

—Debe echarlo a la calle. ¡Ahora mismo!

—¿Echarlo a la calle? . . . señora Mayer, él es el único que me paga la renta con puntualidad.

¡Eran inútiles las palabras de Aube, el viejo Soffer estaba decidido a que el karateka continuara en el edificio, espiando su paso al pie de la escalera y haciendo proposiciones indecorosas! Estarían alertas, el tipo era capaz de subir para hacerles algún daño. Por la noche, Aube y Karin escucharon pasos en la escalera y ambas salieron a enfrentarse con el personaje, que resultó ser un desconocido. ¿Quién le abrió la puerta de entrada? Desde que llegaron la señora Lelinca y su hija, ellas vivían en un continuo sobresalto. El hombre que subía era de mediana edad, traje oscuro y un portafolio negro también, bajo el brazo. Se diría nervioso y al descubrir a sus vecinas acodadas en el barandal del pasillo se sobresaltó.

—¿Quién le abrió la puerta? —preguntó Aube.

—Yo mismo, Alfred Green, abogado. Alquilé el piso con terraza —contestó el hombre con sequedad y continuó subiendo, pasó frente a la puerta de Lucía y siguió al otro piso. El abogado Green viviría justamente arriba de sus amigas y si era cuidadoso, en verano podía instalar un pequeño jardín en la terraza.

—No me gusta el tipo. No vi que subieran ningún mueble, además ¿por qué llega tan tarde? —preguntó Aube.

La señora Lelinca juzgó conveniente la actitud de Aube y ambas espiaron las entradas y salidas del abogado, siempre solo, con su portafolio negro bajo el brazo, esquivando el saludo. Volvía muy temprano, se encerraba y no hacía ningún ruido. Aube decidió salir con la señora Lelinca a su encuentro e investigar por qué vivía allí. Estaba segura de que era amigo del karateka y su amiga estaba cercada por dos personajes sospechosos. Ambos vivían solos y ambos eran extravagantes. El de abajo y el de arriba.

—¡Buenas noches, señor Green! ¿Desea tomar un café con nosotras? Somos sus vecinas —dijeron Aube y la señora Lelinca saliendo al paso del abogado.

El hombre se detuvo indeciso, las contempló en silencio y adoptó un gesto severo.

—Estoy muy cansado y espero la llamada de Nety, mi esposa, que está en Florida y debe llegar en cualquier momento —contestó Green, les hizo una inclinación de cabeza, dio las "Buenas Noches" y subió a su piso.

—¡Es odioso! . . . no me gusta. Tal vez lo único que tiene a su favor es que es judío, aunque los hay ¡muy malvados! —aseguró Aube con aire pensativo. No deseaba asustar más a sus amigas y a la pobre Lola que parecía ya tan aterrada.

Unos días después se mudaron al último piso dos hermanas negras y Aube las atrapó en la escalera y las puso al corriente del peligro del karateka, el egoísmo de Green y la enfermedad de la pobre Lucía. Las hermanas la escucharon con atención y durante mucho tiempo llamaron a la puerta de la señora Lelinca para ofrecerle platillos sazonados con salsas fuertes "Muy buenos para fortalecer la sangre". Habían huido de su país, hablaban mal el inglés y la nieve las ponía tristes. A Aube la tranquilizaba su presencia.

La vida en el edificio del señor Soffer parecía haber alcanzado un equilibrio y Aube, Karin y Ken pasaban veladas apacibles en el piso de Lucía y de su madre.

—La culpa la tiene tu marido, espero que no sepa que vives aquí...

Escuchó decir Aube en el piso de Lucía una noche en la que entró de improviso en la casa de sus amigas. "He oído esa voz", se dijo y encontró instalada en el borde de la cama de Lucía a una joven rubia. "La he visto en alguna parte", se dijo y recordó el acento eslavo de la voz femenina que llevó a Lucía aquella mañana en la que ella, Aube, la encontró moribunda. "¡Su marido! ¡Nunca habló de él!", se dijo Aube, plantándose frente a las dos jóvenes.

—María —dijo la muchacha poniéndose de pie sorprendida por la aparición de Aube.

—¿Rusa? —preguntó la madre de Karin.

—No. Yugoslava —afirmó la joven ruborizándose quizás demasiado.

Aube notó que la chica era muy alta, que curiosamente guardaba un parecido con Lucía, que ambas estaban muy contentas y que ella había interrumpido un diálogo íntimo. Abandonó a las jóvenes y corrió en busca de Karin. Después de discutir lo que había escuchado, ambas decidieron llamar a Jacobo Rubinsky, un amigo de Ken que hablaba ruso. "¡Ven en seguida!", le ordenó Aube. Estaba disgustada ¿cómo era posible que Lucía le ocultara la existencia de su marido?

—Se debió casar cuando era niña —contestó Karin.

El joven Rubinsky llegó sonriente, ¿qué deseaban? Aube expuso su plan: el chico debía hablar en ruso en un momento propicio y observar el efecto de sus palabras en aquella María ... y también en sus amigas. Aube, Karin y Ken llamaron a la casa de la señora Lelinca y como de costumbre se instalaron en el suelo a ver la televisión. María, les sonrió a todos. Después les ofreció cigarrillos. Media hora más tarde entró sonriente Rubinsky que con inocencia saludó en ruso. María le contestó con naturalidad, después enrojeció y mantuvo una distancia fría con los amigos de la señora Lelinca. ¡No les dirigiría la palabra! ¡Se concentraría en la película de Gary Cooper! De pronto se puso de pie y exclamó:

—¡No es justo que Gary Cooper haya muerto antes de que hubiéramos nacido!

Lucía se echó a reír y los demás la contemplaron en silencio. Los vio tiritar de frío, pues Toma era incapaz de arreglar la calefacción y Soffer había olvidado el asunto. De pie, en medio de la habitación, la muchacha les lanzó una mirada olímpica.

—¡En mi país el termómetro baja cuarenta grados y no tenemos frío!

—¡La Santa Rusia! ¡La Santa Rusia! —le contestó Aube con voz irónica.

Para Aube, la presencia cotidiana de María resultaba inexplicable. ¿Por qué toleraban sus amigas a aquella soviética? A ella la intranquilizaba, estaba segura de que la joven había enviado al karateka. Ella también había dado la dirección al hombre de la voz gangosa que la llamaba por teléfono. Tal vez la señora Lelinca le tenía miedo a la muchacha, pues había sorprendido ciertas miradas inquietas en su amiga. "Que no sepa tu marido que vives aquí", dijo la soviética aquella primera noche y ella, Aube, en vez de esperar la respuesta de Lucía se precipitó a entrar. Aube observaba a las dos extranjeras y una tarde quiso sorprender a la señora Lelinca.

—¿Cómo conociste a "Madame Stalin"? —le preguntó de repente.

La señora Lelinca guardó silencio. Era difícil explicar su encuentro con la muchacha. Se ruborizó ante los ojos de mercurio de su amiga Aube.

—Tú guardas un secreto. ¡Sabes algo! —insistió Aube.

Era verdad que guardaba un secreto que por lo demás era público. Se preguntó si Aube ignoraba la acusación que pesaba sobre ella y de la cual nunca se libraría por carecer de poder político y guardó silencio frente a su amiga que había salvado la vida de su hija. Sintió una gran pena e inclinó la cabeza. ¡La habían marcado! Recordó aquella novela leída en su adolescencia y que le pareció entonces completamente irreal: *La letra escarlata.* También ella llevaba un signo infame marcado en la frente. ¿Cómo decírselo a Aube? La vida de su amiga era "normal". Se divorció tres veces, tuvo algunos amantes, fue una modelo exclusiva y ahora atravesaba por una mala racha. ¡Era normal! En cambio, lo suyo entraba en la dimensión de lo "anormal". Vio salir a Aube y no le dijo nada.

El frío se volvió más intenso, congelaba la comida que ella le preparaba a su hija y tiritaban de noche bajo las mantas. El señor Soffer la había obligado a tocar los tubos conductores del calor para convencerla de que en su edificio había calefacción. Tal vez las privaba del calor para matarlas... pero mataría también a Aube y a Karin. ¡No, esa mañana vio el horno de su cocina encendido y con la puerta abierta para que su calor se esparciera por el cuarto!

—¡Haz lo mismo tú! —le gritó Lucía lívida por el frío.

Encendió el horno, abrió la puertecilla y escuchó pasos subiendo la escalera. Corrió a la mirilla: un hombre de piel lustrosa, cabellos envaselinados y abrigo oscuro con solapas de terciopelo apareció frente a ella y trató de espiar a través del cristal de su mirilla. Después, se dirigió al estudio de Aube, se palpó la cintura, se arregló la corbata y se pasó una mano por los cabellos, dudó y llamó a la campanilla. Aube abrió.

—Señora Mayer, represento a las mejores casas de modas y tenemos la intención de lanzar a su hijita Karin. ¡Es ideal para modelo! —dijo el hombre al tiempo que se colaba en la casa de Aube.

"Ustedes dos desconfían de mí y son Karin y su madre las que van a venderlas", les había repetido María. La señora Lelinca se dejó caer en la mecedora, "la soviética", como llamaban a su amiga, tenía razón. Recordó que a esa hora el abogado Green estaba en su trabajo y que el karateka no se colocaba aún al pie de la escalera. Estaban solas, podía sucederles cualquier cosa y nadie acudiría. A los pocos instantes Karin vino a buscarla para que conociera a aquel extraño visitante. "Es uno de ellos, debe de haber otro muy cerca", se dijo la señora Lelinca y se dejó llevar al piso de Aube. El visitante le besó la mano y sonrió. "La hice salir de su agujero", se dijo satisfecho y ocupó la silla de mimbre, mientras ellas tres se sentaban en el suelo.

—Me decía la señora Mayer que usted es una experta en modas —dijo el hombre con voz suave.

—Me gusta la moda "Gatsby". ¡Es increíble la fuerza que puede tener un escritor! —contestó ella.

El hombre pareció contrariado. ¿Un escritor? ¿Qué quería decir aquella mujer? Él no estaba allí para hablar de escritores... sino de modas.

—¿Quién era el presidente de los Estados Unidos cuando se escribió *El Gran Gatsby*? —preguntó la señora Lelinca.

—No lo recuerdo, señora —contestó el hombre con aire molesto.

—¡No se preocupe! Nadie lo recuerda, pero todos recordamos a "Gatsby" —afirmó ella.

Aube y Karin se miraron sorprendidas. Después, una sospecha oscureció sus frentes claras y observaron al visitante que se revolvía incómodo en la silla de mimbre: iba demasiado bien peinado y sus maneras eran rebuscadas. El nombre de Scott Fitzgerald sonaba muy extraño frente a aquel hombre de mirada vidriosa. No sabían por qué aquel diálogo era peligroso y escuchaban hipnotizadas

La entrada de Ken rompió el maleficio e hizo que Karin, que permanecía sobre la alfombra, igual a un durazno caído sobre el césped, se pusiera de pie. La mirada de Ken no era acogedora y el visitante recogió algunas fotografías esparcidas en el suelo y se preparó a marchar.

—Karin tiene el tipo ideal para la moda de Scott Fitzgerald —dijo la señora Lelinca.

—Enviaré a mis fotógrafos —prometió el visitante.

Los cuatro lo vieron partir, se sintieron inquietos.

—No me gusta ese tipo . . . —dijo Ken.

A ninguno de los cuatro les gustaba, pero ellas guardaron silencio. Al cabo de un rato fue Aube la que habló:

—¿Por qué no te quejaste cuando echaron a Lucía del hospital? ¡Es un delito y lo soportaste!

Aube insistió en su pregunta y Ken y Karin miraron a la madre de Lucía boquiabiertos.

—No tengo dinero. Ellos tienen el poder y la gloria. Pueden comprar asesinos y testigos —confesó.

—¡Ellos! ¿Quiénes son ellos? —preguntó Ken.

—Dime ¿quién es "Madame Stalin"? —preguntó Aube.

La señora Lelinca no pudo contestar, ignoraba quién era María. La tarde en que la conoció nevaba como la tarde en que Karin trajo a Lola. El frío produce la nostalgia de las chimeneas y de las confidencias. También el frío les recuerda a los perseguidos que alguna vez tuvieron casa y en su memoria brotan duelas brillantes, mesas puestas, conversaciones y personajes risueños que fueron ellos mismos antes de convertirse en pedigüeños de papeles, y permisos para sobrevivir en aceras barridas por los cuatro vientos. ¡La Rosa de los Vientos! era antes, una forma parecida a un rehilete de oro y plata girando por el cielo de su adolescencia, alto, azul, techo y sendero de la Gloria, sembrado de piedras luminosas como las migas de Hansel y Gretel. ¿Quién sembró a las estrellas y por qué sólo brillan en la noche? Los desconocidos tienen respuestas variadas para las mil preguntas que se formulan los perseguidos, antes de que el sueño los sumerja en paisajes atroces o en fuentes inalcanzables. Alguna vez, una desconocida le relató su vida en una hermosa isla y por la noche, soñó con una mujer pintada por Gauguin. La mujer sostenía unas flores, le tendió una mano y la llevó al Edén en el que un sol inmenso yacía entre jacintos y amapolas. Entonces, ¿cómo rehusarse a hablar con los desconocidos? Sí, nevaba la tarde en la que encontraron a María. Ella y su hija se hallaban en un salón de techo bajo esperando un permiso para permanecer en los Estados Unidos. Tenían miedo, casi tanto miedo como el que había sufrido Lola. Las rodeaban personajes tristes. Era un lugar oficial para "Servir al Público". El "Público" estaba mudo, ya que carece del derecho a la palabra. Alguien sentado a su derecha le habló en ruso y ella se volvió para encontrar la cara rubia de María que acarició la manga de su abrigo de visón.

—¡Qué tragedia! Dos rusas, dos artistas, pidiendo la limosna de un visado —dijo la joven. Esa misma tarde tomaron un café en un local de color anaranjado. "¿Quiénes son?", se preguntaba María. "¿Quién es?", se preguntaban ellas. Recordaron las hortensias azules creciendo alrededor de los duraznos de su casa, la fragancia de la madreselva y la verde fortaleza de la hiedra que defendía los muros del jardín con la decisión de una coraza. La cafetería era un refugio pasajero. ¿En eso se había convertido el mundo?

—¿Te gustan las magnolias? —preguntó Lucía.

—En mi país crecen junto a los laureles —contestó la muchacha.

Las tres descubrieron en los árboles el hilo que une a todos los hombres en su afán de encontrar el Paraíso Perdido que buscamos. Así empezó la amistad con María. ¡Una amistad entrañable fincada en la terrible soledad que las rodeaba a las tres! La ciudad transcurría junto a ellas con indiferencia, pero ellas se veían todos los días, se reían, iban al cine o velaban a Lucía. Cuando la enferma se sentía muy mal, la joven rusa estaba quieta junto a ella durante días y noches enteras. Jugaban a las cartas, escuchaban música y contemplaban la televisión.

—Me parece injusto que estés siempre encerrada con Lucía. ¡Vete al cine! ¿No tienes algún amigo? —le preguntó la señora Lelinca.

María permaneció con los brazos colgantes y la mirada fija. Era la imagen de la desolación. Hacía dos años que estaba en Nueva York y no tenía ningún amigo. ¡En dos años no había hablado con nadie! Sus únicas amigas eran ellas. "Despertamos desconfianza, ¿saben?", confesó con los ojos listos a las lágrimas. Esto no podía decírselo a Aube que esperaba su respuesta. Tampoco podía decirle que ellas y la "soviética" atravesaban el largo y ancho desierto de la impiedad, hermanadas en la desdicha. "¿Cómo puedo decirle que las tres estamos incomunicadas?", se preguntó. Aube supo que era inútil insistir.

—¿Quién envió a este "experto" en modas? —dijo en voz alta.

—Tal vez lo sabremos un día —afirmó Ken.

La sombra oscura dejó una estela de dudas y sospechas entre Aube y la señora Lelinca que volvió a su piso para encontrar a María de charla con su hija.

—¡Fueron ellas! Ese hombre va a pagar la carrera de Karin. ¡Aube es un monstruo! —sentenció la rusa, de pie en la habitación.

—Tal vez fue el karateka... —opinó Lucía.

La "soviética" se echó a reír, batió palmas, besó a sus amigas y dio algunos pasos por el cuarto.

—¡Vamos, Lucía! Ese pobre "kapitalistik" sólo piensa en las mujeres. Hoy me invitó a pasar a su estudio: Miss, tengo bombones, whisky, ¿le doy miedo?, me dijo —y María continuó riendo.

—Es un producto de los países "kapitalistiks", en mi país no existen estos locos... allí suceden otras cosas, pero no quiero hacer contrapropaganda. Tú lo sabes, ¿verdad? —le preguntó a la señora Lelinca.

Después de la visita del "experto en modas", Aube y Karin se sintieron en peligro. Ignoraban quiénes eran sus vecinas y observaron que la madre salía muy poco. Desde su ventana, Aube la veía avanzar por la calle volviendo la cabeza, como si temiera ser seguida por alguien, mientras iba a comprar los comestibles.

—¡Mira Karin, mira! —urgió Aube desde la ventana,

su puesto de observación.

Las dos vieron a su amiga charlando con dos desconocidos de bigote y abrigos de pelo de camello. Después, se despidieron y la madre de Lucía pasó de largo frente al edificio y dio vuelta en Park Avenue. A los pocos minutos reapareció y se metió corriendo a la casa. Inmediatamente surgieron los dos desconocidos en la esquina y pasaron sonrientes frente a la escalera de piedra de la casa.

—¡Pobre! Cree que le perdieron la pista —comentó Aube.

La visita del "experto en modas" y la presencia de aquellos dos individuos de bigote en la acera, las convenció del peligro que significaba la amistad con Lucía y su madre. Aube se parecía a la señora Lelinca y Karin a Lucía y al oscurecer podían confundirlas, aunque Lucía estaba siempre en cama los hombres podrían pensar que se aliviaba si veían a Karin, y entonces... Aube le propuso a su amiga instalar un teléfono.

—¿Un teléfono?... ¡No, no, no! —protestó la señora Lelinca.

—Tiene razón. No desea escuchar las amenazas anónimas —le dijo Ken.

Ya que la señora Lelinca se rehusaba a escuchar las amenazas, era Aube la que debía sufrirlas. Quizás era mejor obedecer a la voz gangosa y dejar de frecuentarlas.

"¡Cuidado! ¡Este edificio ha sido violentado!", decía el cartel pegado al vidrio de la puerta de entrada. Aube y Karin lo leyeron al entrar y se miraron asustadas. El edificio estaba quieto y el frío subía por el cubo de la escalera. Ambas se refugiaron en el estudio de Lucía. Hacia las nueve de la noche, llegó la "soviética". Era necesario saber quién colocó el cartel.

—Voy a recorrer el edificio. ¡Quiero saber lo que sucede! —afirmó la rusa.

—Te acompaño —dijo con aire decidido Lucía.

Aube, Karin y la señora Lelinca protestaron. ¿Cómo se iba a levantar? Lucía se enderezó en la cama y le pidió a la "soviética" su abrigo. Deseaba mostrar valor para impedir que el miedo invadiera a sus amigas y que la dejaran sola. María le echó el abrigo de visón sobre los hombros y le puso unas zapatillas y luego comentó risueña:

—¡Igual que aquella horrible mañana en el hospital! ¡Ese día sí tuve miedo! Imagina que te hubieras muerto en la calle... y yo de cómplice.

Aube, Karin y la señora Lelinca, paralizadas por el terror permitieron la salida de las dos jóvenes. Lucía presentaba un aspecto lastimoso y se apoyaba en la rusa tratando de reír. Las dos espiaron la escalera silenciosa y después decidieron subir al piso siguiente. Lo hicieron muy despacio y se hallaron frente a la puerta del estudio del abogado Green. María apoyó el timbre.

—¿Quién llama? ¡Estoy armado! —contestó Green.

Las chicas se echaron a reír y dijeron quiénes eran. Entonces, con infinita precaución, el abogado Green abrió una rendija y al verlas las dejó pasar. Ambas tuvieron la impresión de entrar en el infierno. El estudio de Green hervía de calor, el abogado estaba en calzoncillos y sudaba copiosamente. Lucía lo miró con ira, ella estaba enferma y se congelaba, en cambio el fornido cincuentón se permitía andar en calzoncillos. Estaba claro que acaparaba todo el calor del edificio, prefería achicharrarse a compartir el aire caliente de las calderas.

—¡Me asfixio! ¡Me asfixio, chicas! El imbécil de Soffer me confesó que las llaves de la calefacción están equivocadas y todo el calor llega a mi cuarto. Tendrá que romper algunos techos para colocar bien los tubos y ahora ni siquiera puedo abrir la ventana. Me moriré ahogado. ¡Anoche trataron de meterse! Miren...

Y el abogado Green les mostró los tubos adosados al muro exterior por los que habían trepado dos hombres amparados en las sombras. Los individuos circularon por la terraza en busca de encontrar la manera de llegar a la ventana inferior a la suya. Él gritó, quiso llamar a la policía pero el hilo de su teléfono estaba cortado. De pronto calló, pues se dio cuenta de que la ventana buscada por los desconocidos era la de Lucía. La muchacha trató de reír, quería disimular el disgusto que le produjo la confidencia hecha por el abogado. María podía asustarse y dejar de frecuentarla.

—Esperaré a que llegue Nety, mi mujer, para irme de este infierno —terminó el abogado, que no cesaba de sudar.

Agregó que las dos chicas de color vieron a los hombres caminando en la terraza y que antes, en la calle, unos desconocidos de aspecto equívoco trataron de interrogarlas con disimulo. Ahora, las hermanas estaban asustadas y quietas en su piso. Cuando terminó su relato se sintió aliviado y les ofreció un café, ya que no deseaba quedarse solo. Los tres bebieron el café y las chicas escucharon sus lamentaciones:

—¡Nety no piensa! ¡No llega nunca!

Las dos amigas recordaron a Aube: "Su mujer no existe, ha inventado ese cuento para disimular su vida disoluta." En efecto, el abogado Green tenía algo sospechoso, su piso estaba vacío, no había sino un catre de campaña abierto en un rincón. Se sentaron en el suelo asfixiados por el aire abrasador y las chicas bebieron el café en la misma taza, mientras que su anfitrión usaba el único vaso que poseía. ¡No tenía nada! Green confesó que era él quien había colocado el aviso de alarma en la puerta de entrada.

El domingo transcurrió silencioso y abandonado con el cartel que anunciaba la catástrofe colgado de la puerta. El karateka apareció al oscurecer al pie de la escalera.

—¡Mire! Ese cartel ¿no le da miedo? —le preguntó a María cuando esta llegó al oscurecer.

—En mi país no tenemos miedo. ¡Quítese ese kimono! En los países "kapitalistiks" está de moda un falso budismo Zen. ¡Es ridículo! —le dijo la soviética y subió corriendo la escalera.

Entró con las mejillas sonrosadas y la risa en los labios al estudio de Lucía en el que encontró a Karin y a su madre sentadas en el suelo y viendo una película de vampiros. Aube le dio la bienvenida, temía la soledad del edificio.

—¡Hay que reconocer que Bela Lugosi es más sexy que Raquel Welch! —exclamó entusiasmada María.

—El karateka es un vampiro . . . —dijo Karin.

—¿Ese pobre "kapitalistik"? ¡No, es bajo de estatura, demasiado musculoso! . . . Parece un campesino, no tiene ¡clase! —corrigió María chasqueando los dedos.

Nadie contaba con la cólera del señor Soffer. El viejecillo apareció el lunes con el rostro encendido por la cólera. ¿Cómo se había atrevido Green a colgar ese cartel infame en la puerta de su edificio? ¡Quería arruinarlo! ¡Era un mal judío! Él, Soffer, perdió todo en Viena y nunca colgó un cartel ofensivo.

—Llegué a América con mi mujer y un abrigo usado, un hombre me detuvo en la calle y me ofreció una moneda, "la de la suerte", me dijo y mi suerte cambió. Vendía periódicos en las esquinas, pero ése no era mi tesoro. ¡Mi tesoro era la música! y vendí canciones. ¿Por qué Green no busca su tesoro? Yo doy "la moneda de la suerte", por eso regalo un mes de alquiler, pero él no lo aprovechó, continúa quebrado, renegando. ¿Tengo yo la culpa, señora Lelinca? ¿Tengo yo la culpa señora Mayer? —preguntó sofocado.

—No, señor Soffer. Entonces, ¿Green está en la ruina? —preguntó Aube.

—¡Completamente arruinado! —confirmó Soffer, que llevaba en la mano el cartel puesto por Green.

—Tal vez busca un pretexto para no pagarme los meses que me debe —concluyó Soffer resignado.

—¡Ah! el hipócrita. Llévelo ante un juez. ¡Demándelo! —opinó Aube.

El señor Soffer levantó los ojos en los que brillaba una chispa de malicia, sonrió y movió la cabeza con resignación.

—No puedo, señora Mayer . . .

—Entonces, no se queje. ¡Déjelo que siga asustándonos los fines de semana! ¡Qué sábado hemos pasado! ¿Verdad? —le preguntó a su amiga que hizo un signo afirmativo.

—Señora Mayer, si demando a Green, tendría que demandar a todos ustedes . . .

Aube hizo un aspaviento, se llevó las manos a la cabeza

y se mesó los rizos abundantes y dorados en los que brillaban muchas canas.

—¿Demandarme a mí? ¿A una pobre mujer que lucha para reconstruir su vida? ¡Siempre supe que usted era duro, hipócrita, interesado! Un viejo rico contra cuatro pobres mujeres. ¡Tomaré medidas, Soffer!

El señor Soffer guardó silencio y Aube se prometió llamar a Ken para que éste le pidiera explicaciones a aquel viejo judío que pensaba demandarla.

Cuando se fue el señor Soffer, Aube se lamentó de su violencia. Quería preguntarle qué sucedía atrás de aquella especie de telón blanco que colgaba desde hacía unos días sobre la enorme ventana del piso situado en el sótano. ¡Ahora ya era tarde!

—¿Por qué habrán colocado ese telón? —le preguntó a la señora Lelinca.

—No tengo la menor idea.

Aube recomendó investigar lo que sucedía en aquel piso. Ella no había visto entrar a nadie, ni veía ningún movimiento, simplemente, había aparecido aquel telón que ocultaba algo.

Dos días después se levantó el telón y apareció en todo su esplendor el escaparate de una "boutique" que mostraba a una multitud de mariposas hechas en todos los metales, esmaltes y piedras aparentemente preciosas. Las mariposas estaban colocadas sobre terciopelos claros y arbolillos dorados y la "boutique" llevaba el asombroso nombre de: "Butterfly", que resplandecía sobre el escaparate abierto a las miradas. Una puertecilla escondida bajo los escalones de piedra de la entrada, daba paso a la preciosa tienda.

Las vecinas bajaron alborozadas y una campanilla sonora anunció su entrada a "Butterfly". La tienda semejaba a un pequeño salón francés, amueblado con sillones pequeños tapizados en colores pastel. Detrás de una vitrina baja de cristales repleta de joyas estaba la dueña: Madame Schloss. Su traje negro y sus maneras perfectas recibieron con orgullo a sus vecinas. Lucía quiso bajar, el nombre: "Mariposa" le traería suerte. Se quedó deslumbrada, mientras que Karin examinó con nostalgia los collares largos de cuentas fabricadas en leche cuajada, vainilla y fresa. Madame Schloss ofreció a sus vecinas una copa de champagne y a Lucía dos rosas amarillas de porcelana. Explicó que también ella había huido de Alemania y ahora, a los sesenta años, resplandecía como una flor marchita conservada en un florero de cristal colocado en un salón de lujo. Junto a ella, su hija Judy, parecía una vieja triste. Se diría que la hija había heredado el sufrimiento o el disgusto de la madre y apenas lograba sonreír.

Por la tarde las vecinas contemplaron desde la calle la inauguración de "Butterfly". Una docena de matronas enjoyadas tomaban té, pastelillos y martinis.

—¡Vieja estúpida! Al, mi marido fue el mejor comprador de modas. ¡Nunca le perdonaré esta ofensa! ¡Soy capaz de escupirla a la cara! —exclamó Aube en el piso de la señora Lelinca.

Aube llevó al estudio de su amiga unos álbumes que mostraban sus pasados esplendores: allí aparecía joven, rubia, al lado de Christian Dior, en salones, en bares y en piscinas de lujo. ¡Y todo se había perdido! ¿Cómo? Aube guardó silencio sobre el origen de su tenebroso fracaso.

—¡Pobre de Al! ¿Sabes que odia a Ken? Hace mal, se equivoca, no se da cuenta de que Ken es el único muchacho en Nueva York que todavía no es homosexual... —terminó Aube con aire pensativo.

A Lucía y a su madre les dio pena el fracaso de Aube. Las dos sabían que Al vendía pepinillos en una salchichonería. Aube se abrazó las rodillas, estaba muy disgustada con su marido, o su ex marido.

—Ahora el idiota, sólo vende pepinillos... bueno y se ocupa de "la otra"... —dijo como para sí misma.

—¿Quién es "la otra"? —preguntó Lucía.

—Elizabeth, nuestra otra hija. ¡Es insoportable! —contestó Aube.

En ese instante y como si alguien la hubiera llamado, entró una joven de pantalones estrechísimos, botas muy altas, cabellos largos y rizados y un maquillaje estrafalario que agrandaba sus ojos enormes desmesuradamente. Al verla, Aube y Karin se pusieron de pie.

—¡Elizabeth! —gritaron.

—¿Qué hay, gente? —dijo la recién llegada.

Después giró en redondo sobre sus enormes tacones, miró con espanto a todos los presentes, se tapó la boca con la mano y exclamó con voz de sibila:

—¡Tengo miedo! En este edificio hay malas vibraciones. ¡Muy malas! Al entrar, ¡brrrr! sentí pavor. Alguien malvado se esconde en un piso.

—¡Elizabeth no empieces con tus disparates! —gritó Aube enrojeciendo.

—¡Mami, mami, créeme, hay malas vibraciones. Las sentí desde la escalera, alguien demoniaco ha subido por ellas. ¡Brrrr!

Karin cogió a su hermana por el brazo y la sacó de allí, Aube siguió a sus hijas y la señora Lelinca, su hija y María se miraron asustadas.

—Ya les dije que estas mujeres son muy peligrosas. ¿Han visto a esa hippie? Está drogada a muerte y la madre la esconde y lo consiente —dijo María.

El miedo de Elizabeth le llegó a la pobre Lola, que huyó a refugiarse en el pequeño rincón de la cocina. Las otras guardaron silencio. De pronto unos arañazos se escucharon en la puerta de entrada y María se levantó a abrir con gesto decidido. Era Elizabeth, esta vez con un dedo sellándole los labios.

—¡Callen! Mi madre, esa pobre mujer, no debe de saber que estoy aquí. ¿Tienen miedo? ¿No sienten que se acerca una presencia perversa? —preguntó fijando sus pupilas dilatadas en María.

"La soviética" le indicó un lugar en el suelo y Elizabeth obedeció con docilidad, inclinó la cabeza e hizo dibujos imaginarios sobre la alfombra verde.

—Mi pobre madre es una imbécil, también lo es su hija Karin. No sienten que ha llegado ¡el mal! ¡Oh! perdón, no me planché el cabello, era inútil, está nevando y la humedad me lo ensortija —dijo con voz lastimera, levantó los ojos y se quedó muy quieta. Su mirada repandió el terror entre sus oyentes. Se puso de pie al cabo de un rato y anunció:

—Me voy. ¡Brrrr! Estén alertas —y salió corriendo.

—Los malditos chinos siembran demasiadas amapolas. ¡Quieren que seamos como ellos: amarillos y enanos! —exclamó María.

Sus oyentes guardaron silencio. Súbitamente la velada se había vuelto muy triste.

—María ¿estás segura de que son los chinos? Hay quien asegura que son los soviéticos —dijo Aube entrando de improviso ya que Elizabeth había dejado la puerta abierta.

—Y hay quien asegura que son los judíos —replicó María poniéndose de pie de un salto.

No hubo discusión. "La soviética" se retiró temprano y Lucía y su madre temieron que no regresara nunca. ¿Cómo buscarla? Ellas desconocían su domicilio, sólo guardaban un número de teléfono cuyas letras correspondían a un barrio elegante.

"El mal" anunciado por Elizabeth se desvaneció con la luz de la mañana. Vinieron unos días apacibles a pesar de que Madame Schloss acaparaba la barredora común a todos los vecinos, no hubo riñas. El sábado Aube decidió marcharse al campo. "No te despidas de ellas", le ordenó a Karin. Continuaba irritada por las palabras de María. El abogado Green salió a buscar otro alojamiento y la boutique se cerró como todos los fines de semana. Llegó el domingo y la señora Lelinca y su hija se hallaron solas en el edificio abandonado.

Al oscurecer, alguien llamó con energía a la puerta de su piso y la señora Lelinca abrió de un golpe para encontrarse frente a una mujer de enorme estatura, gruesa y de gesto violento. La desconocida le propinó un empellón y dando voces se introdujo en el cuarto de baño.

—¡Me han inundado mi piso! ¡El agua corre por todas partes! —exclamó la desconocida, mientras revisaba la bañadera, el lavabo y la taza de servicio. Después se introdujo en la cocina y en la habitación buscando rendijas imaginarias. Al final, cogió a la madre de Lucía por la muñeca y la arrastró con ella por la escalera para que comprobara los desperfectos producidos en su casa. Ellas no tenían la menor idea sobre la existencia de aquella mujer huracanada.

—¡Llámame Gail! —ordenó a la señora Lelinca cuando la arrastraba por la escalera

Gail abrió la puerta situada abajo de la suya e hizo entrar a su visitante forzada. El piso estaba vacío y seco. Sobre la alfombra verde sólo había una botella de whisky, dos vasos y un jarrón chino con un ramillete de plumas de pavo real. Gail se dejó caer al suelo y le ordenó a su visitante que hiciera lo mismo.

—¡Los hombre son unos cerdos! Me enfadé con mi marido y me mudé aquí. ¿Hice mal? —preguntó Gail.

—No, no lo creo...

Gail sirvió dos vasos de whisky y explicó que era diseñadora de zapatos, maldijo al gobierno, a los impuestos, a la China de Mao, a los Rosenberg y nuevamente a su marido. Su conversación era demasiado incoherente para ser sincera. "¿Qué desea esta gorda?", se preguntó la señora Lelinca y le pidió que le mostrara los desperfectos producidos por el agua que caía de su casa. Gail le dio un manotazo:

—¡No te preocupes! Estoy dispuesta a ahogarme —dijo echándose a reír.

Con la mayor naturalidad, explicó que su marido vivía en una mansión en Park Avenue. "¿Qué es el lujo?" Ella prefería la libertad. ¿No estaba un poco vieja para tener amantes? A ella no le impresionaba el que los jóvenes hubieran condenado a muerte a los mayores de treinta años. Se enderezó y miró con fijeza a su interlocutora.

—¡A muerte! —repitió con voz sombría.

La visitante creyó percibir una amenaza, pero ¿por qué partía de aquella mujer obesa? Observó a su vecina y estuvo segura de que fingía la borrachera. Volvió desconcertada a su piso y evitó comentar a Gail con Lucía.

Fue Aube la que notó que entre Gail y el karateka se había entablado una íntima amistad y que ambos pasaban las noches juntos organizando grandes borracheras. Por su parte, Madame Schloss contemplaba desde la ventana de la trastienda, cómo Gail acumulaba botellas vacías en el patio.

—No me gusta esta mujer. Es muy basta. Es una judía sefaradi y usted sabe que estas personas son de clase y de cultura muy baja —explicó Madame Schloss a la señora Lelinca.

Madame Schloss se había convertido en una especie de conserje de lujo. Desde el punto estratégico de su boutique observaba las salidas, entradas y movimientos de los inquilinos del señor Soffer. Sabía que el abogado Green se encerraba en su estudio para contemplar a través de su ventana cerrada a la fuente del patio a la que la nieve acumulada había convertido en una flor de formas caprichosas, parecidas a un pequeño iceberg. Sabía la hora exacta en la que Karin le llevaba comida a Ken, que no trabajaba y compadecía al señor Al Mayer, el padre de la chica. También Madame Schloss descubrió que las dos hermanas negras tenían a un primo cuyos discos batían todos los records y se cuidaba de confiárselo a Aube, que se hubiera lanzado sobre las muchachas para conseguir que Karin empezara su esperada carrera de modelo. También se enteró de la situación insegura de la señora Lelinca y de la precaria salud de Lucía y, discreta, trataba de provocar las confidencias de la madre cuando esta volvía de las compras y Madame Schloss la invitaba a fumar un cigarrillo en su boutique.

—Madame Lelinca, su niña necesita mejor alimentación —opinaba contemplando la escasez de víveres en el bolso de compras.

Su interlocutora no cedía y hablaba de su nostalgia por Europa. Así, evitaba mencionar el pánico que padecía en Nueva York. La propietaria de la tienda la miraba pensativa: hacía unos días que había recibido a una cliente que compró dos mariposas y que habló con un afecto extraño de su vecina.

—Usted sabe que en este edificio vive alguien muy ilustre. ¿Verdad?

Así empezó su charla aquella desconocida cubierta por

95

un abrigo a cuadros azules y verdes, guantes gruesos de lana y botines grises. Madame Schloss observó su rostro pálido y sin maquillaje, su estatura enorme, su cabello rubio muy escaso y evitó la respuesta. La desconocida continuó:

—Es una gran amiga mía, me gustaría visitarla, pero ella no desea ser vista en la desgracia. Dígame ¿cómo está la Vikinga?

—¿La Vikinga? —preguntó Madame Schloss muy sorprendida.

—Así llamo a Lucía. La primera vez que llegué a su casa, no esperaba tener suerte, mi amiga siempre fue solitaria, odiaba las visitas. En lo alto de la escalera del jardín estaba la Vikinga, me examinó y dijo que me anunciaría con su madre. Yo me dije: "He pasado la primera guardia", y le sonreí a aquella chica tan alta, tan fuerte y tan rubia.

Madame Schloss se quedó boquiabierta: Lucía era muy delgada, muy indefensa, muy pálida, seguramente la cliente estaba equivocada.

—¡No! ¡No! Lucía es la Vikinga. Tal vez la enfermedad la ha devorado —dijo y recogió el paquete preciosamente envuelto y sonrió.

—Algún día vendré a visitarlas. Sé que van a necesitarme. No les diga que vine y pregunté por ellas, se sentirían muy humilladas.

La campanilla de la puerta anunció su salida. Madame Schloss quedó muy impresionada y decidió guardar silencio. Deseaba provocar las confidencias de la señora Lelinca, pero ésta se empeñaba en su reserva.

A Aube le disgustaba "la soviética" y le molestaba que la señora Lelinca, entrara a la boutique. ¿Acaso su dueña no la había ofendido mortalmente el día de la inauguración? "No son leales", le dijo a Karin y ambas procuraron alejarse de sus dos amigas. Los sábados por la mañana se iban al campo y cerraban ostentosamente la puerta de su estudio sin despedirse de Lucía y de su madre y su nueva actitud provocó una depresión en las extranjeras. Los fines de semana se convirtieron en una pesadilla. Las dos escuchaban el silencio terrible que pesaba sobre el edificio apagado, sólo las ventanas del karateka reflejaban su luz rosada sobre la nieve del patio.

—Estamos solas en el edificio —anunció la señora Lelinca.

La soledad les cayó encima como una losa. No vieron la Televisión, cenaron y se metieron en la cama. Lola apenas probó bocado, también ella tenía miedo y echaba de menos a María. No podían dormir, la voz de Elizabeth anunciando que había entrado "el mal" en el edificio las desvelaba, produciéndoles oleadas de pánico. No lograban explicarse aquel miedo repentino y sin embargo, cualquiera podía entrar, romper la cerradura y... era mejor no pensar en nada y trataron de dormir. La señora Lelinca dormía, cuando su hija le murmuró al oído:

—¿Oyes?... ¿Oyes?...

La mujer se enderezó en la cama y escuchó: enmedio de las sombras se elevaban del patio unos quejidos sofocados. ¿Quién se quejaba? Lola y Lucía también escuchaban aterradas.

—No está Aube y no tenemos teléfono —dijo Lucía en un susurro.

—¡No te muevas! Puede ser una emboscada —ordenó la madre.

Desatendiendo la orden, Lucía se dirigió a la ventana, la levantó con suavidad y miró al interior del patio. Sobre la nieve vio reflejada la luz de las ventanas del karateka y hasta ella llegó la voz borracha de Gail confundida con los golpes y con los quejidos. De pronto se apagaron las ventanas y sólo se escucharon estertores. Lucía levantó los ojos en busca de la ventana del abogado Green y vio que estaba apagada.

La señora Lelinca encendió bajo las mantas un cigarrillo y trató de fumar. Ella y su hija respiraban con dificultad y esperaban. No sabían lo que esperaban y ambas se hundieron en un terrible vértigo. ¡Estaban atrapadas! Trataron de olvidar a Gail. Su presencia había producido el desorden y hasta Madame Schloss había perdido la sonrisa. "¡Esa Gail es una indeseable!", exclamaba la dueña de la boutique que a esa hora se encontraría segura en su casa de Long Island. La voz de Gail sonó terrible y llegó a la ventana, se diría la voz de un hombre y en seguida se produjo nuevamente el silencio.

—¡Ya murió! ... hay que esperar —dijo Lucía en voz muy baja.

—¿Quién murió? —preguntó temblorosa su madre.

—No lo sé ...

Por la mañana pensaron que habían sufrido una pesadilla colectiva, quizás el karateka y Gail habían bebido demasiado. La señora Lelinca no deseaba salir a comprar el periódico, aunque lo deseaba ardientemente y, decidida, bajó las escaleras muy de prisa. Antes de alcanzar los escalones de piedra situados en la calle, vio a través del vidrio ovalado de la puerta de entrada a una enorme ambulancia estacionada frente al edificio. Algunos hombres con chaquetillas verdes esperaban en la portezuela trasera del vehículo. Un hombre mayor, vestido con elegancia subió con ellos y luego se cerró la portezuela y la ambulancia partió con la sirena en marcha. La señora Lelinca permaneció inmóvil sobre la acera cubierta de nieve. La sobresaltó la presencia del señor Soffer, que cerca de ella también vio cómo se alejaba la ambulancia. El viejecillo pareció no reconocerla, se diría que estaba borracho. Sus gestos eran vacilantes y su rostro estaba mortalmente pálido. Se llevó una mano a la frente y se la manchó de sangre.

—Ese joven ... no vea por las ventanas. Los muebles están destrozados y las paredes cubiertas de sangre —le dijo el señor Soffer en voz muy baja.

La mujer quiso huir, pero el señor Soffer la detuvo:

—No diga nada a nadie. Sobre todo a la señora Mayer o a Green, son malos judíos y tratarán de arruinarme. Voy a esperar la llegada de los detectives ...

Y el señor Soffer se sentó sobre un escalón de piedra. Tambaleante, la señora Lelinca se fue a comprar el periódico. Al volver ya no estaba el señor Soffer sentado en los escalones de entrada.

El domingo transcurrió muy quieto, la señora Lelinca

no le dijo nada a Lucía. El piso de Gail estaba silencioso y al oscurecer nadie encendió la luz. Se diría que también la mujer había muerto. Por la noche, se presentaron Aube y Karin a ver la Televisión. El aire del campo les había dado buen color. Nadie diría que hacía apenas unas horas que habían asesinado al karateka. En cuanto a Gail continuaba desaparecida. Aube y Karin parecían ignorar lo ocurrido y no preguntaron absolutamente nada.

El invierno era muy crudo, el viento del Norte soplaba con violencia y Aube desde su ventana observaba las raras salidas de la madre de Lucía. "Se diría que teme algo", comentaba con Karin. De pronto reapareció Gail enfundada en un enorme abrigo y sin proponérselo, Aube se dijo: "Es un hombre." Y se sintió invadida por el miedo. Gail la atrapó en la escalera y Aube vio su piel áspera de poros muy abiertos y sus cabellos cortos y toscos. Trató de subir con rapidez a su piso, pero Gail se empeñó en subir con ella. Se instaló en la silla de mimbre y empezó su charla desordenada:

—Tú no frecuentas a esas dos ¿verdad? —preguntó refiriéndose a Lucía y a su madre.

—Apenas . . . sólo cuando las encuentro en la escalera —mintió Aube.

—¡Mejor! ¡Mucho mejor! ¡Impostoras! Inventaron la enfermedad de la hija para cubrirse —dijo Gail mirando con fijeza a Aube. Se diría que trataba de hipnotizarla.

—¡Eso no! . . . —protestó Aube.

Pensaba agregar: "Yo soy testigo de que Lucía estuvo moribunda", pero algo en la mirada de Gail la hizo callar. "No sé quiénes son", se dijo preocupada y agregó para sí misma: "Tampoco sé quién es esta mujer" y se resignó a escuchar las palabras desordenadas de su interlocutora. Nueva York había cambiado, el triunfo era diferente y se llegaba a él por caminos desconocidos. Alguien había colocado en los puntos estratégicos a personajes peligrosos y con ellos debía enfrentarse. Tal vez Lucía y su madre no se habían dado cuenta de este acto de prestidigitación y por eso eran personas "marginadas" como se les llamaba ahora. Aube se asustó, "También Karin y yo entramos en ese orden", y decidió sonreírle a Gail a pesar del temor que le infundía. "¡Ya no cuenta el glamour!", se dijo con tristeza y recordó que ella, Aube, había triunfado sólo por su belleza y la gracia de sus movimientos, pero ese tiempo había terminado. "Consultaré con Ken", se prometió y se dejó llevar al piso de Gail para beber una copa.

Por la mirilla de la puerta, la señora Lelinca vio bajar a Aube y a Karin acompañadas de Gail, que no le había vuelto a dirigir la palabra desde la noche en que inventó la inundación de su casa.

—¡Hay que lanzar a tu chica de modelo! ¿Sabes que soy diseñadora de trajes? —gritó Gail en la escalera.

Recordó a María: "Estas mujeres te van a vender." La duda se instaló en su pecho y aprendió otra vez a sentirse sola. No volvería a llamar a Aube, esperaría a que ella lo hiciera. Esa misma noche reapareció María. Llevaba un nuevo corte de pelo tipo "Gatsby" y un regalo para Lucía: *La vida de Nijinsky*. La joven preguntó con voz teatral:

—¿Y que hace la vieja prostituta?

Se refería a Aube y la señora Lelinca guardó silencio.

—¿Han visto a la nueva? —preguntó María.

La madre y la hija se miraron sorprendidas, ¿quién era la nueva? "La soviética" explicó con ademanes exagerados que una joven rubia se había instalado en el piso situado junto a la puerta de entrada al edificio.

—La acompaña un negro con sombrero de visón. ¡Un chulo! El negro me hizo un guiño. Creo que me voy a ir temprano. No me gustó ese personaje.

María escuchó música de Rachmaninoff en el tocadiscos que Lucía compró en una casa de empeños de la tercera avenida y unas lágrimas ardientes rodaron por sus mejillas sonrosadas. Cuando se fue, encontró a Aube y a Karin en la escalera.

—¿Volviste? —le preguntó Aube con el disgusto reflejado en el rostro.

Del piso de la nueva inquilina y del negro, partía una música estridente acompañada de gritos y de voces. Las tres se miraron inquietas.

—¿Vieron a la nueva y al negro que la acompaña? —preguntó María.

—Esta calle estaba limpia . . . ¿será posible que el imbécil de Soffer nos haya metido a la Maffia? —preguntó Aube en voz baja. "¿Por qué Gail no me dijo nada? Ella vive al lado . . .", pensó y miró casi con afecto a "Madame Stalin". De repente ella, Aube, se sintió muy sola, muy perdida en ese Nueva York que le resultaba tan desconocido.

—¡Ven mañana, María!

Por la noche se escucharon gritos en la escalera, carreras, risas, algunos negros llamaron a la puerta del piso de Lucía y preguntaron por "Las chicas". La señora Lelinca vio que también llamaban a la puerta de Aube y ésta se presentó muy temprano a visitarla. Era necesario actuar con rapidez: llamar a Soffer y presentar una queja en la comisaría firmada por todos los inquilinos, para echar del edificio al negro y a su amiga.

—Son el pez piloto de la Maffia —aseguró Aube mordiéndose las uñas, gesto desconocido en ella. Al mediodía se presentó el señor Soffer y escuchó las quejas.

—Señora Mayer, señora Mayer, la señorita Linda es secretaria de una compañía importante. Me trajo sus credenciales. Trabaja en el Club Bananas —replicó el señor Soffer con calma.

—¿El Club Bananas? . . . ¿sabe lo que es? ¡El peor antro de la ciudad! Usted Soffer es un pobre judío vienés, que debió quedarse en Viena —gritó Aube.

—Sí, señora Mayer, debí quedarme en Viena. ¡Allí fui tan feliz! . . . ¡Ah! pero la dicha no podía durar, no tengo suerte —y el señor Soffer tarareó un vals mientras su inquilina le hablaba de la Maffia y las demás escuchaban.

—Está bien, haremos el escrito que usted pide, aunque yo no he visto a ese negro y pueden acusarme de racista. ¡Usted lo sabe! —se quejó el señor Soffer en voz muy queda.

Por la noche, las mujeres, acompañadas de Ken y de María subieron a pedir consejo al abogado Green. Éste las recibió en calzoncillos, sudando copiosamente, estaba indignado y al escuchar el nombre del club en el que trabajaba la inquilina, decidió demandar al señor Soffer por haber puesto en tan grave peligro a todos los inquilinos.

—Es un imbécil. Habrán notado que el joven bostoniano ha desertado ... Lo mejor que puedo hacer es mudarme mañana. ¡Sí, mañana llega Nety, mi mujer!

Las mujeres y Ken guardaron silencio. Todos habían notado la ausencia del karateka y todos sabían el peligro que encerraba decir la verdad y prefirieron continuar con el tema del chulo de sombrero de visón que se había colado en el edificio. Green, se limpió las gafas empañadas por el horrible calor encerrado en su estudio e insistió en que él se lavaba las manos. Lo único prudente era mudarse. ¿Mudarse? ¿Con qué dinero? En todas partes exigían fianzas, rentas adelantadas y contratos complicados y costosos. Era mejor presentar la queja común en la comisaría.

—¡Esto es Maffia! ¡Maffia! —repitió María asustada.

Era alarmante que "la soviética" tuviera miedo y la madre de Lucía se dejó caer al suelo y observó a sus amigos, que deliberaban. "Me mudo mañana", escuchó repetir al abogado Green.

Mientras se llevaban a cabo estas deliberaciones, un camión de mudanzas se detuvo frente al edificio y sus hombres descargaron tres colchones enormes, una televisión y muchos bolsos sucios. Con ellos también llegaron dos mujeres, una muy pequeña, de nariz pronunciada, cabellos en desorden, ropas andrajosas y mirada furtiva. La vieja llevaba en brazos a un perrito sucio y parecido a ella. Su acompañante era una joven de nariz recortada por la cirugía estética y aire satisfecho. La joven sonreía y balanceaba un maletín de Aerolíneas Argentinas. Ellas, el perrito y los colchones se instalaron en el piso intermedio entre el de Lucía y Aube.

Los ladridos del perro llamaron la atención de Aube y de Lucía y el grupo se detuvo frente a la puerta del piso en el que introdujeron los colchones. ¿Por qué estaba allí dentro ese perro? La puerta se abrió y la joven de nariz recortada gritó:

—¡Pero mirá, mamá, mirá a estas imbéciles! Se diría que nunca han visto a una persona —y cerró de golpe, dejando boquiabiertas a sus vecinas.

¡Qué horror! ¿Qué nueva locura había hecho el señor Soffer? En el estudio de Aube las vecinas se miraron asustadas. María señaló una rendija abierta sobre la estufa, para servir de tiro, y Karin se trepó a atisbar, ya que la rendija comunicaba con el estudio de las nuevas inquilinas. Ken hizo una señal para que se guardara silencio, mientras que Karin trataba de escuchar lo que se decía en el piso vecino.

—Hablan del Seguro del Desempleo... —murmuró Karin, que sólo había entendido esas palabras.

En adelante, todos hablaron en voz muy baja en los dos estudios: el de Aube y el de la señora Lelinca. Las nuevas inquilinas se alumbraban con una lámpara pequeña de luz rojiza y entraban y salían como si les perteneciera el edificio. Aube, vio a la vieja andrajosa llamar con disimulo al piso de Linda y del negro y colarse dentro con aire furtivo. ¡Y el imbécil de Soffer todavía no presentaba la queja en la Comisaría! Apenas la estaba redactando...

El abogado Green no mintió. Una mañana subió la escalera la "inexistente" Nety. Todos salieron a contemplarla: era rubia, entrada en años, tostada por el sol y muy sonriente.

—¡Parece que este edificio es infernal! —comentó riendo antes de entrar al piso suyo acompañada de su marido.

—¡Infernal! —contestaron a coro Aube, Karin, Lucía y su madre, procurando no elevar la voz para evitar que las escucharan Linda y el negro, al que todavía no habían visto. Sólo lo conocían por sus escándalos nocturnos y los alaridos de Linda.

La madre de Lucía hizo una visita a la boutique "Butterfly". Allí encontró a Linda comprándose una mariposa. Parecía muy tímida y atemorizada. Era muy rubia y con aire inocente y la señora Lelinca la observó con incredulidad. ¿Cómo era posible que aquella jovencita fuera una prostituta y perteneciera a la Maffia? Tal vez sus amigas se habían equivocado. Madame Schloss la trataba con afecto y cuando la joven abandonó la tienda, la madre de Lucía le pidió su opinión a la propietaria.

—¡Pobre chica! Es muy bonita... la Maffia le ha entregado a los hombres de color el manejo de la prostitución... —dijo Madame Schloss con aire melancólico.

—¿Son maffiosos?

—Espero que no lo sean. Esas brujas de Aube y su hija odian a esta pobre chica porque es muy guapa —contestó la propietaria.

—¿Y el negro con sombrero de visón?

—¿Joe?... parece una buena persona...

Tranquilizada, la señora Lelinca entró al edificio sólo para comprobar que Aube tenía razón. Un negro gigantesco y medio desnudo, mantenía al señor Soffer contra la pared, mientras que con la otra mano tiraba de una punta de la corbata a fin de cerrar el nudo y estrangularlo.

—¡Judío cochino! No vas a prohibirme que duerma con Linda, ni que me visiten mis hermanos. Y no se te ocurra cobrarme el alquiler... —decía en voz baja.

—¡Suelte al señor Soffer! —gritó la madre de Lucía.

El negro se volvió a ella y el señor Soffer aprovechó la ocasión para escapar. El negro se enfrentó a la señora Lelinca.

—Amo a Linda. Y este judío racista trata de impedírmelo. Soy Joe... ¿usted es la madre de la chica enferma? —preguntó con voz suave.

La mujer se quedó estupefacta. Joe llevaba una bata de baño de color marrón muy corta y abierta, que le desnudaba las piernas, la barriga y el pecho. "¿Quién le dijo que Lucía está enferma?", se repitió la mujer aterrada por el gigante. La noche anterior, aquel Joe había organizado un pandemonium en el edificio y Aube había llamado con urgencia al señor Soffer, que ahora había huido. La señora Lelinca subió la escalera, mientras Joe la observaba sonriendo.

Aube empezaba a desesperar: Karin no encontraba

104

trabajo y su vida miserable se reducía a comer los escasos víveres que le enviaba Al y a refugiarse en el estudio de sus amigas. Gail parecía ignorarla y eso le agradaba. Desde que Linda y Joe se instalaron tan cerca de ella, el miedo que le producía aquella mujer hombruna había aumentado. Le debía varios cientos de dólares a Soffer y la perspectiva de volver al establo de Connecticut la deprimía. Ya no prestaba atención a las llamadas anónimas que recibía para amenazarla si continuaba frecuentando a la señora Lelinca. Después de todo, ella y su hija eran también víctimas. ¿De quién o de qué? No lo sabía, pero continuaban compartiendo las comidas y la televisión. Aube esperaba siempre alguna carta. ¡Era necesario que alguna agencia de modelos contestara! En el buzón descubrió una tarjeta colocada sobre el número del piso de las nuevas inquilinas: "Fedra Bucci Basso Bass." "¡Qué nombre!", se dijo. Por la noche, se lo comunicó a sus amigas.

—Los tres nombres son falsos y muy parecidos. Esa mujer es peligrosa. ¡Espionaje! —afirmó María.

—¿Y a quién espía? —preguntó Aube asustada.

—¡A nosotras! Es amiga de Joe, la vi entrar en su casa. ¡Cuidado! ¡Mucho ciudado! —afirmó la soviética.

María convenció a sus amigas de llamar inmediatamente al señor Soffer y el viejecillo suplicó que lo esperaran en la puerta al día siguiente. Aube y Karin esperaron y el señor Soffer llegó puntual al mediodía. Las deliberaciones se llevaron en el estudio de la señora Lelinca. ¿Quién era la nueva inquilina? Soffer se miró las manos regordetas y sonrosadas.

—Trabaja en la Oficina Federal del Seguro del Desempleo —contestó.

Todos, hasta Ken que había acudido a aquella cita importante se quedaron boquiabiertos. ¡Y él estaba sin trabajo!

—No es guapa, pero no es mala —afirmó el señor Soffer.

—¿Ha visto los andrajos que subió? Si trabajara tendría muebles, ropa —contestó Aube.

—No todas las mujeres son guapas y coquetas como usted, señora Mayer —dijo Soffer.

Ken sacó de su bolsillo la queja escrita contra Linda y Joe y obligó al viejecillo a firmarla. Después la firmaron Aube y Karin. "La soviética" le hizo una seña a la señora Lelinca indicándole que no firmara y ésta enrojeció y se negó a estampar su firma.

—¿Por qué? ¿Por qué?... ¡Firma! —exigió Lucía. La deslealtad de su madre para con sus amigas la cubrió de vergüenza.

—Tengo miedo...

En unos minutos, Karin recogió las firmas de las dos hermanas de color, del abogado Green y de Nety, después bajó a ver a Gail y encontró un papel clavado en su puerta anunciando que se había ido de viaje. "La vi esta mañana..." se dijo Karin asustada. Subió para llamar en la puerta de Fedra.

—¡No contés conmigo para discriminar a nadie! —le gritó Fedra Bucci Basso Bass. Y cerró de golpe.

El señor Soffer acompañado de Ken salió rumbo a la comisaría. Antes, entraron a la boutique "Butterfly" y Madame Schloss estampó su firma. A partir de ese día, la vida se volvió insoportable: todos desconfiaban de todos y se hacían la misma pregunta: "¿Quién trajo a Joe?" Por las noches, las escaleras se llenaban de gritos y carreras. Blancos y negros drogados llamaban a las puertas y las mujeres temían reunirse, por miedo de alcanzar su puerta y hallarse frente a algún drogado. Aube colocó varios cerrojos y la señora Lelinca una cadena, que amaneció rota una mañana. Fue esa mañana, cuando alguien llamó a su puerta. Al abrir, la señora Lelinca se encontró frente a Joe, enorme, envuelto en su bata marrón, casi desnudo.

—¿Quiere fumar? Sé que tiene problemas y esto ayuda —le dijo tendiéndole un cigarrillo malhecho y con tufo a mariguana.

Ella se quedó atontada, pues Joe, sin esperar respuesta se introdujo en su piso y observó con curiosidad a Lucía, que todavía estaba acostada. La falta de maquillaje la mostraba pálida y con cercos oscuros alrededor de los ojos. Al verlo, la chica se enderezó en la cama.

—¡Fuma! —le ordenó Joe tendiéndole el cigarrillo.

—No. Muchas gracias —contestó Lucía, mientras su madre de pie veía a Joe acomodarse en la mecedora y lanzar miradas hacia todas partes, como si temiera que alguien estuviera oculto. Sólo Lola se había metido debajo de la cama y escuchaba. Joe se puso inquieto y, con rapidez, se tiró al suelo y descubrió a la desdichada.

—¡Joe, tú sabías que tenían a alguien escondido! ¡Oh! Joe... Joe, siempre te dije que tenías algo en los sesos. Nunca fuiste tonto Joe. ¡Lástima que te escapaste del colegio!... ¡Lástima! Doctor Joe, Abogado Joe, te dirían ahora, pero tú Joe hiciste tu voluntad y ahora no puedes ayudar a esta pobre señora. ¡Pobre dama! ¡Huy!... ¡qué pena! —dijo Joe y volvió a insistir en que la señora Lelinca fumara.

—¡Es mariguana! —le reprochó la mujer retirando la enorme mano de Joe que se empeñaba en acercarle el cigarrillo a la boca.

—¡Eso mismo! ¡Ma-ri-gua-na! Joe, no golpees a la señora. Joe, no la obligues a fumar. ¡Hey! ¡Hey! Joe, recuerda que ella no firmó la queja contra ti, como lo hicieron esos cerdos. ¿Verdad Joe que tú puedes ayudarla? Sí, sí puedes. Tus hermanos se ocuparán de ella. También de la chica enferma. ¿Verdad? —dijo el negro y continuó dando chupadas al cigarrillo y observando con el rabillo del ojo a las dos mujeres aterradas.

—No le dicen nada a Joe. Pero Joe hablará con sus hermanos. Si alguien las ataca, llamen a Joe. ¿Entendido? Joe podría ir a la comisaría a denunciar lo que piensan hacerles, pero Joe no puede ir a la comisaría. ¡El FBI no lo quiere! ¡Lástima Joe! Has estado dos veces en presidio. ¡Dos veces! Joe, no mientas, has entrado once veces en la cárcel... once —repitió Joe en voz baja.

—¿Once veces? ¿Por qué? —preguntó Lucía.

Joe se columpió alegremente en la mecedora, se echó hacia atrás y soltó una carcajada. Su voz y su risa eran bajas y apagadas. Se llevó la mano a la cabeza y fijó sus ojos redondos en la chica.

—Esto no se lo vas a decir a las cerdas amigas tuyas. ¡Joe nunca estuvo en la cárcel! ... Joe sí estuvo en la cárcel ... los cochinos judíos y los cochinos blancos quieren que Joe se muera, que no trabaje en su comercio, que no viva con Linda, que no vea a sus hermanos. ¿Tú quieres eso? —le preguntó a Lucía.

—¡No, no! Yo quiero que seas muy feliz ... pero ¿por qué estuviste once veces en la cárcel? —insistió la tonta de Lucía.

Joe se puso de pie de un salto, su bata marrón de baño se abrió y enseñó su barriga, le dio una patada a la mecedora y se volvió a la señora Lelinca con aire contrito:

—Dile a tu hija que no pregunte nada a Joe. ¡No puede ir a la comisaría a denunciar lo que les van a hacer! ¡No puede! Ha estado once veces en la cárcel y tu lo sabes ... sí lo sabes, la palabra de un convicto, no sirve, hermana. ¡No sirve! ¿Puedo llamarte hermana?

—Sí, llámame hermana. Dime ¿quién va a hacernos algo ... y cuándo? —preguntó la señora Lelinca con las rodillas flojas por el miedo que le provocó la confidencia de Joe.

Joe volvió a sacudirse de risa. Movió la cabeza y la miró con curiosidad.

—¿No lo sabes? ... ¡Hey! ¡Hey Joe! no lo digas. Entonces es un secreto. ¡Un secreto! Pero, puedes llamarme cuando me necesites —terminó.

Con una majestad estudiada, Joe se dirigió a la puerta, antes de salir se volvió a la madre de Lucía, se llevó un dedo a los labios y dijo con voz autoritaria:

—¡Silencio! ¡Joe no es un soplón! No, no es un soplón. ¿Verdad Joe? No digan nada a nadie —y bajó las escaleras silbando.

La señora Lelinca y su hija permanecieron mudas. No comieron y Lola se rehusó a salir de su escondite. ¿Joe había venido a amenzarlas? Era un astuto. Se había dado cuenta de que por miedo no habían firmado la queja. ¡No, tal vez por agradecimiento quería prevenirlas de algún peligro! Lo peor era que no podían consultar con

108

nadie. En el maldito edificio todos se enteraban de todo aun antes de que sucediera. "¡Joe no es un soplón!" había dicho el negro y si se enteraba de que ellas se habían confiado en alguien, entonces sí que les sucedería lo peor. El miedo se instaló en su estudio y el menor ruido las sobresaltaba. ¿Cuándo terminaría ese infierno? Tal vez lo más prudente era mudarse. Leyeron los anuncios de los pisos vacíos que estaban en el periódico. Eran carísimos. Ellas sobrevivían de una miserable pensión que siempre llegaba con retraso, a veces se perdía y apenas alcanzaba para pagar el alquiler de Soffer en abonos, para alimentarse de comida enlatada, la más barata. Inmóviles vieron avanzar el día y oscurecer.

Aube vio entrar a Joe en la casa de Lucía. "¡Las traidoras, por eso se negaron a firmar la queja!" Ahora, la ira de la Maffia caería sobre ella y sobre Karin, dos mujeres indefensas. "Lo merezco. No sé quiénes son esas mujeres." Recordó la voz gangosa: "Usted ignora quién es esa vieja prostituta..." y Aube perdió el apetito. Tampoco comió Karin. Temerosas de que Fedra Bucci Basso Bass escuchara su conversación, guardaron silencio. No contaban con nadie: La Schloss era demasiado rica y amiga de Al, además cerraba su tienda temprano y se retiraba a su casa de lujo. ¡Era odiosa! El abogado Green se encerraba muy temprano con Nety y ambos permanecían muy quietos. ¡Tenían miedo! Sobre todo desde que tuvieron la ocurrencia de firmar la queja. ¿Y la policía? ¡No hizo ningún caso! "Ahora Joe me va a demandar y esa lista de la Lelinca le servirá de testigo", se dijo Aube furiosa. Joe había ido a ofrecerle dinero, por eso estaba callada. Era "una rata hambrienta", había aceptado el dinero y firmaría la queja de Joe. Llamó al señor Soffer.

—Señora Mayer, señora Mayer, tenga paciencia, ya contestará la Policía... No, no, la señora Lelinca no le hará ningún daño. ¡Señora Mayer, es viernes, estoy muy cansado, iré a visitarla el lunes! No sé por qué tuve la mala idea de invertir mis ahorros, el dinero ganado con mi música en ese maldito edificio... ¡Me están matando, señora Mayer! —gritó el señor Soffer y con mucha cortesía colgó el teléfono.

¿Y la rata andrajosa de la Bucci Basso Bass qué pensaba? También ella era amiga de Joe. Aube encogió las piernas, apoyó la cabeza sobre las rodillas y pensó que iba a llorar. Su hija Elizabeth tenía razón: "el mal" había entrado en el edificio. Pero ¿quién era el "mal"? ¡Todos! La Lelinca, su hija, las hermanas de color, Green, Gail, Nety, Linda, Joe, la Schloss. ¿De dónde había salido aquella chusma? ¡Y la última en entrar, la Bucci Basso Bass era la peor! Había pasado el día espiando a la señora Lelinca y ésta no había dado señales de vida, ni siquiera salió a comprar nada a la tienda de comestibles. ¡Se escondía después de su traición! Oscureció y Aube y Karin echaron los cerrojos y se tendieron en la alfombra sin cenar. No pudieron dormir, espiaban los ruidos y las carreras que subían por la escalera.

El sábado por la mañana, la señora Lelinca llamó a la puerta de Aube. Ésta guardó silencio y no abrió. "Se fueron al campo", se dijo la mujer con desconsuelo y después de salir a comprar leche y pan se refugió en su estudio. El día transcurrió lento y cargado de amenazas. Nadie se movió en el edificio. La Bucci Basso Bass estaba encerrada con sus colchones y su perro. Hacía dos días que Mina, su hija, había salido con una maleta en la mano y el maletín de Aerolíneas Argentinas en la otra. Después nadie la había vuelto a ver. Lola se sentía muy deprimida, sin ganas de comer, ni de moverse, tendida en la cama, con la barbilla apoyada sobre las manos simulaba dormir, pero al menor ruido abría los ojos y se estremecía. ¡Estaba tan cansada de huir y de esconderse, que a veces se le ocurría que morirse era lo mejor que podía ocurrirle! Lucía trató de terminar *La vida de Nijinsky*, pero la tragedia del bailarín ruso la hizo llorar tanto, que abandonó el libro y abatida continuó columpiándose en la mecedora.

—Andamos huyendo Lola... ¿para qué? —le preguntó a aquella pobre desvalida.

Los agradables fantasmas de su infancia: golosinas, juegos y jardines, le parecieron banales, abolidos. Ese mundo ya no existía. "Ahora nadie baila" se dijo y se miró las manos pálidas, delgadas, quietas sobre su bata azul. También ella estaba muy cansada, ni siquiera se pasó el cepillo por los cabellos. Karin no vino a maquillarla y su rostro demacrado se rehusó a reflejarse en el espejo. Le contagió la depresión a su madre, que simulaba hacer algo en la pequeña cocina, si tenían suerte vendría "Madame Stalin" a visitarlas y sonrió al recordar los motes que Aube le puso a María. No tuvieron suerte y a las diez de la noche se recogieron en la cama. Las despertó un tiroteo. Lucía corrió a la ventana, para encontrarse con la luz rojiza que salía de la ventana de la Bucci Basso Bass. Enmedio de los reflejos extraños, la muchacha vio a la mujer andrajosa sentada encima de sus tres colchones. Tenía la cabeza entre las manos y era la imagen misma de la desesperación. "Se diría que le han disparado a ella", se dijo Lucía muy preocupada y en voz muy baja llamó a su madre, que yacía inmóvil y paralizada de terror.

—¡Ven! Mira a la pobre Bucci Basso Bass...

Su madre no se movió. Era necesario que amaneciera.

Aube despertó asustada. "Nos han disparado", le dijo a Karin, que sentada sobre la alfombra temblaba como una hoja. Ella había escuchado el tiroteo nutrido justamente bajo su oído. "Mami, los disparos vienen de abajo." No encendieron la luz, alargaron la mano y vieron las manecillas verdes y luminosas del reloj despertador que marcaban las cinco y catorce minutos de la madrugada. Después de los tiros se produjo un silencio, luego una carrera, como si alguien hubiera salido huyendo. Y luego otra vez el silencio. Después de un rato, llegó un automóvil y escucharon pasos, voces bajas y movimientos. Luego ¡nada! A las seis y media de la mañana, Aube se arrastró a la cocina y sin hacer ruido preparó un café que ambas bebieron en el suelo. "Baby, no tengas miedo... no tiembles", suplicó Aube y esperaron a que rayara el día.

Hacia las diez de la mañana la señora Lelinca llamó a la puerta de Aube, que se precipitó a abrirle.

—Fueron disparos o lo soñamos? —le preguntó a su

111

amiga que estaba lívida como un fantasma.

—Fueron disparos... abajo —contestó Aube, apuntando con su dedo delicado hacia el piso.

Las dos permanecieron en silencio. Karin dormía sobre la alfombra y Lucía en la cama, al lado de Lola. Deliberaron unos minutos y la señora Lelinca subió a consultar con el abogado Green. Aube la esperaría. La madre de Lucía encontró en el estudio del señor Green a la andrajosa Bucci Basso Bass, que contrita, y con aire servil le preparaba un té a Nety, mientras que su marido paseaba nervioso por la habitación desnuda.

—Esto es un infierno... el negro disparó sobre Linda —dijo Nety, con el rostro cambiado.

Nety ya no sonreía, estaba despeinada, sin maquillaje y apenas pudo sostener la taza que la Bucci Basso Bass le tendió con aire demasiado solícito.

—Calma, calma, en seguida vino la ambulancia por esa chica... y querida, parece que no fue Joe. Escuché decir que fue un amigo suyo al que se le disparó la pistola. ¡Son tan peligrosas las armas de fuego! —suspiró la Bucci Basso Bass.

—Fue un error presentar esa queja... ¡la culpa la tienen ese par de estúpidas! —comentó el abogado deteniéndose frente a su mujer.

—¡Y claro que fue un error! Joe es un niño, pero sus amigos pueden tomar el caso como discriminación racial. Este asunto, Nety, es muy delicado, muy delicado. El pobre Joe lloró como un niño... bueno, eso me dijeron, ¡yo que sé! —dijo la Bucci Basso Bass y miró a la señora Lelinca con aire de humildad, se diría que quería decir: "Perdone usted, señora, que esté yo aquí."

La madre de Lucía no supo qué decir. La presencia de aquella mujer untuosa y vestida en harapos la dejó desconcertada. Sólo se le ocurrió decir:

—Abogado Green, quizás sería más prudente mudarse...

—¡Sí! Yo pienso mudarme mañana —afirmo Green golpeándose las manos.

—Señora, es más prudente que no les comunique a sus

amigas lo que ha escuchado aquí. ¡Son tan impetuosas! Y ahora, abogado, me retiro.

La Bucci Basso Bass salió sin hacer ruido. La señora Lelinca estuvo unos segundos, sólo para escuchar decir a Nety:

—¡Pobre mujer, es una samaritana! Vino a preguntar si no necesitábamos ayuda.

Antes de salir, la madre de Lucía vio a Nety deshacerse en lágrimas. Estaba próxima a un colapso nervioso. Bajó preocupada. No sabía si decirle a Aube lo que había visto y se detuvo unos instantes antes de llamar a la puerta de su amiga. Entonces, escuchó unos pasos, se volvió para descubrir que la Bucci Basso Bass se deslizaba por la escalera como una serpiente. ¿De manera que la mujer no había bajado directamente a su estudio? ¡No! La mujer subió al piso superior para saber cuánto tiempo permanecía ella con el abogado. Traía una sonrisa satisfecha. ¡Había salido inmediatamente! La Bucci Basso Bass abrió su puerta y se introdujo de prisa. La madre de Lucía escuchó los gruñidos de su perro y llamó a la casa de Aube.

—¿Qué dijo Green? —preguntó ansiosa.

—Parece que alguien, que no fue Joe, disparó sobre Linda... Nety está llorando. Aube ¿no crees que deberíamos mudarnos?... ¡Claro que no tenemos dinero para hacerlo!...

Las dos bebieron un café y guardaron silencio: no podían hacer absolutamente nada, le debían dinero a Soffer y nunca tendrían lo suficiente para mudarse. Karin continuaba dormida sobre la alfombra y Lucía estaba sola en el estudio.

A pesar del tiroteo el señor Soffer no se presentó ese domingo y sus inquilinos permanecieron agobiados y solitarios, quizás la policía vendría a interrogarlos, pero no vino ¡nadie! Al oscurecer, alguien arañó la puerta de la señora Lelinca. Ésta vio por la mirilla la cara alargada y sucia de la Bucci Basso Bass. Asustada, la dejó pasar. La mujer entró con la vista baja y se precipitó a instalarse en la mecedora. Llevaba a su perrito en brazos y lo llamaba:

113

"Jefe."

—¡Qué desgracia! Mire, somos los honrados los que pagamos los platos rotos. Mire a su hijita, qué pálida que está. ¿No has dormido niña? —le preguntó a Lucía que la miraba con los ojos muy abiertos.

—Dormí muy bien . . . —contestó la chica.

—¡No me digás que no escuchaste lo sucedido en esta madrugada!

—No, ¿qué sucedió? —preguntó Lucía.

—¡Nada! Nada criaturita. Verdaderamente son ustedes dos inocentes, qué diferencia con esas dos amigas suyas —exclamó la visitante.

La madre y la hija vieron sus uñas largas y sucias. Fedra se introducía un dedo en la oreja, hurgaba, limpiaba la sustancia amarillenta sobre su traje y hablaba en voz baja. ¿No sabían que Mina estaba en Río de Janeiro? De allí iría a Buenos Aires, siguiendo la ruta de su novio, un marino joven, guapo y "prepotente". También ella había tenido un amor pasajero con uno de los oficiales del navío. El recuerdo la dejó pensativa, acarició a Jefe y sin levantar la vista comentó:

—Señora, qué pena que me da usted. ¡Todos la engañan! Usted cree en el pillo de Gabriel y mientras, él proclama a los cuatro vientos que usted es una comunista ¡desaforada! ¡Tal como lo oye: desaforada!

Fedra Bucci Basso Bass se puso de pie y salió de prisa, no sin antes prevenir: "En seguida vuelvo." En efecto, volvió con unas fotografías muy grandes y a colores en las que aparecían ella y Mina vestidas de gala y cubiertas de joyas. A su lado estaban unos marinos y ¡Gabriel! La madre de Lucía contempló la figura canosa y frívola de aquel oligarca y cayó en la cuenta de cuál Gabriel le hablaba la Bucci Basso Bass. ¿Cómo era posible que aquel elegante fuera amigo de esta andrajosa? ¿Y por qué la andrajosa de uñas sucias vivía en ese estudio sólo con tres colchones y un perrito viejo? No encontró palabras, no se atrevió a preguntar por aquellas joyas y aquellos trajes que Fedra y Mina lucían en las fotos. Ante su sorpresa, Fedra se echó a reír.

114

—Hay que defenderse. Tengo tres pisos en Nueva York. Yo no trabajo, tengo mi tarjetita del Seguro del Desempleo que afirma que trabajo allí, pero no es verdad. Sucede que sé mover la bolita. ¿Comprende? En Nueva York he aprendido a defenderme, por eso le digo que son ustedes dos inocentes. Yo tengo automóvil, casa en el campo y un grupo leal de amigos, como Gabriel. Cuando necesite consejo, pídamelo. Por ejemplo, tomé este estudio por un mes. Es gratuito y esto me provee de una nueva dirección para cobrar el seguro del desempleo. Y después me marcho. Es necesario saber tratar al yanki y ustedes ¡no lo saben!

Lucía y su madre no entendieron nada y Fedra se dio cuenta y volvió a reír.

—Veo que no han comprendido el mecanismo. Miren, tengo mi "tarjeta verde" y un puesto en la Oficina del Desempleo, pero no trabajo. Allí estoy inscrita bajo el nombre de mi marido, ¡ese canalla que me partió la vida! Mi trabajo me permite asignarme tres o cuatro seguros, por eso tengo tres pisos, aunque esos no figuran, esos pertenecen a Mina. Yo tengo alquilados cuatro pisos con éste y me presento en todos para cobrar el Seguro. Si me conviene, me quedo aquí solamente un mes y el vejete Soffer no me va a arrancar ¡ni un clavo! La Ley me permite quedarme ¡cuatro meses! y si peleo puedo quedarme el tiempo que quiera. Además exporto automóviles a la Argentina. Allá hay gran escasez de vehículos y acá ¡sobran! Se les envía sin matrícula, naturalmente, y a cargo de amistades...

Fedra Bucci Basso Bass calló para observar el efecto de sus palabras, la sorpresa reflejada en los rostros de sus oyentes la hizo callar, para sobar el pelo raído de Jefe. Después, con voz untuosa agregó:

—Por eso me atreví a venir... quise ayudarlas a descubrir Nueva York. Se lo tengo dicho a Gabriel. "¡Mirá, sos un egoísta con tus amigas, debemos ayudarlas!", pero él anda enredado con esa piba y no se ocupa de nada. Ya saben que su mujer también anda con otro en Córdoba ¡y el hombre se divierte! ¡Qué vida! Pasaré a verlas cuando no estén ésas. Las pobres me miran como si yo fuera la Jacqueline Onassis. Me voy, que tengo que llamar a Mina a Río de Janeiro.

Fedra se puso de pie, acarició a Jefe y se dirigió a la puerta. Antes de despedirse les recomendó silencio.

—No digan nada a ésas. Y mire usted, qué desgracia tan grande ha ocurrido dentro de los muros de este mismito edificio. ¡Pobre Joe!

Aube la vio salir de la casa de la señora Lelinca y Fedra no se inmutó ni le dio las "buenas noches".

—Vi a la Bucci Basso Bass salir de la casa de Lucía —le anunció Aube a Karin temblando de ira.

—¡A ese par de imbéciles todos se les cuelan! Un día se llevarán un disgusto —sentenció Karin.

Ellas en su estudio y Lucía y su madre en el suyo esperaron la aparición de María. Pero "la soviética" no se presentó. ¡Era extraño, muy extraño! Las cuatro ignoraban que unos detectives habían interrogado a María antes de llegar a los escalones de piedra del edificio. "Sí, había visto a Linda, pero no era amiga suya. Sus amigas eran la señora Lelinca y Aube." Los policías la escucharon con aire severo.

—¿De qué se trata? —preguntó María.

—De prostitutas y de chulos. Una está agonizando, se llama ¡Linda! —le contestaron.

María guardó silencio y se alejó despacio, aunque sintió la furiosa necesidad de correr.

El lunes, antes de ir a la compra, la señora Lelinca fue a visitar a Madame Schloss. La campanilla de la puerta de entrada a la boutique retumbó sonora. La visitante se quedó muy quieta: las vitrinas estaban en desorden, los collares arrojados al suelo, los arbolillos dorados rotos y las mariposas pisoteadas. En la boutique no había nadie.

—¡Madame Schloss! —llamó la visitante.

—Querida, querida...

La voz de la propietaria venía de algún rincón y era casi un susurro. La madre de Lucía repitió: "Madame Schloss" y ésta volvió a repetir: "Querida, querida" desde un lugar invisible. La soledad de la boutique tenía algo atroz, algo fantasmal y los oídos de la señora Lelinca se llenaron de zumbidos peligrosos. Casi a tientas a pesar de ser las once de la mañana, buscó a la propietaria. La encontró en la trastienda, dividida por unas cortinas de terciopelo de color durazno. Allí estaba, derribada, con una mano chorreando sangre, los cabellos en desorden y el traje desgarrado. Casi sin darse cuenta de lo que hacía, la ayudó a levantarse y la llevó hasta un sillón francés. Ella se dejó caer en otro.

—Querida... entraron tres chicos negros, me torcieron las muñecas, creo que robaron... Me prohibieron dar parte a la policía y se fueron...

Madame Schloss hablaba en voz baja y sus ojos imploraban ayuda y silencio. Su aspecto era terrible, se diría que un genio del mal había penetrado en aquel recinto silencioso para destruir el orden perfecto que reinaba.

—Madame Schloss, ¿puede usted darme agua con azúcar?, creo que voy a desmayarme —dijo la señora Lelinca y se desvaneció en el sillón. La invadieron perfumes exquisitos y aire helado. El rostro lleno de golpes de la propietaria se inclinaba sobre el suyo y su mano sostenía un frasco de Chanel número cinco. Las dos mujeres quedaron frente a frente, ninguna de las dos podía hablar. Al cabo de un rato la visitante preguntó si su amiga estaba enterada de lo sucedido a Linda. ¡No! La dueña de la boutique ignoraba el tiroteo. Entonces ¿quién la había atacado?

—La queja... —murmuró Madame Schloss en un suspiro.

¿Sería prudente avisar a la policía? ¡No, podían matarlas a las dos!

—Un brandy, un brandy —dijo la propietaria y su sangre manchó la botella y las copas.

Sobre la alfombra de color durazno, la sangre formaba figuritas oscuras y la señora contempló su muñeca herida con asombro.

—¡Ah!, recuerdo que traían una navaja abierta... voy a lavarme —y la señora Schloss se introdujo en la trastienda, mientras que su amiga quedaba vigilando.

Tardó en reaparecer. Traía la muñeca atada con un pañuelo, los cabellos alisados y se cubría con un abrigo. Madame Schloss se esforzó en sonreír, no deseaba asustar a su vecina; Judy, su hija, estaba en California y temía quedarse sola.

—Querida, pensé que es mejor callar. Pensaremos sobre el asunto y luego podremos decidir.

Su visitante aceptó sus palabras con docilidad, bebió el brandy y trató de no ensuciarse los labios con la sangre que se cuajaba con rapidez en la copa. No quería abandonar a su vecina, charlaría de banalidades para olvidar lo que había sucedido en "Butterfly". ¿La señora había visto "La Dama de las Camelias" que se proyectaba en un cine de la orilla Este?

—Sí, querida, la vi anoche. Garbo era sublime... esa Europa ya no existe, querida...

—Yo no pude ir. Siempre estoy con Lucía. Le prometí llevarla, quiere ver a Garbo. ¿Sabe? nunca la ha visto. Era mi actriz favorita, la recuerdo nebulosa, hecha de brumas...

—Sí, querida, estaba hecha con materiales translúcidos. ¡Qué diferencia con los jóvenes modernos! ¡Qué toscos, qué feos, qué sucios... y qué asesinos! Querida, cuando veo a un joven ¡huyo! Y mire, ellos vinieron a buscarme... Cuando menos podían bañarse.

—¿Estuvo usted en Viena? —preguntó la visitante.

—Sí, pero ¡helás! prefería Berlín. Es mi ciudad natal. El año pasado después de tantos años de ausencia, volví. Caminé por el Tiergarten... es otra ciudad, pero reconozco que las berlinesas continúan siendo las mujeres más elegantes de Europa, bueno, de Alemania. Nunca pensé en irme, pero llegó ese monstruo... —y Frau Schloss bebió su brandy a sorbitos.

Desde la calle, a través del cristal de la vitrina, tres jóvenes negros las contemplaban, reían y las señalaban, las mujeres les producían regocijo. Los divertían. Las dos mujeres los vieron con el rabillo del ojo, asustadas ante sus gestos impunemente burlones. La señora Lelinca opinó que Madame Schloss debía cerrar la tienda y marcharse a su casa en taxi. Por la tarde discutirían el asunto. Cerraron "Butterfly" y cuando el vehículo que llevaba a su amiga se alejó, la señora Lelinca subió a su piso y se tendió en la cama. ¡Se mudaría! Estaba decidida. El disgusto y el brandy la sumieron en un sueño profundo. Despertó al oscurecer y encontró a Lucía acompañada de Aube y de Karin.

—¡Qué extraño, la Schloss no abrió "Butterfly"! Tiene miedo. ¿Cómo se enteró de lo de Linda, si ayer fue domingo? Esa mujer es sospechosa —dijo Aube.

La señora Lelinca guardó silencio. Las palabras de Aube la devolvieron a la cotidiana pesadilla.

Era inútil buscar piso, durante más de una semana la señora Lelinca leyó los avisos, visitó los departamentos vacíos y sumó y volvió a sumar los gastos necesarios para efectuar la mudanza. ¡Nunca tendría esa enorme suma de dinero! Tampoco consiguió trabajo, carecía del permiso y si la sorprendían ejerciendo cualquier menester la echarían de los Estados Unidos. Descorazonada se detenía a veces en la boutique de Madame Schloss.

—Hace mucho frío . . . —decía al entrar.

—Sí, el invierno ha sido crudo. ¿Sabe usted que el abogado Green y Nety se mudaron ayer? —le anunció una tarde la propietaria de "Butterfly".

No supo qué decir. Era difícil explicarle a la señora Schloss que la presencia del abogado encima de su piso la consolaba, la hacía sentirse menos sola, menos aterrada. "No podré mirar su ventana apagada me moriría de miedo", se dijo y simuló indiferencia. Además la dueña de la boutique había cambiado con ella. No quería imaginar mezquindades, pero de alguna manera después del asalto sufrido, la Schloss la recibía con marcada frialdad. Ahora ya no le ofrecía cigarrillos, ni brandy. Observó los gestos de su interlocutora, su rostro serio y su muñeca vendada. ¿Qué escondía Madame Schloss? La campanilla de la puerta de entrada la hizo volverse, para ver entrar a Joe, envuelto en su bata de baño de color marrón. Una sonrisa de bienvenida, iluminó el rostro de la propietaria.

—¡Joe! ¿Cómo va Linda? —preguntó.

El recién llegado se dejó caer en un sillón, dio un suspiro demasiado hondo y miró a la madre de Lucía con ojos afligidos.

—Un poquito mejor. Joe la ayudó hoy a sentarse en la cama. También le llevó las muletas. ¡Pobre Joe! Ahora tiene una novia a la que le falta una pierna, bueno, la mitad de una pierna... Joe nunca perdonará a sus hermanos malos. ¿Tiene razón Joe? —le preguntó a la madre de Lucía que ignoraba que a Linda le habían amputado una pierna.

—Sí... tiene razón. Aunque pensándolo bien Joe, es mejor perdonar —contestó la visitante midiendo sus palabras.

—¡No! Joe nunca se los va a perdonar. ¿Verdad señora Schloss? El amor de Joe es grande, tan grande como el edificio de las Naciones Unidas. ¡Las Naciones Unidas somos nosotros tres! —dijo Joe dándose un golpe en la frente y se echó a reír con su risa baja, que le sacudía la barriga desnuda.

Su presencia resultaba un tanto estrafalaria en aquel salón de sedas y terciopelos, pero Madame Schloss parecía no darse cuenta y sonriente se dirigió a él para preguntarle:

—¿Qué vas a llevarle hoy a la enfermita?

Joe movió la cabeza, se observó los pies descalzos, se volvió a la madre de Lucía, miró los escaparates y luego se puso de pie y anunció con solemnidad.

—¡Una rosa! Una rosa es una rosa, ¿verdad Joe? Sí, ¡una rosa!

—Siempre le llevas lo mismo! Mira, ¿por qué no una pulsera, un broche, unos guantes, o un bolso? —replicó la dueña mostrando esos objetos que nombraba.

—¡No! a Joe le gustan las rosas. Joe está contento hoy, se fue el abogado, se fue. ¿No estás contenta, mami? —le preguntó a la señora Lelinca. Ésta hizo un signo afirmativo y dejó la boutique mientras la Schloss envolvía una rosa de porcelana en papel de seda.

Una vez en su piso se dejó caer en la mecedora, no entendía a la Schloss ni a Joe, ni a Aube, que también buscaba un sitio al que mudarse. Lucía y Lola estaban sombrías. No ignoraban que Nety y Green se habían ido.

Esa misma mañana, Fedra llamó a Lucía para dejarle la llave de su piso y rogarle que cuando llamara un hombre de la telefónica, tuviera la bondad de abrir la puerta de su vivienda, pues necesitaba con urgencia otro aparato.

—Mirá niña, si se rompe este teléfono quedaría incomunicada. Estoy sola, nuestro amigo Green se mudó y este edificio ya no ofrece ninguna seguridad.

Fedra Bucci Basso Bass dejó las llaves de su piso en manos de Lucía y salió a hacer unas diligencias. Cuando el hombre de la telefónica se presentó, llamó a la puerta de la señora Lelinca y su hija abrió el piso de Fedra y lo acompañó durante su trabajo. El hombre parecía asombrado ante los harapos apiñados en el suelo, los tres colchones y el perrito viejo que gruñía con insistencia.

—No entiendo por qué son necesarios dos teléfonos en este cuarto —dijo.

—Tampoco yo lo entiendo —le contestó la chica mientras le firmaba la nota.

Ambos tenían la impresión de hallarse en la choza de una mendiga y sonrieron. ¡En verdad que la mujer era una maniática! Lucía no dijo que tenía miedo, esas cosas era mejor callarlas, y se sintió muy sola pensando que el abogado Green y Nety habían huido de aquel infierno. Contempló a su madre sentada en la mecedora, iba a decirle que la Bucci Basso Bass había ordenado un segundo teléfono para hacerla reír, pero no tuvo tiempo, pues inmediatamente llamaron a la puerta, era Joe, con la rosa envuelta por Madame Schloss en una mano, que sostenía en alto.

—¡Hermana! esta rosa es para tu niña —dijo tendiéndole el regalo a la chica.

Con familiaridad, ocupó la mecedora, parecía preocupado, se reía solo y movía la cabeza, mientras ellas esperaban que dijera algo.

—¡No me gusta esa mujer de botines grises! No me gusta. ¿Es cierto hermana que es muy amiga tuya? Eso le ha dicho a Joe, a la Schloss y a ¡ésas! —exclamó Joe señalando con un signo de cabeza hacia el lugar donde se hallaba la vivienda de Aube.

Las dos mujeres se miraron, ignoraban quién era la mujer de los botines grises. Joe imaginaba cosas. ¿No le creían? Joe movió la cabeza con gesto resignado. Sus hermanas eran ¡tontas!

—Vendrá a visitarlas. ¡Ah! sí, vendrá, vendrá, lo sabemos todos! Nos lo ha dicho en la calle —afirmó Joe en voz muy baja.

La madre y la hija tuvieron la impresión de que Joe decía la verdad y deseaba prevenirlas de algo. Pero ¿quién era aquella mujer de botines grises? Ninguna amiga suya usaba ese tipo de zapatos. ¿Era joven? Joe se echó a reír a carcajadas.

—¿Joven?... Hermana, es una vieja blanca muy fea. ¡Dios mío que si es fea! A Joe le dan miedo sus ojos grandes como huevos. ¡Claro que a Joe le gustan los huevos con tocino, pero no le gustan los ojos de huevo de la vieja bolsa que usa esos botines! ¿Entienden? Esa vieja huele a... esa clase de gente enemiga de Joe. ¡Joven!... ¡Dios mío! Deben tener mucho cuidado. ¡Ah sí! mucho cuidado —y Joe se puso serio.

—Hablaré de ustedes con mi hermano Chuky. ¡Él tiene poder! Mucho poder, allá arriba. No quiero decir en el último piso, allí sólo vive Dios, pero Chuky tiene poder un poco más abajo y puede cerrarle los ojos o la boca a esa cerda. ¡No, no lo crean, eso no lo hace Chuky, pero puede ayudar a mis hermanas! Él dice que hay un lugar en el sol para todos. ¡Tiene razón! Habrá un lugar en el sol para ustedes, si esa vieja bolsa nos da tiempo... ¡Tiempo, tiempo, tiempo, eso es lo que necesitamos! Tengan cuidado. ¡Joe las cuida!

Fumó con tranquilidad un cigarrillo de mariguana y se lamentó: "¡Ah, si Joe no fuera un convicto!" Se puso de pie, adoptó la posición de un boxeador y dio muchos puñetazos en el aire.

—¿Ven? Así es Joe. ¿Verdad Joe que eres un campeón? ¡Eso! un campeón.

Se ajustó un poco la bata abierta que mostraba su

enorme barriga, sonrió y se marchó. Esta vez, no bajó la escalera silbando. Iba alerta, mirando para todas partes, como si temiera la presencia de algún enemigo.

Karin estaba cansada de presentarse en las agencias de modelos. Nadie la aceptaba. Al volver a su casa se contemplaba en el espejo: era sonrosada, rubia y había logrado perder ocho kilos. ¿Qué sucedía con ella? Estaba descorazonada. Tampoco le gustaba el edificio, sólo quedaban en él, ella, su madre, Lucía, la señora Lelinca, la egoísta Schloss y aquella horrible Fedra Bucci Basso Bass. El cartel colocado en la puerta de Gail continuaba anunciando: "Estoy en el campo." Era mentira, Karin había visto su figura enorme colándose de rondón en el edificio. Linda continuaba en el hospital y en cuanto a Joe, entreabría su puerta cuando la sentía llegar y la observaba con los ojos muy abiertos. Le daba miedo subir la escalera solitaria, al oscurecer, en el momento de su llegada la hallaba silenciosa con sombras heladas esperándola. La noche había caído cuando Karin llegó a su casa. Enfrente de la puerta de Lucía estaba sentada una mujer en el suelo, con las piernas abiertas, rodeada de papeles colocados a su alrededor. La mujer los revisaba con esmero, llevaba medias de lana color violeta y usaba unos botines grises. "Es la vieja que habló con mi madre y yo creí que la había imaginado", se dijo.

—¡Hey, Baby! Espero a tus amigas. ¿Salieron? Mientras llegan reviso mis impuestos, ya sabes que ¡hay que pagarlos! —exclamó la mujer levantando los ojos para observar a Karin, que asustada sólo veía sus botines grises.

—¿Salieron tus amigas? —insistió la mujer.

—Sí, esta mañana —contestó Karin.

—Soy May. ¿Puedes invitarme a tu casa? Antes llamé y nadie contestó —le confió May rascándose la cabeza cubierta por unos escasos pelos rubios.

—No tengo la llave. Volveré cuando mami haya regresado.

Y Karin bajó corriendo la escalera, salió a la calle, se refugió en una cafetería y desde allí llamó a su madre por teléfono. "¿Por qué llamas?" "¡Ésa está ahí fuera y ellas están aquí conmigo!" contestó Aube en voz baja y colgó el aparato.

May escuchó el timbre del teléfono, pero no pudo escuchar la respuesta de Aube. "No desea abrir, volveré otro día", se dijo, recogió sus papeles y abandonó el edificio. Desde la ventana, Aube la vio partir y se volvió intrigada a sus amigas. ¿Quién era aquella mujer siniestra?

—Cuando la conocí me dijo que era periodista. Ahora no sé quién es, ni por qué me busca de esta manera tan extraña...

Elizabeth llegó al día siguiente acompañada de Petrouchka. Era un vagabundo, dormía en Central Park y podía servirles de compañero.

—Es un desplazado. ¿Puede quedarse? —preguntó la hermana de Karin.

—Sí, sí puede —contestó Lucía.

Petrouchka, a pesar de su miseria se sintió herido en su vanidad masculina y bajó los ojos. Tenía hambre, estaba demasiado pobre y el piso de la señora Lelinca le pareció un paraíso. Permaneció de pie escuchando a Elizabeth, su protectora.

—¡Brrr! Este edificio me da miedo. ¡Aquí ha entrado el "mal"! Por favor no le digan a mi madre que vine —suplicó la muchacha con sus enormes ojos muy abiertos.

Lola se retiró a la cocina. No le gustó el recién llegado, tenía la nariz roja, se diría que era un borracho. Cuando Elizabeth abandonó la casa, la señora Lelinca se dirigió a Lola con enfado.

—¡Lola! odio la discolería. Ven aquí a darle la bienvenida a Petrouchka. Esto parece el banquete de los mendigos, todos piensan que su ración puede disminuir —dijo la madre de Lucía y al servir la cena la repartió en cuatro raciones iguales.

Petrouchka se acostó sobre la alfombra, muy cerca de la puerta de entrada, estaba tan cansado que ni siquiera necesitó una almohada, pues en unos minutos se quedó dormido.

Madame Schloss veía rondar a May, la mujer de los botines grises, pero se rehusó a mezclarse en aquel asunto tan poco claro y guardó silencio frente a la señora Lelinca. Por su parte, Aube espiaba a la mujer desde su ventana, le preocupaba el espionaje de May. "¡Debes mudarte!", le aconsejó a su amiga y se ofreció a ayudarla en la búsqueda de otro piso. "¿Con qué dinero?", contestó la madre de Lucía. "Lo pensaré. Siempre encuentro la salida en los callejones sin salida", afirmó Aube.

—¡Tengo la solución! —gritó Aube unos días después.

La solución era: ¡Koblotsky! ¿Acaso no la ayudó cuando Lucía estaba moribunda? En la guía telefónica encontraron la dirección y la señora Lelinca le pidió una cita por teléfono. Al oscurecer lo encontró en una cafetería anónima. Junto a la lamparilla forrada de percal a cuadros rojos y blancos, el rostro de Koblotsky resultaba siniestro. Las cejas eran agresivas y las marcas de la piel sopladas por el viento caliente del infierno. ¡Aube estaba loca y ahora ya era tarde! Koblotsky se inclinó sobre ella le tomó una mano y preguntó:

—¿Su niña? ¿Cómo está su niña, señora Lelinca?

La madre de Lucía sintió un sobre entre su mano y la del hombre y se apresuró a recogerlo, sabía que adentro había dinero.

—¿Mi niña? ¡Mucho mejor! ¡Gracias señor Koblotsky!

Se despidieron en la acera y la señora Lelinca lo vio perderse en la neblina de la calle. En el sobre había setecientos dólares. ¡Podía mudarse! No se lo diría ni siquiera a Aube. "El silencio es el secreto de la vida. ¿Acaso las plantas no crecían en el mayor silencio?" Empacarían con calma y sin que nadie se diera cuenta. Primero guardarían lo más inútil y al final lo más visible. Estaban terminando una maleta, cuando alguien llamó a la puerta de entrada. De prisa, la metieron debajo de una cama y Lola y Petrouchka se escondieron también bajo la cama, tratando de no tocarse. La señora Lelinca se enfrentó con Fedra Bucci Basso Bass.

—Vengo sólo unos minutos, señora. Esas dos mujeres me dan ¡asco! ¿No las ha visto de charla con May? Pero, si siempre están juntas. ¡Mirá criatura que tu madre es inocente! Esa May no me gusta ¡nada! Pretende ser amiga y ¡amenaza! si una no le dice lo que hacés. Yo soy una mujer simple y no entiendo tanta hipocresía. ¿No pensás mudarte? ¡Qué error!

—¿Usted conoce a esa May? —preguntó Lucía.

—¡Y claro que la conozco! ¿Quién no la conoce? Te digo niña que nos aborda a todos y cena en la casa de esas dos a las que tanta confianza les tenés. ¿Qué me decís? —Y Fedra Bucci Basso Bass miró con insistencia al suelo.

¿Aube y Karin amigas de May? Lucía y su madre sintieron miedo. No podían confiar en nadie y el maldito edificio estaba ¡tan solo!

—¿Y qué quiere esa May? Casi no la conocemos —preguntó Lucía.

—¡No me digás eso! la conocés muy bien niñita, ella nos lo ha contado. La vida es un carnaval, a veces nos vestimos de mendigas y a veces de vikingas. Mirá que vestirse de vikinga es ¡original! Yo soy una persona simple y mi carnaval también es simple, no me disfrazo de amiga cuando soy enemiga, como la Aube. Mirá que es falsa esa judía. Bueno, entre ellos siempre se entienden. La May también es una hebrea.

La señora Lelinca apenas escuchaba a Fedra, estaba inquieta, Jefe, el viejo perro, husmeaba debajo de la cama y gruñía. Se inclinó para tomarlo en brazos y Jefe se volvió contra ella con una ferocidad inesperada.

—¡Deje, señora! Él sólo me obedece a mí. Está ciego, ¡pero qué olfato! —comentó Fedra y se inclinó a su vez a recoger a Jefe y de paso miró bajo la cama. Sonrió satisfecha: escondidos y asustados descubrió a Lola, a Petrouchka y a la maleta a medio hacer.

—Me retiro señora, este pobre viejecito tiene hambre —dijo con voz melosa al tiempo que acariciaba la cabeza de Jefe.

La señora Lelinca vio que era verdad que los ojos secos de Jefe estaban ciegos y llenos de legañas y que el animal temblaba en los brazos de su dueña.

—Tiene miedo . . . —dijo en voz alta.

—Cieguecito desarrolla más el olfato y el oído. Hay

126

que educar a los animalitos para que les sean útiles a sus dueños. ¡Que querés, son como las personas, y tendrían la tentación de traicionarnos! Mi Jefe no me traicionará jamás. ¡Mina me ayudó a educarlo!

Cuando la Bucci Basso Bass abandonó el estudio Lucía y su madre sintieron una náusea desconocida. Aquella mujer había cegado al perro. Se asomaron por la ventana y vieron a la Bucci Basso Bass golpeando a Jefe con un látigo. El animalito no se quejaba. La luz rojiza daba reflejos demoniacos a los cabellos erizados de la mujer. La señora Lelinca se precipitó a llamar a la puerta de su vecina. Ésta tardó en abrir, Jefe temblaba a su lado.

—No tengo café. ¿Puede invitarme una taza? —preguntó mientras trataba de investigar por qué Jefe recibía los golpes en silencio.

—Mire, ¡hasta dos tazas! —respondió la mujer y se lanzó a la pequeña cocina a prepararlo.

Jefe continuaba de pie, temblando entre las sombras rojizas de la habitación. Un objeto oscuro y pequeño yacía en el suelo, la señora Lelinca lo levantó: era un bozal de hierro todavía húmedo por la saliva de Jefe. Dejó el bozal en el sitio en que el se hallaba. "Llamaré a la Sociedad Protectora de Animales" se dijo y trató de no mirar al desdichado Jefe. ¿Quién era aquella mujer diabólica? Sonriente, la mujer le acercó la taza de café.

Al día siguiente Lucía y su madre espiaron los movimientos de su vecina, no hacía sino llamar por teléfono.

Desde la caseta de teléfonos de la esquina la señora Lelinca llamó a la Sociedad Protectora de Animales. No dio su nombre, se limitó a decir: "Una vecina" y volvió a su casa.

—Vendrán en seguida —le anunció a Lucía.

Desayunaron y esperaron la liberación de Jefe. Estaban nerviosas, la Bucci Basso Bass debía estar en casa cuando llegaran los salvadores del perrito. Escucharon atentas los movimientos de la vieja y escucharon que sólo hablaba por teléfono una y otra vez. Olvidaron hacer las maletas, querían presenciar la liberación de Jefe. Al oscurecer, nadie se había presentado a reclamarlo y la Bucci

Basso Bass continuaba haciendo llamadas por teléfono.

—¿A quién llama? —se preguntaron intrigadas.

Por la noche, decidieron arreglar las maletas, después empezarían con los baúles.

Aube estaba indignada con la señora Lelinca: la había visto llamar a la puerta de Fedra y había escuchado cuando le pedía café. En cambio ella evitaba encontrarse con May, la vieja de los botines grises, que le prometía encontrar una plaza de modelo para Karin. Aunque a decir verdad no confiaba mucho en su promesa. Recordaba al untuoso director de modas que llegó a su casa a ofrecerle trabajo a la "preciosa Karin." ¿Qué había sido de él? Nunca más lo habían visto. La seguridad de que alguien deseaba hacer daños a Lucía y a su madre, apaciguaba la ira de Aube. "¡Pobres, no me tienen confianza, yo haría lo mismo!", decía Aube acurrucada sobre su alfombra.

Hacia las doce de la mañana y cuando ya Lucía y su madre estaban seguras de la inutilidad de su llamada a la Sociedad de Animales, dos jóvenes llamaron a la casa de la Bucci Basso Bass. La mujer abrió la puerta.

—¿Qué decís? ¿La Sociedad Protectora de Animales? ¡Cuánta perfidia! Adoro a mi perrito, quieren dejarme sola. ¿Quién puede ser tan malo? Soy una miserable extranjera y seré siempre ¡una discriminada! ¿Y podés decirme que culpa tengo yo por no haber nacido rubia? . . .

La escucharon decir Lucía y su madre. La mujer sollozaba y repetía: "Mi Jefecito."

—Señora, no llore. No queremos discriminarla, no somos tan malos, hace tres días una voz extranjera denunció el caso y dijo simplemente: "Soy una vecina . . ." —explicaron los jóvenes.

—Podés decir lo que querás, pero aunque sea morenita gozo de derechos y no podés entrar en mi casa. No dudo que una vecina, aquí todas somos mujeres, haya querido perjudicarme . . . —y continuó sollozando.

Después de unos minutos, los jóvenes pidieron disculpas y se fueron. "¡Qué imbéciles!" y Lucía y su madre se miraron asustadas, sólo ellas tenían acento extranjero. La escucharon hacer llamadas por teléfono y por la noche golpear a Jefe sin piedad.

—Si no me voy de aquí, voy a volverme loca —anunció la madre de Lucía.

Sacaron los baúles y empezaron a echar en ellos lo que había. ¡Ya no les importaba el orden! Lola y Petrouchka las miraban hacer, inmovilizados por el miedo: ¿adónde irían? No durmieron, pasaron la noche rompiendo papeles y tratando de cerrar los baúles repletos. Por la tarde, la señora Lelinca salió a buscar alojamiento. Al volver a su casa, le salió al paso Karin.

—¡La Bucci Basso Bass se mudó hace una hora! —le anunció la chica.

La mujer dejó su puerta abierta y adentro montones de basura y dos teléfonos colocados en el suelo. Karin y la madre de Lucía se miraron asustadas. La joven decidió avisarle al señor Soffer.

—Su inquilina desapareció hace un rato... ¿no le pagó nada?... ¡Ay; no tiene usted suerte!... —la escuchó decir la señora Lelinca y corrió a buscar a Lucía para evitar que Karin y Aube entraran a su casa y vieran los baúles preparados. Era mejor hacer los comentarios en la casa de Aube.

Con incredulidad, Aube examinó los montones de latas vacías de comida, bolsas cargadas de basura, periódicos y trapos sucios abandonados por la Bucci Basso Bass en su huida. Su amiga, la señora Lelinca, también estaba estupefacta: "¿Y esta mujer es amiga de Gabriel?", se preguntó una y otra vez. Le confesó a Aube que Fedra le había mostrado fotografías suyas y de su hija vestidas de gala y en compañía de personajes importantes.

—¡No! ¡Lo soñaste! —exclamó Aube.

—¿Por qué no mami? La vieja puede ser ¡maffia! —contestó su hija con cinismo.

La palabra las dejó mudas: ¡Maffia! Era la palabra de moda. Abajo estaba Joe y ahora las cuatro estaban solas en el edificio. No querían confesarse que tenían miedo, el silencio anunciaba tempestades, se miraron y las cuatro desearon un whisky, que no había, y se conformaron con espinacas congeladas, que Aube preparó con mantequilla. Lo peor era que las cuatro se tenían desconfianza: "Come con May", se decía la señora Lelinca observando a Aube. "¡Lo sabía! Hace tres noches que estuvo en la casa de la Bucci", pensaba Aube. No durmieron.

El señor Soffer evitó hablar con la señora Lelinca, entró con la cabeza baja y se dirigió directamente al piso de Aube. Allí, deliberó en voz baja con la madre y con la hija.

—¡Hay que decírselo a Lucía! —afirmó Karin una y otra vez.

—¿Quieres verte envuelta en un lío? ¡Es un delito Federal! —le ordenó su madre.

El señor Soffer estaba desolado, se sentía culpable frente a la chica enferma. Pero, ¿por qué había cometido aquella locura? Inclinó la cabeza ruborizado.

—Karin, es mejor esperar. No le digas nada a miss Lucía, veremos qué se puede hacer —dijo el viejecillo y rehusó el té que Aube le sirvió. En ocasiones semejantes no deseaba nada, prefería refugiarse en sus tiempos felices y olvidar la confusión que lo rodeaba y lo hacía desdichado. Debía salir de puntillas, para que Joe no escuchara sus pasos y saliera a amenazarlo. También, para que no saliera a darle la bienvenida miss Lucía, siempre tan optimista. Aube lo acompañó hasta la calle y Karin aprovechó quedarse sola para correr a llamar a la puerta de su amiga, que también se hallaba sin su madre.

—No puedo entrar... sólo vengo a decirte que le debes a la compañía de teléfonos veintisiete mil dólares —dijo Karin con voz precipitada.

—¿Yo? ¿Yo? Tú estás loca. ¡No tengo teléfono! —gritó Lucía.

—Uno de los teléfonos de la Bucci Basso Bass está a tu nombre. El operador de la compañía dijo que tú abriste la puerta y firmaste la nota y la cuenta de las llamadas internacionales asciende a veintisiete mil dólares. ¡Es un delito federal! Si no pagas la cuenta irás... Soffer y mami están asustados. No querían decirte nada.

Lucía entró a su casa dando traspiés. ¡Había caído en

una trampa! ¿Por qué aceptó abrir la puerta de la Bucci Basso Bass? ¿Por qué le hizo el favor a aquella mujer siniestra? ¡Tenían que encontrarla! Llamar a la policía y denunciarla... era inútil, ella había firmado la nota. ¿Quién le puso la celada? ¡Buscaría a la Bucci Basso Bass hasta debajo de la tierra! Escuchó cuando su madre abría la puerta y se precipitó a su encuentro.

—¡Imagínate! La Bucci Basso Bass, bajó de un automóvil elegante y entró a visitar a Madame Schloss. Casi no puedo creerlo —declaró la señora Lelinca con aire sorprendido.

—¿La Bucci Basso Bass? —repitió Lucía y se sintió perdida.

—¡La misma! Cómo se atreve a venir si le debe dos meses de renta al señor Soffer y...

—¡No me hables de Soffer! ¡Viejo hipócrita!... Sabe que fue ella —y Lucía, sollozando, le contó a su madre la trampa del teléfono. La señora Lelinca la escuchó aterrada, después también ella se echó a llorar: "Buscaré a un abogado..." repitió varias veces, pero sabía que era inútil. ¿Acaso la Bucci Basso Bass no estaba de visita en "Butterfly"? ¿Quién era esa mujer? Y a ellas ¿quién las perseguía de esa manera y con tal perfección? ¡Estaban perdidas! "En América puedes matar a quien te dé la gana y no te pasa nada. ¡Ah! pero si robas tres dólares te meten a la cárcel!", repetía María. ¡María también las había abandonado! ¿Desde cuándo no venía? Desde aquel domingo, que ahora les pareció paradisiaco, en el que a Linda la llevaron al hospital para amputarle una pierna. ¡Y su hija debía veintisiete mil dólares! No escuchó cuando llamaron a la puerta, fue Lucía la que abrió y dejó pasar a Joe. El negro contempló los baúles preparados y se dejó caer en la mecedora.

—¡Viejo Joe! no te pongas triste, tus hermanas quieren escapar. Mira, ya hicieron sus baúles. Tienen buenos motivos, Joe. ¡Muy buenos! Hey, Joe, ¿tú crees que pueden guardar un secreto? Sí, sí pueden. Dime, viejo Joe, ¿tú crees que tienen cojones?... ¡Ah Joe! no contestas, sabes que les faltan cojones. ¡Lástima! Las dos hermanas han llorado, viejo Joe, Tu hermanita menor está temblando. ¡Hey Joe! ¿Tú no temblarías si debieras veintisiete mil dólares? ¡Seguro! ¡Seguro que llorarías Joe! La vieja Schloss está indignada. Joe la escuchó. Niño Joe, eres muy inteligente, lástima que no quisiste ir al colegio. No te gustaba restar. Te gustaba ¡sumar! ¿Ves, Joe? La chica es inocente y terminará en la cárcel como tú... ¿y su madre? ¡Chist! Joe no dirá lo que le van a hacer a su madre. También Joe es inocente... ¡No mientas Joe! Bueno, es igual, tus hermanitas no tienen cojones...

—¡Sí los tenemos —gritó Lucía.

Joe la miró con el rabillo del ojo, sacó un cigarro de mariguana, lo fumó con delicia, se meció un largo rato y volvió a mirar a las dos con el rabillo del ojo.

—¡O. K. miss! Hoy a las doce de la noche vendrá un camión a recoger sus baúles. ¡No lo digan a nadie!... La vieja de los botines grises es amiga de la vieja del perrito. ¡Pobre perrito! Joe la engañó le dijo que era amigo suyo. ¡Tonterías! Joe quería saber para qué estaba aquí la vieja del perrito... ¡Joe, qué inteligente eres, cuántos amigos tienes! ¡Cuántos hermanos! Un mal hermano disparó sobre Linda... ¡No importa! tienes tiempo Joe, tiempo. A las doce de la noche vienen tus hermanos buenos y estos baúles y estas maletas ¡desaparecen! —Joe se echó a reír a carcajadas.

Lucía y su madre lo contemplaron admiradas. ¡Era un ser mágico, con su barriga desnuda y su bata de baño de color marrón!

—Joe ¿y tus hermanas? El tiburón de botines grises hace círculos y ¡guau! se las traga. No lo permitas, Joe. ¿Tus hermanos no pueden llevárselas cuando saquen los baúles? ¡Eso, Joe! Eso mismo. Tus hermanas deben de estar muy calladas. ¡Esas se van a Connecticut! Tienen miedo. El tiburón de los botines grises las asusta y se va hoy en la tarde. ¡Son dos gallinas! Tus hermanos se llevarán a tus hermanas y a los dos que tienen escondidos... ¿Adónde viejo Joe? ¡Shut! Es un secreto, Joe. ¿Y los dos que tienen escondidos? Ya dijimos, Joe, que se escaparán con ellas... ¡Ja, ja, ja! —la risa de Joe parecía que no iba a terminar nunca.

Cuando Joe dejó de reír, se puso de pie, se ajustó la bata abierta y salió con paso majestuoso. Las dos mujeres lo oyeron silbar en la escalera "Pretty baby". Tenía ritmo, mucho ritmo. A ellas sólo les quedaba Joe. El mundo entero se había esfumado, estaban absolutamente solas, excepto aquella enorme mole negra que cantaba "Pretty baby" y reía a grandes carcajadas, lo demás había dejado de existir. A las cinco de la tarde llamó Aube a la puerta. Estaba pálida y no trató de entrar.

—Querida, voy a Connecticut, te dejo el teléfono de allá por si me necesitas... Volvemos mañana por la tarde. Ya sé que Karin te dijo lo del teléfono. El imbécil de Soffer está deshecho. Va a buscar un abogado... ¡si pudieras irte!... Me olvidaba, una mujer con botines grises te busca...

Aube dio la media vuelta y bajó corriendo la escalera. La señora Lelinca y su hija se quedaron solas en el edificio. Ambas se sentaron sobre los baúles. Bueno, abajo estaba Joe...

—Vamos a tomar un baño bien caliente —ordenó la señora Lelinca.

Después del baño prepararon un maletín de mano. Lola y Petrouchka se negaron a bañarse. ¿Para qué? Era el final del mes de abril y el frío continuaba igual a sí mismo: blanco y nevado. Cayó la noche y los cuatro contemplaron el estudio, las dos camas, la mecedora, la mesa vieja, las dos ollas de cocina, algunos platos y tazas, el tocadiscos de tercera mano y un florero. En el centro estaban los baúles y las maletas esperando a los hermanos de Joe. También ellas los esperaban. "¡Maffia!" había dicho María. No tenían teléfono para llamarla y despedirse de ellas. ¡Ellas, que debían veintisiete mil dólares a la compañía de teléfonos!

—Tomaremos un café.

La señora Lelinca preparó el café, su hija parecía una sonámbula. Debían hacer tiempo. Nada hay más difícil que "hacer tiempo". ¿Cómo se hace "tiempo"? Tal vez andando hacia atrás. No, ésa no era manera de "hacer tiempo". Sólo Dios era capaz de aquella hazaña imposible. Algún imbécil

133

inventó esa frase estúpida: "hacer tiempo". ¿Y quién era y qué se proponía la mujer de los botines grises? A la señora Lelinca nunca le gustó su cara lívida. Tampoco supo nunca su empeño en visitar su casa cuatro años atrás. Recordó que le enviaba ramilletes de flores y recados humildes. "¿Puedes invitarme a tu casa a tomar un té?" Ella siempre la evitó. Sus ojos saltones le daban miedo. "¡Es un áspid!", se dijo y vio que la noche no avanzaba.

—Lucía, péinate. Acabo de oír que dieron las once y media —dijo la señora Lelinca.

La llamada del timbre de entrada la sobresaltó. "¡Son ellos!" le dijo a Lucía y levantó la mirilla de la puerta. Una cara lívida estaba del otro lado con los ojos parecidos a dos huevos. Abrió de un golpe, debía impedir que la mujer sospechara que tenía miedo o que viera los baúles listos.

—¡May! . . . qué milagro. ¿Qué te trae por aquí? Perdona que no te haga entrar, Lucía está dormida.

—¡Pero chica! . . . hay que celebrar nuestro reencuentro. Vamos a tomar un café —dijo May con su misma voz servil.

"Debo evitar que vea la llegada de los negros", se dijo la señora Lelinca. Cerró la puerta y bajó con May. En la entrada del edificio estaba Joe. "Buenas noches", le dijo al pasar junto a él, pero el negro no se dignó contestar su saludo. Arriba, Lucía, Petrouchka y Lola, pensaron que iban a morir de miedo. ¿Por qué había llegado esa mujer a esa hora? ¿Adónde se llevó a su madre? ¡Nunca volverá!, se dijo Lucía y sus amigos guardaron silencio.

En la calle, la señora Lelinca no vio a ningún negro. "No han llegado todavía", pensó aliviada.

—¡Chica, ayer supe que vivías aquí! También supe que la Vikinga está muy enferma. ¡Qué horror! —exclamó May, mientras conducía a su amiga por Park Avenue. "La vieja de los botines grises vive en Park Avenue", le había dicho Joe a la señora Lelinca. ¡No, ella no iría a la casa de aquella mujer siniestra!

—Chica, si no pudimos entrar a tu casa, vamos a la mía —la escuchó decir.

—Prefiero un bar —y la señora Lelinca torció hacia la avenida Lexington, y continuó caminando sin escuchar las protestas de May hasta la Segunda Avenida. La neblina borraba las aceras llenas de papeles desgarrados. Las luces brillaban apenas y no se veía ningún bar abierto. La señora Lelinca temblaba de miedo. "¿Habrán llegado los negros? . . . ¿Qué hará Lucía?" Entraron a un bar sombrío en el que sólo había algunos borrachos y ocuparon una mesa apartada y sucia.

—¡Una vodka! —ordenó la señora Lelinca.

—Una Coca-cola —pidió May.

Atrás de la barra había un enorme reloj que marcaba las doce y veinte minutos. "Ahora deben estar cargando los baúles", se dijo la madre de Lucía con alivio. Miró a May y sorprendió en sus ojos huevones una mirada pantanosa y horrible. "¡Joe es traidor!", se dijo la madre de Lucía "y yo soy una estúpida. ¡Van a raptarse a Lucía!" Debió tomar una expresión extraña, pues el barman se acercó para preguntarle: "¿Puedo servirle en algo?" Iba a contestar : "¡Auxilio!", pero temió que la acusaran de loca y dijo simplemente.

—En nada, gracias.

El hombre volvió a la barra y desde allí vigiló a las dos mujeres. "La vieja calva está amenazando a esa señora", le confió a un cliente borracho. Después se acercó varias veces a la mesa, deseaba escuchar algo de la conversación y grabarse bien el rostro de May, por si sucedía cualquier cosa. La señora Lelinca no escuchaba a su interlocutora, miraba el reloj y se repetía: "Los negros ya deben haberse llevado los baúles." Sorprendida vio que eran las dos de la mañana, debía volver a su casa, iban a cerrar el bar. Temía el regreso, "¡Joe es un traidor! ¡Él le avisó a ésta!". Caminó de prisa acompañada de May y pronto se encontró en la esquina de Park Avenue y de su casa. Se volvió a May.

—Gracias por acompañarme. Vete a tu casa, es muy tarde . . .

—Vendré mañana temprano a visitar a Lucía —la escuchó decir.

La señora Lelinca dio vuelta a la esquina y no vio a nadie. "¡Ya se fueron!", pensó aliviada y rehizo el camino, quería saber si May se había quedado espiando en Park Avenue.

Desde la esquina vio alejarse a buen paso a su enemiga y volvió corriendo. Encontró la puerta de entrada abierta, subió la escalera y vio que también la puerta de su piso estaba abierta de par en par. Adentro, sentada en la mecedora, estaba Lucía, muy pálida, Petrouchka y Lola la contemplaban en silencio.

—¡Vamos, vamos! Iremos a cualquier hotel. ¡Ahora mismo! —gritó la señora Lelinca.

—¿Por qué tardaste tanto?... los negros se llevaron los baúles... ¡huyeron al ver que no volvías! —le reclamó Lucía con lágrimas en los ojos y contenta de verla, pues estaba segura de que May jamás la dejaría volver. ¡Ahora ya nada importaba! Lo necesario era escapar. Bajaron corriendo las escaleras abandonadas, la puerta de Joe se abrió y apareció el gigante, las atrapó y las metió en su piso.

—Joe está furioso. ¿Por qué te fuiste con la cerda de botines grises? ¡No, Joe no está contento! Dime Joe ¿cuánto tiempo se ha perdido? ¡Tres horas, Joe! ¡Tres horas! ¡Hey Joe, tus hermanos están furiosos con tus hermanitas! Míralas, tienen miedo, pero Joe también tiene miedo. Te queda poco tiempo Joe. ¡Muy poco tiempo! Tú nunca te enfadas, ¿verdad Joe? ¿Viste los botines?... ¡Hey!, Joe, llama a tus hermanos. ¡Llámalos antes de que estén totalmente borrachos! Sí, Joe, tus hermanitas esperarán aquí. Debes ir a la caseta de teléfonos, es más prudente, ¿verdad Joe?

Lucía y su madre lo escucharon hablar, mientras lo hacía se puso un gran sombrero de visón adornado de escudos esmaltados y de mariposas de la boutique de Madame Schloss. Después se echó un abrigo enorme con puños y cuello de visón, les hizo un gesto y salió con paso majestuoso. Desde afuera cerró con llave la puerta de su piso. "¡Es un traidor!", se repitió la señora Lelinca, pero no podía hacer nada, estaba en sus manos. No tuvo valor para mirar a su hija, a Lola y a Petrouchka. Un rato después, se escuchó la cerradura, se abrió la puerta y aparecieron cuatro negros jóvenes. La señora Lelinca reconoció a tres de ellos: los había visto gesticular burlones tras el cristal del escaparate de Madame Schloss en la mañana en que asaltaron la boutique. ¡Era muy tarde para decir nada! Afuera estaba un automóvil con el motor en marcha, los cuatro negros cogieron a los cuatro que esperaban, los sacaron a la calle y los metieron al coche. Todo se hizo sin ruido y en un abrir y cerrar de ojos. Joe se inclinó sobre el cristal de la ventanilla del auto y sonrió burlón.

—Joe les dice adiós hermanas —se quitó el sombrero de visón e hizo una profunda reverencia.

La señora Lelinca apenas tuvo tiempo para ver a aquel gigante inclinado sobre la acera, con el sombrero en la mano. La limousine partió con velocidad y lo último que alcanzó a ver la señora fueron las mariposas esmaltadas de Madame Schloss prendidas en el sombrero de visón.

Por la mañana, May encontró abierta la puerta del piso de Lucía. Entró precipitadamente y llamó a las mujeres por su nombre, pero no obtuvo respuesta. Miró en derredor suyo y sólo encontró unas tazas con sobras de café y en el suelo unas blusas usadas. El clóset estaba vacío y en el cuarto de baño quedaban algunos jabones a medio usar. Su abandono era una acusación. May salió pensativa, llamó a las puertas vecinas, olvidó que ella misma había organizado la desbandada de los inquilinos. Sólo quedaba el bueno de Joe. "Estos estúpidos son muy útiles", se dijo. Bajó la escalera y llamó repetidas veces al piso de Joe, que se empeñaba en no contestar. Casi sin darse cuenta, May sonrió al ver el papel colocado sobre la puerta de Gail: "Estoy en el campo." En ese momento, Joe entreabrió, la miró y sus ojos crecieron desmesuradamente. May empujó la puerta y entró con decisión.

—¡Joe, esas mujeres huyeron!... ¿O las tienes tú? —preguntó endulzando la voz.

Joe se dejó caer sentado sobre la orilla de su cama, se rascó la cabeza y se puso a gimotear.

—¡Lady!... ¡Lady!... yo la vi anoche cuando se llevaba a la madre y pensé... ¿Qué pensaste Joe? ¡Contesta, Joe! ¿Qué pensaste? ¡Ah! ya sé lo que pensó Joe: la lady se llevó a esa extranjera criminal que se coló en mi país. ¡Sí, eso pensó Joe!... Y Joe se durmió. ¡Hey Joe!, detrás de la lady vendrá la policía a recoger a la hija. Y vino ¿verdad lady? Joe soñó que todo salió bien, ¡muy bien!...

—¡Muy bien! Joe ¿adónde están? ¡No mientas Joe!
—dijo May mirándolo con sus ojos de huevo que a Joe le
producían temor.

—Lady, no le diga a Joe que su sueño no resultó verdadero . . . no le diga a Joe que esas dos cerdas escaparon . . .
¡Oh Dios! ¡apiádate de Joe. ¿Qué va a hacer Joe? . . .

—¡Nada! —dijo May en cuyos ojos habían aparecido
muchas venitas rojas y salió dando un portazo.

Por la tarde, Aube y Karin·regresaron del campo. Estaban deprimidas y temían entrar al edificio. Al ver abierta la
puerta del piso de Lucía se precipitaron a entrar. ¡No había
nadie! El silencio contestó a sus gritos.

—Las han matado! —dijo Karin con voz sombría.

—¡Karin! . . . Karin, nunca me perdonaré mi cobardía . . .

El señor Soffer al escuchar en el teléfono la noticia dada
por Aube, sintió recibir un golpe bajo y lo peor era que él
mismo se lo había propinado con su cobardía. De pronto se
sintió muy viejo y se metió en la cama. El señor Soffer tuvo
miedo. "Esa Bucci Basso Bass, es maligna, dañina", se repitió. ¿Por qué le alquiló el piso? La respuesta era simple: su
edificio estaba vacío y aquella mujer tan fea le dio pena. ¡Sí,
la Bucci Basso Bass, tan andrajosa, parecía una de esas
personas perseguidas y él, Soffer, no se dio cuenta que
pertenecía al otro bando: al de los perseguidores! La experiencia le había enseñado que el mundo nuevo, el mundo
que a él lo atemorizaba, estaba dividido en dos grupos: los
perseguidos y los perseguidores. ¿Quién lo hubiera creído,
que la señora Lelinca con su abrigo de visón de más de
cuatro mil dólares y su hija alegre y de bellas maneras eran
las perseguidas? La otra en cambio, con sus harapos y sus
ojos bajos tenía el aire de un animal acorralado. La señora
Mayer tenía razón: ¡era un viejo judío imbécil! Recordó las
uñas sucias de la Bucci Basso Bass. "Me engañó su disfraz.
¡Tomaré represalias!, se prometió. ¿Y cómo tomarlas si a la
entrada vivía Joe, el negro que deseaba estrangularlo? En la
puerta de al lado estaba el cartel de la otra o del otro: "Estoy
en el campo." Él, Soffer, había visto a Gail en Park Avenue
vestida de hombre y acompañada de una vieja de botines

grises. Se veía mejor vestida con trajé de hombre de negocios. Cuando se vestía de mujer, el carmín de los labios era demasiado rojo y lucía demasiado basta. Esa misma tarde, llamó al señor Wayley, el padre del joven al que la tonta de la señora Mayer llamaba el karateka. El señor Wayley le informó que su hijo había abandonado el hospital y estaba en Boston recuperándose de las heridas y del terror que le produjo Gail, súbitamente convertida en un monstruo homicida. El joven Wayley no comprendía la fuerza hercúlea de aquella mujer extraña, que de pronto ya no era mujer. No pensaba volver a Nueva York en mucho tiempo. ¿Podría el señor Soffer encargarse de enviar los restos de los muebles de su hijo a un almacén? Soffer prometió hacerlo. ¿Cuántos días hacía que prometió cumplir ese deber penoso al señor Wayley? ¡Casi dos semanas! y todavía no empezaba esa tarea. "¡Cuánta confusión!" Era mejor quedarse en cama y evitar ir al edificio en el que invirtió sus ahorros para ayudar a los perseguidos.

—Tienes una carta —le dijo su mujer.

El señor Soffer había desmejorado mucho, leyó la carta con temor y sonrió al llegar a la firma: "Sus dos amigas L. L." La carta venía de Canadá. Dos días después recibió una segunda misiva acompañada de un cheque por ciento treinta dólares, el importe de la deuda dejada por la señora Lelinca. Entonces, decidió ir al edificio para visitar a la pobre señora Mayer. Toma le salió al encuentro, estaba pálido.

—Yo mismo vi cuando cuatro negros se las llevaron en una limousine. En la acera se quedó el negro Joe . . . —le confió el yugoeslavo en voz baja.

—¿Joe? . . . ¿Joe? . . . es O. K. no te preocupes —contestó Soffer risueño y tranquilo entró en su edificio y subió al piso de la pobre señora Mayer.

—¡Vamos a mudarnos! Estamos muy solas, tenemos mucho miedo —le gritó Karin.

—¡Nunca me perdonaré ese viaje al campo . . . —agregó Aube.

—Señora Mayer, señora Mayer, deje usted de preocuparse . . . —alcanzó a decir.

—¡Judío imbécil! Nunca debió abandonar Viena. ¡Le repito que merecía usted a Hitler!

—Sí, señora Mayer. Y ahora quiero preguntarle ¿desea atestiguar que fue la Bucci Basso Bass la que usurpó el nombre de Miss Lucía? Señora Mayer, en su país no pueden suceder estas cosas. ¿No es así señora Mayer? Nuestro Emperador Francisco José nunca hubiera permitido este atropello.

El señor Soffer no mencionó las cartas del Canadá. Miró al suelo, se ruborizó, tarareó un vals y pidió un café ¡vienés!

—Si es usted capaz de prepararlo, señora Mayer...

Karin no prestó atención a las palabras del viejo loco Soffer. Continuó leyendo los anuncios de pisos en un diario y sus ojos cayeron sobre una verdadera ganga: "Viva un mes gratis en el mejor barrio."

—¡Mami! ... ¡Mami, hay un piso! ... ¡Ah! señor Soffer es usted otra vez...

LA CORONA DE FREDEGUNDA

Lola andaba de puntillas, callaba, se limpiaba con esmero y esperaba... Tenía más miedo que en Nueva York y también más que cuando escapó a la cámara de gas. De su memoria habían desaparecido los árboles, las huertas y los prados de su infancia. Guardaba un vago recuerdo verde que le humedecía los ojos también verdes. Ahora sólo le quedaba mirar de vez en vez al cielo, cuando no había vecinos indiscretos en las ventanas de las casas de enfrente. Lola no se quejaba de su triste sino, miraba a las estrellas que señalaban rutas abiertas en los azules del gran cielo y a las cuales llegaría alguna vez purificada por el sufrimiento. Para Lola, el sufrimiento era natural y las estrellas, seres felices corriendo por los campos violetas en los cuales vivían protegidas por el gran sol, ahora tan lejano y al que ella casi había olvidado. Lola temía quedarse ciega, pasaba los días encerrada en el armario, para no ser descubierta por los hosteleros de turno. Leli echaba el pestillo para evitar que la fondera descubriera su presencia o la de Petrouchka adentro de los muros de su fonda. Petrouchka se tendía debajo de la cama y se hacía el muerto, mirando el revés del colchón y los resortes oxidados del tambor. Desde ese lugar oscuro, Petrouchka reflexionaba sobre las cosas de este mundo polvoriento que le había tocado en suerte. Debajo de las camas siempre había polvo y a veces Petrouchka lloraba. Su llanto no era silencioso. ¡No! lloraba con grandes hipos como lloran los hombres humillados. Se miraba las manos y los pies antes blancos y ahora grises de polvo, su traje estaba sucio y él olvidaba lavarse. ¿Para qué le servían sus músculos largos, sus ojos amarillos y sus cabellos rubios si debía vivir escondido debajo de una cama como cualquier cobarde? Los momentos peores eran cuando entraban los fonderos a barrer el cuarto y entonces él debía hacerse muy pequeño y ponerse de pie en un lado del armario en el que apenas había lugar para Lola. Lucía y Leli temblaban, la oscuridad, la falta de aire, el calor y la tensión nerviosa los hacía reñir a gritos o llegar a las manos. Y ellas temían esas riñas.

—No llores Petrouchka... ni riñas con Lola —suplicaba Lucía.

Y los tres, abatidos, esperaban la vuelta de Leli que salía en busca de comida. Estaban hambrientos, el termómetro subía a cuarenta y dos grados y se deshidrataban... Leli fingía seguridad en ella misma cuando bajaba la escalera negra y cruzaba el portal vigilado por Marichu y por Fe, la fondera.

—¡Mírala, va a buscar comida para la tísica! —decían despectivas.

Arriba, en el "cuarto de paso", en esos espacios de espera quieta, los tres amaban soñar con ángeles de alas de oro que algún día los llevarían a un prado azul sembrado de margaritas blancas. El prado celeste era ondulante e inmenso, más grande que todos los mares juntos, incluyendo al Mar Rojo y al Mar Negro, que en ese prado aparecían como una amapola y un pequeño cuervo. Juntos los tres, añoraban el instante en que un diminuto personaje inesperadamente bello, les hiciera un signo con algún reflejo, les tendiera su mano, perfecta como un nardo y los hiciera cruzar el dintel de la Gran Puerta de Oro... ¡La Gran Puerta de Oro no era la puerta de ningún hostal o fonda! La Gran Puerta de Oro no estaba hecha para que la cruzaran los fonderos. Ellos permanecerían en sus pasillos ahumados aspirando para siempre los perfumes del puchero. No podrían moverse de su lugar tenebroso, ignoraban la existencia de la Gran Puerta de Oro y sólo se ocupaban en vigilar las entradas y salidas de sus huéspedes.

—¿Cuántas duchas ha tomado Antón? —preguntó Fausto tirándose de los pantalones amplios que dibujaban sus nalgas anchas y su cintura estrecha.

—En lo que va del mes, dos duchas —contestó Fe, su mujer, envuelta en un batín azul de fibra transparente que desnudaba sus brazos gordos y sus piernas cortas.

La mujer entrecerró sus ojos pequeños: "¡Antón!" . . . y escondió el número de duchas que había tomado el muchacho. Así lo convinieron ambos, cuando ella entró a la habitación estrecha del chico a la hora de la siesta de Fausto. "¡Quita p'allá!", dijo Fe, cuando Antón sudoroso le echó mano a las nalgas gruesas. "¡Quita p'allá!", era la frase que empleaba Fe con todos sus huéspedes en su primera visita. Algunos preferían a alguna de sus dos hijas que también rondaban las puertas grises a la hora de la siesta. Por la noche se reunían todos en el comedor, un cuarto grande, con los muros tapizados de papel color azul eléctrico con ramilletes de rosas y dibujos dorados. Los huéspedes, sentados alrededor de cinco mesas de cocina cubiertas con hules verdes, miraban a la televisión encendida. La vida social de la fonda se volvía solemne cuando entraba al comedor el huésped vestido de blanco y bigote erguido negro. Fe y sus hijas Rosarillo y María, se colocaban en sillas bajas para cubrir la espalda del personaje, que miraba con tranquilidad a la televisión, colocada en la esquina más insigne del cuarto y en la cual, antes hubiera estado una imagen de bulto del Cristo Redentor. Eso sucedía ¡antes!, cuando estaban frustrados, andaban en alpargatas y eran "pueblo". Hacía ya mucho tiempo que eran clase media, tenían ahorros, casa en el campo y las hijas una brillante carrera de dactilógrafas. Ellas nunca estuvieron degradadas, nunca pertenecieron al "pueblo".

El huésped vestido de blanco y bigote negro, no se volvía a mirar a Fe o a sus hijas Rosarillo y María que le guardaban las espaldas. De vez en vez, levantaba una mano y la tendía hacia atrás, pidiendo algo. Fe y sus hijas le alcanzaban el mechero o el cenicero deseado, mientras que Fausto se escarbaba los dientes con un palillo.

—Aquí sólo tenemos a huéspedes de calidad. Digo ¡calidad! no digo señoritos —le explicó Fausto a Leli, la única noche en que ella y su hija asistieron a la función televisiva y sólo para no levantar sospechas sobre la presencia de Lola y de Petrouchka en su habitación.

El personaje vestido de blanco le ofreció un cigarrillo a

Lucía y el gesto no pasó desapercibido.

—Esta fresca no vuelve a ver la televisión —dictaron Fe, María y Rosarillo.

—¡Se quedan en "el cuarto de paso"! —sentenció Fe.

"El cuarto de paso" era en el que habían alojado a Lucía y a su madre mientras estaban en observación. El cuarto estaba situado al principio del largo pasillo tenebroso, su puerta era de vidrio espeso y gozaba de un balcón situado sobre la esquina de la calle, en la que había una terminal de autobuses. Era lo que se llama "un cuarto bañado de sol" y en él no entraba sólo el ruido atronador de la calle, sino que también el sol ardiente del verano. La cama de hierro estaba colocada frente al balcón y el sol caía sobre las cabezas de las huéspedes como plomo derretido. El cuarto era largo y estrecho, sus duelas carcomidas despedían el polvo almacenado durante cincuenta años y algunos insectos entraban y salían en el armario empotrado en el muro y donde Lola y Petrouchka pasaban largas horas. Las huéspedes carecían de llave y se limitaban a echar el pestillo para guardar alguna intimidad.

Fe golpeaba el vidrio espeso de la puerta a cada instante. Su figura chata y gorda se dibujaba como una mancha amenazadora y Leli cerraba la puerta del armario y recomendaba silencio a Lola: "Silencio. Andamos huyendo Lola...", le decía en voz muy baja. Lola nunca abría la boca, el ruidoso era Petrouchka.

—¡Hijas mías, que calor tenéis aquí! Esperad a que se marche el huésped que os dije y os daré su habitación —exclamaba Fe delante de las dos mujeres casi desvanecidas de asfixia.

Ellas callaban. Temían que el loco de Petrouchka diera de puñetazos sobre la puerta del mundo oscuro en el que estaba condenado y entonces... estarían perdidos los cuatro.

El cuarto vecino al "cuarto de paso" estaba vacío y en penumbra. Ahí reinaba cierta frescura, no daba el sol y había tres catres de hierro. Lucía se asomaba por su puerta abierta y contemplaba aquel paraíso deshabitado.

"¿Por qué no nos darán esta habitación?" ... Su deseo era un imposible, en el cuarto inmediato dormía el huésped de bigote negro y pantalón blanco y su puerta daba justo frente a la puerta del cuarto de Fe y de Fausto.

Por su parte, Antón se paseaba en camiseta por el pasillo y al entrar al baño daba un gran portazo. Espiaba a Lucía y cuando ésta iba a comprar el pan se precipitaba a seguirla. Su actitud llenó de inquietud a los esposos, que recordaron vagamente que las huéspedes habían hablado al llegar de la librería. Cuando Fausto entró a barrer el "cuarto de paso" preguntó:

—Doña Leli, usted es amiga de los de la librería ... ¿o no es así?

Leli contestó con vaguedad "¿Amiga? ... no. Creo que ahí escuché decir que ustedes alquilaban habitaciones ..." Recordó que sobre el muro cercano a la cocina, donde se hallaba el teléfono y escrito sobre una hoja sucia estaba el número telefónico de la librería.

—¿Los huéspedes son estudiantes? —preguntó.

—No. Son empleados de prisiones —contestó Fausto mirándola de reojo.

¡Prisiones! y Leli recordó también que todavía no le devolvían sus documentos de identidad. Los reclamó con calma. Fausto se rascó la cabeza, él era un pobre hombre, un iletrado, un hombre del pueblo y no estaba acostumbrado a los visados extranjeros que había en el pasaporte de Lucía. Los estaba estudiando: "¿Me comprende doña Leli?", dijo el hombre que no podía entregar los documentos porque su mujer se los había llevado para hacer una pequeña investigación sobre sus huéspedes.

Por la mañana temprano, cuando Fe cruzó el portal se detuvo a mostrar los documentos a la Marichu.

—Iré a la librería y luego a ver al Comisario, quiero saber si son legales —dijo Fe.

Y cruzó de prisa la calle hirviente. Pronto sabría por qué aquellas dos mujeres se ocultaban en su fonda. "¡Pájaras!", se dijo. El calor era sofocante, se iría a su casa de campo en el pueblo, pero antes debía echar de su fonda a aquel par de intrusas que parecían morirse de hambre.

Encontró la librería llena de estudiantes de cabellos y barbas crecidas, pero no se detuvo a charlar con ellos subió directamente al despacho de uno de los directores. Encontró al hombre sentado frente a su escritorio lleno de rollos de papel.

—¡Mire lo que ha mandado a casa! —exclamó Fe dejando caer sobre el escritorio los documentos de Leli y de Lucía.

El hombre se remangó las mangas de la camisa gris, se ajustó las gafas de arillos metálicos y examinó con atención los documentos. Luego, levantó la vista y miró a Fe.

—¡Muy bien! Son dos infelices ... ¿y los otros dos? .. ¿la Lola y el Petrouchka? —preguntó con aire inquisitivo.

—¡Ésos no han entrado en casa! —contestó enfáticamente la mujer y agregó—: Me deben seis mil pesetas. ¿Quién me va a pagar?

—¡Seis mil pesetas! ... ¿Les das de comer? —preguntó Palencia mirando a Fe con curiosidad.

¡No! No estaba loca. Desde el momento en el que aparecieron en su fonda les leyó el hambre en los ojos afiebrados y les anunció que les daría el "cuarto de paso" pero sin comida. Las seis mil pesetas era una manera de hablar, pues en pocos días le deberían esa cantidad.

—¡Justo! Ojo con la comida. La chica está famélica y puede robar algo, una Coca-cola por ejemplo —explicó Palencia rascándose la cabeza con el lápiz.

—La vieja escribe algo ... en cuanto a la hija, habla de usted Palencia, como si fuera ... bueno, ya sabe, y que esto no llegue a oídos de su mujer —le confió Fe inclinándose sobre el escritorio.

—¡A mí no me metáis en vuestras marranadas! —gritó Palencia irguiéndose sobre las puntas de los pies. Después examinó nuevamente los documentos, parecían estar en orden: "Solamente en el Consulado pueden saber si este pasaporte de Lucía está en regla", terminó el hombre y se dejó caer en su sillón.

Fe abandonó la librería sin confiarle a Palencia su nueva decisión: ir a ese consulado del que habló el hombre. Debía tomar el Metro y dos autobuses ... ¡no importaba! Ella era una trabajadora que no estaba dispuesta a dejarse engañar por aquel par de aventureras.

Le impresionó la elegancia de las oficinas consulares tapizadas en rojo y adornadas con grandes ramilletes de flores. Una señorita sentada frente a un escritorio lleno de teléfonos le preguntó:

—¿Qué desea usted?

—Perdone... perdone usted... sólo quiero saber quiénes son estas señoras. Creo que una está enferma y, como la tengo en casa, me preocupa —contestó Fe mostrando los documentos.

La chica los tomó con presteza y se volvió asombrada a mirarla. "¡Ah, las conoce!", se dijo Fe. La joven se puso de pie, cruzó el salón y antes de introducirse por una puerta situada al fondo, se volvió y le dijo: "Un momentito, por favor."

Fe se sintió aliviada. Había hecho bien en dirigirse allí, la señorita parecía amable y esperó...

Escuchó la música suave que envolvía a los muros y aspiró el perfume que surgía de las alfombras. "¡Vaya lujo! ¡Menudos señoritos! ¿Cuándo tendremos los pobres algo de justicia?... ¡Menudos sinvergüenzas!" se repitió varias veces. La vuelta de la joven interrumpió sus cavilaciones.

——En seguida van a recibirla —anunció.

Dos horas después se encontró frente a un joven sentado a un deslumbrante escritorio. Detrás de él flameaba una bandera extranjera. El joven funcionario estaba vestido de negro y jugaba con los documentos.

—¿Qué desea usted? —le preguntó con voz aguda.

—Sólo quisiera saber si esas dos señoras son lo que dicen ser... —contestó incómoda.

—Ignoro lo que dicen ser —contestó el funcionario al mismo tiempo que le ofrecía asiento.

Fe se dejó caer en un sillón mullido. Se sentía aturdida frente a aquel personaje tan importante que esperaba con calma su respuesta. Debía ser cauta, muy cauta:

—Bueno... ellas dicen... ¡que lo odian a usted!, y que si no comen es por culpa suya. Dicen que...

bueno... ¡tonterías! Estoy segura de que el señor ni siquiera las conoce.

—Al contrario, las conocemos muy bien. Se trata de la señora Leli y de su hijita Lucía. ¿Y usted por qué está en posesión de sus documentos?

—Están en casa. ¡Y son tan raras!... no comen. Parece que andan con enemigos de España, un tal Petrouchka, ruso, y una tal Lola, que nadie sabe de dónde han salido. Nosotros somos trabajadores y no quisiéramos vernos envueltos en un lío... por ejemplo: una bomba, un asesinato. Imagine usted, si el ruso viene aquí a matarle o la tía esa, la Lola... ¿que haríamos nosotros, pobres obreros?

Ante sus palabras, el funcionario se sobresaltó, inclinó la cabeza y dijo como para sí mismo:

—¡Ajá!... entonces siguen en lo mismo...

—¡Eso, señor, en lo mismo! —afirmó Fe.

El funcionario se levantó y ella continuó sentada.

—Señora, aquí tiene usted los documentos. Devuélvanlos a sus dueñas y sólo en el caso de que esas personas preparen algún atentado, diríjase a nosotros para prevenirlo. ¡Ah! déjeme tomar nota, los personajes indeseables se llaman Petrouchka y ella Lola. ¿No es así? Y dígame ¿son compatriotas nuestros?... Ah no, ya me dijo usted que él es eslavo y ella seguramente también, aunque lleve un nombre ¡tan castizo!, como dicen ustedes los españoles.

Y el elegante funcionario se echó a reír con discreción.

Fe y Fausto tomaron la decisión de redoblar la vigilancia ejercida sobre sus huéspedes y dar con los otros dos extranjeros asesinos.

Esa misma tarde, alguien llamó por teléfono a Leli y los esposos escucharon la conversación desde la cocina. Leli se citó con el desconocido y decidieron estar alertas para ver la pinta del tal Pedruska.

—Llamó Diego, el amigo de Palencia. Viene a las siete y nos espera en la acera de enfrente —le anunció Leli a Lucía.

Y ambas recordaron a Diego, al que sólo habían visto

una tarde en la oficina de Palencia y parecía muy acongojado. Esa tarde, le mostraba un libro precioso al librero, pero éste, lo rechazó con ademán impertinente. El gesto trágico de Diego, vestido con un traje amarillo huevo, las impresionó. Antes de abandonar la oficina, el desconocido le dio una palmadita a Lucía que sollozaba de hambre y le regaló una palabra: "¡Ánimo!"

Al salir de la librería lo encontraron en la esquina: "Podemos tomar algo por ahí", dijo con voz crispada. Y los tres caminaron la calle torcida en busca del café más barato. El sol de la tarde caía sobre sus cabezas con furia y las fachadas de las casas se abultaban amenazadoras. Se diría que deseaban derrumbarse para sepultarlos y que de sus escombros subiría al cielo una enorme torre de polvo. El calor agrandaba los ruidos y la voz del desconocido les llegaba poderosa a pesar de su visible derrota. Entraron en el café más destartalado y en el que se apiñaban hombres en mangas de camisa y mujeres vestidas en color lila. El lila era el color preferido de aquel verano. La multitud comía bocadillos, bebía vino y tiraba al suelo los palillos, las colillas y las servilletas de papel.

—¡Comen como ogros! —declaró Lucía con voz acusadora.

Diego, el hombre vestido de amarillo, los miró con sus ojos inmóviles y confirmó:

—En efecto, sólo piensan en comer.

Pidieron un café al que debían alargar lo más posible para procurarse un rato de conversación. Se reconocían en la desdicha y en el hambre que los secaba a grandes pasos. Durante tres horas los observó el camarero. Le daban pena y no se atrevió a echarlos a la hornaza de la calle. De pronto, Diego hizo algo inesperado: se echó la mano al bolsillo de la americana y sacó una moneda de oro que colocó sobre la mesa. La moneda tenía el borde ligeramente irregular y enmedio del ruido del café oscurecido por el humo que hacía llorar los ojos, brilló como un sol minúsculo iluminando las tinieblas acumuladas en el local. Leli y Lucía cerraron los ojos ante su fulgor cegador.

—De Isabel la Católica —dijo Diego con simplicidad.

Lucía tocó la joya hecha de fuego frío y se extasió ante su perfección. Diego se echó la mano al bolsillo de la americana y sacó un anillo con una esmeralda, pulida como una arboleda, que lanzó reflejos verdes bajo el sol colocado sobre la mesa.

—De Felipe el Hermoso —anunció.

El extraño personaje explicó con frialdad las perfecciones de los dos objetos maravillosos. Leli lo contempló con asombro. ¿Cómo había obtenido esas joyas jamás vistas? Además, valían una fortuna.

—Eso mismo digo yo —respondió Diego sin cambiar de tono de voz.

Las mujeres no entendieron la miseria de aquel hombre que carecía de dinero para pagarles el café modesto y que llevaba encima aquella inmensa riqueza. Diego sacó entonces un anillo egipcio hecho en oro en forma de una serpiente pequeñísima. El oro era tan viejo que parecía cristalizado y podía romperse al tacto. La minúscula serpiente quedó junto a la arboleda verde y bajo el sol llameante.

—¿Y cómo tienes estas maravillas? ¡Son de Museo! —exclamó Lucía.

—¿Que cómo las tengo? Pues así, teniéndolas —contestó Diego con simpleza.

Era peligroso circular por las calles con aquellos tesoros en los bolsillos... y Lucía y Leli contemplaron con asombro al personaje.

—¿De dónde eres? —le preguntó Lucía.

Diego levantó la cabeza cuidadosamente peinada, miró a un punto lejano y respondió:

—De León... del Reino de León.

Y los tres guardaron silencio. Al cabo de un rato Lucía le preguntó: "¿No temes a un carterista?"

—¡Qué va! Yo soy más rápido que cualquiera de esos pillos.

Leli observó sus ojos dibujados en forma de triángulos pequeños y su rostro enjuto que no mostraba ninguna emoción. Su voz era precisa y daba explicaciones también precisas sobre las joyas desplegadas en la mesa. Algunos jóvenes con barbas se acercaron a echar un vistazo. "¡Cuidado!", advirtió Leli.

—No os preocupéis por mí, no llamo la atención. ¿Qué soy? Un individuo que camina por las calles de Madrid —dijo sin cambiar el tono de su voz. Tenía calor y se quitó la americana para quedar en mangas de una camisa también de color amarillo huevo...

Se detuvieron enmedio de la calle caliente para decirse adiós y Lucía le confió que iban a mudarse a la fonda que les recomendó Palencia y su grave secreto: Lola y Petrouchka. Él, Diego, ¿no podría encontrar algún sitio en el que pudieran vivir los cuatro sin temor? La vida había sido muy cruel con sus dos amigos y ella temía que nunca recuperaran la alegría o que hicieran algo... Diego apoyó el rostro sobre la mano, tenían un problema muy grave: en ningún lugar aceptarían a dos extranjeros desprovistos de papeles y sobre todo de ¡dinero! "¡El dinero lo hace todo, chica!" Sí, el caso era difícil, muy difícil... Leli recordó vagamente que antes, ella había ayudado a los extranjeros y que César su marido acostumbraba reprochárselo... Le asombró aquel nombre: César... pero ¡si nunca tuvo a ningún marido! En verdad que el calor era peligroso, confundía los nombres y los tiempos y miró al hombre vestido de amarillo y sin saber por qué le preguntó:

—¿Y entre tus tesoros no tienes alguna corona?

—Es posible... ya veremos —contestó el nuevo amigo y se alejó con rapidez.

Ahora debía encontrarlo a las siete de la noche bajo el sol insolente y el terrible bochorno callejero. Lucía espiaba su llegada desde el balcón del "cuarto de paso" y se retiró de su puesto de observación casi desmayada. Petrouchka le acarició la frente, el hambre afilaba el rostro de Lucía y sus ojos se habían vuelto enormes. Leli se dijo: "Se va a morir... ¿por qué?" y no halló la respuesta. Del fondo oscuro de su memoria surgió una voz desconocida: "¿Y ahora qué mis queridas Leli y Lucía?... ¿Han visto que soy el más fuerte?" Jamás había escuchado esa voz...

151

¿Jamás? y recordó una lluvia, unos árboles, unas rejas, un cuarto enorme lleno de espejos y en el centro a una enana gordísima, que de pronto huyó con velocidad, dando alaridos. Había mucha, mucha sangre en esa habitación llena de espejos y sobre un lecho de cabeceras de mimbre japonés había una joven rubia asesinada... sus trenzas de oro rozaban el suelo... y en el espejo, se reflejaba un ser blancuzco...

—¡Lucía! —gritó Leli.

Y luego se pasó la mano por la frente, necesitaba escapar de aquel embudo negro por el que circulaban fantasmas... se cubrió los ojos para ahuyentar la pesadilla, pues de pronto recordó que la joven asesinada, cuyas trenzas rozaban el suelo era ella misma... pero ¿alguna vez fue joven? Se tocó los cabellos rubios y canos y se dijo: "Espero que haya muerto, así se salvará Lucía...", y recordó también que los demonios eran inmortales...

—¡Ahí está Diego! Yo sé que él va a salvarnos —exclamó Lucía señalando la acera de enfrente por la que paseaba nervioso el hombre con el traje amarillo. A su vez, desde el balcón del comedor, Fe le dio un codazo a Fausto: "Mira, mira al ruso ese, al Pedruska..."

Leli se encontró en la calle caminando junto a Diego. Lucía vigilaba que los fonderos no entraran a la habitación y descubrieran a Lola y a Petrouchka. La calle hervía y ambos sabían que ninguno de los dos había comido y buscaban un café barato para beber un Fanta. Sin proponérselo llegaron a la Plaza de España y ocuparon una banca pública. Sus vecinos, unas mujeres gordas y algunos hombres derribados por el calor, apenas los miraron.

—A propósito, me hablaste de una corona —dijo Diego echando mano al bolsillo muy abultado de su americana y sacó una corona goda de oro macizo incrustada de rubíes enormes. La corona, bajo la luz, alcanzó proporciones inesperadamente bellas. Diego la contempló con despego y se la tendió a Leli.

—Es la corona de Fredegunda... naturalmente está bañada en sangre, pero tú sabes que la sangre ennoblece al oro. En fin, esta corona puede sentarte bien, eres la única goda que tenemos en España . . . —y al decir esto se la colocó sobre la cabeza. Enseguida la retiró.

—¡No! Le harían falta dos trenzas rubias . . . ¡Lástima! . . . ¡Lástima! —y colocó la corona sobre la piedra de la banca.

Los vecinos lo miraron hacer y comentaron: "¡Bah! una corona de esas que venden en la Plaza Mayor en la Noche Vieja . . .", y sonrieron con desdén. "Gente de teatro . . .", agregó una mujer que los observaba con burleta.

—¿Y por qué tienes esta corona? —preguntó Leli acariciando sus picos de oro macizo, mientras se repetía a sí misma: "Dos trenzas rubias . . .", y olvidaba la sangre que corría en el fondo de su oscura memoria.

—Creí que estabas interesada en una corona y traje ésta . . . —contestó Diego y con gesto disgustado la recogió y la guardó en su bolsillo. Leli lanzó una mirada a sus vecinos y le recomendó a su amigo tomar precauciones.

—No son necesarias. La gente no cree en las verdades o en las joyas, piensan siempre que o son falsas o son payasadas —dijo él con aire de enfado.

Ambos guardaron silencio unos minutos. Leli se preguntaba que harían Petrouchka, Lola y Lucía. Petrouchka aguantaba mal las hambres y desde por la mañana estaba muy violento, si estallaba alguna riña entrarían al cuarto Fausto y Fe y los cuatro terminarían en la calle o en alguna comisaría . . . apenas escuchaba la conversación de Diego: "El Emirato duró relativamente poco tiempo . . .", hablaba de Abderramán con tal precisión, que se hubiera dicho que lo conoció íntimamente.

Los vecinos empezaron a retirarse, un polvo blancuzco se levantó a su paso para cubrir las copas de los árboles y las veredas destrozadas por los hombres que buscaban alguna frescura en la noche ardiente . . . Diego hablaba ahora de los Califas . . . No lejos de allí, en el "cuarto de paso" también caía el polvo blancuzco que disolvía a la ciudad en un vapor reseco y que llenaba de sed a los tres personajes que esperaban el regreso de Leli provista de algún manjar milagroso para aliviar el hambre. Por el balcón abierto entraban los ruidos infernales de los autobuses y en el estruendo, era difícil encontrar el camino abierto a los sueños. Solamente Lola, continuaba imaginando rutas trazadas en el cielo oculto por el vapor caliente de la noche. "Este ruido, es el batir de las alas de la multitud de ángeles que viene a visitarnos", le dijo a Lucía, que permaneció en silencio tratando de imaginar el final de la desdicha. ¿Cómo era el final de la desdicha?... Era un clavel hinchado de humedad y de frescura esparciendo fragancias desde el lugar en el que había caído. "El lugar en el que había caído", se repitió Lucía y no supo encontrar el lugar exacto. Necesitaba descubrirlo, era la señal de la dicha y creyó hallarlo blanquísimo, entre la nieve de un bosque de Canadá. ¡No! No estaba ahí... miró a Petrouchka y decidió que el clavel blanco yacía entre las nieves de Siberia y que un misterioso trineo marcaba la ruta para llegar a él. Petrouchka la miró burlón, no era la estela de un trineo la que la llevaría al encuentro del misterioso clavel, que anunciaba el final de la desdicha... Lucía sentada en el alféizar del balcón continuó la búsqueda del lugar donde termina la desdicha. Sobre una repisa de madera sucia se encendió un pequeño resplandor de tono verde agua, con la forma de un clavel antes de abrirse y Lucía gritó: "¡La rue du Bac!" La Virgen Milagrosa lanzó algunos destellos y Lola se volvió a Lucía, ¿acaso no era la multitud de ángeles prevista por ella la que enviaba la señal de la Virgen? A Petrouchka le indignó la tontería de las mujeres y estalló en cólera y ésta llegó hasta la Plaza de España, en donde el hombre vestido de color amarillo huevo hablaba ahora del primer Borbón de España...

—Lo siento, debo volver, esos fonderos no me inspiran confianza —exclamó Leli.

—¡Gentuza! Son gentuza, espero que llegue la Revolución y barra con ellos. ¡Parásitos! Actúan sólo movidos por el resentimiento de clases... para ellos los señoritos, aunque no tengan dinero son los señoritos y se ensañan —contestó Diego con voz crispada y ambos echaron a andar de prisa.

Diego observó el rostro afligido de su amiga y agregó:

—No hay que preocuparse demasiado... te considerán una señora y tratarán de hacerte males, pero no llegarán hasta el fin. Bueno, ya se verá, ya se verá...

Encontraron el portón cerrado. Era inútil llamar, la Marichu no bajaría jamás a abrirlo. Leli se sintió perdida, nunca entraría y por la calle sólo circulaban gamberros. "Vendrá alguien...", opinó Diego y apenas dijo estas palabras apareció Antón acompañado de otro de los huéspedes.

—El cabrón de arriba siempre nos deja fuera. ¡No tiene vergüenza! En cuanto a sus tres putas es mejor no comentarlas —exclamó el joven rojo de ira y, acto seguido, dio vuelta a la esquina, levantando la cabeza en dirección a los balcones de la fonda y empezó a dar voces: "¡Eh!, ¡abran la puerta!"

En dos minutos apareció Fe acompañada de Rosarillo y de María y al ver a Leli reculó y desapareció por el enorme zaguán oscuro, seguida por sus hijas y los huéspedes. Después de unos minutos, la madre de Lucía subió la escalera gigantesca y entró a la fonda, que se hallaba a oscuras. Llamó con los nudillos al vidrio del "cuarto de paso" y abrió Lucía. De sus manos y piernas chorreaba sangre.

—¡Mira! ¡Mira lo que me hizo Petrouchka! El muy malvado se peleó con Lola y cuando intervine me pegó a mí... —mostró las corvas por las que chorreaba sangre a causa de los puntapiés que le había propinado el furioso Petrouchka.

—¿Los oyeron? —preguntó Leli sintiéndose desfallecer.

—No lo sé... Lola gritaba como loca, pero la tele estaba encendida... —dijo Lucía.

Empapó la única toalla en el chorro de agua del lavabo y se limpió la sangre. Leli se dejó caer en el escalón de la ventana y evitó mirar a Petrouchka. Lola, por su parte, para no provocar más a aquel neurótico se encerró en el armario, en "su eterna noche". Leli se repitió: "Nada me salvará de mis perseguidores." No le daban trabajo. Había recorrido todas las oficinas y siempre encontraba alguna cara conocida o a alguien que pertenecía al clan en el que, antes, ella había vivido. "Nos han condenado a morirnos de hambre", y tuvo la impresión de que aquel balcón se asomaba al infierno...

Era fiesta, el día del Apóstol Santiago y por las rendijas de la puerta del "cuarto de paso" entraron olores a merluza frita, a empanadillas y a manjares. Lucía sollozó de hambre y Petrouchka se acercó a ella para consolarla. Los ojos de Lola llenaron los muros de tristeza, también ella era muy golosa y el olor a comida agudizó su pena. ¡Siempre había sido desdichada! Por su parte, Petrouchka recordó las pocas semanas en las que trabajó en una "Delicatessen" de Nueva York y los aromas que escapaban de la cocina de Fausto le trajeron a la memoria los olvidados jamones, las salchichas, los pollos asados y la leche, pero pronto lo echaron a la calle a pasar hambres. El terror cercó el "cuarto de paso". ¿Cómo se muere de hambre?, pensaron sus cuatro habitantes y recordaron las palabras de Diego: "Os puede dar un síncope cardiaco. Este calor os ha deshidratado, hay que beber agua, mucha agua..." Del grifo del lavabo escapaba un agua amarillenta y tibia con sabor a cloro. ¿Dónde estaban las fuentes, los riachuelos y los ríos? ¡En ninguna parte! Sólo quedaba el calor infernal y los demonios comiendo en la cocina.

Se quedaron quietos para ahorrar energías, sudaban con resignación en una especie de desmayo colectivo y hasta ellos llegaban las voces hartas de comida de los patronos y los huéspedes.

—¡Y ese par de anémicas no tienen nada que comer!... ¡Es el turno de los trabajadores! —gritó Rosarillo.

—No son cristianos... —dijo Lucía.

—¡Qué novedad! —contestó su madre.

El día fue largo. El día más largo en la vida de Lola, que se rehusó a salir del armario, pensando: "Si esto pudiera terminar..." Escuchó decir a Leli y a Lucía: "Lola se está volviendo loca..." Al oscurecer, la Virgen Milagrosa brilló con un fulgor extraño y los habitantes del "cuarto de paso" cayeron en un sueño profundo, lleno de cascadas, muguet, prados tiernos, cervatillos y miosotis. Presidiendo a los paisajes hallaron a la Dame a la Licorne. Nunca conocerían el secreto de aquella misteriosa Dama de cofias preciosas, sólo sabrían que aquella noche los invitó a pasear por sus diminutos dominios intocados y en donde un viento oloroso a lirios les refrescó los rostros.

Al día siguiente por la tarde, Leli decidió buscar a Palencia. La calle creció ante ella: "Nunca llegaré...", se dijo, pero el hambre que reinaba en "el cuarto de paso" la hizo avanzar hasta encontrarse frente a aquel hombrecillo poderoso.

—¡Ah! eres tú, no tengo tiempo. Estoy ocupadísimo. También yo pasé días de hambre pero busqué trabajo —dijo sin levantar la vista de sus rollos de papel.

—Estabas de refugiado en París y te dieron trabajo...

—¡No me hables de Francia! ¿Quieres?... ¿y tu hija cómo está? Me preocupa. A tu edad no importa pasar hambres. Lo malo es tu hija, ¿qué vas a hacer? El talón que nos diste por tres mil pesetas no tiene fondos en el Banco y eso es un delito.

Leli lo miró aterrada.

—¿Puedes esperar? La pensión se extravía en el Banco y...

—No me digas cuentos. Tampoco hables con ligereza de ese Banco, además las pensiones no se extravían... —contestó con acritud Palencia.

—Eres un burgués. ¿Para que combates a la burguesía si perteneces a ella? —preguntó Leli. Palencia se puso de pie de un salto:

—¿Qué dices? ¿Yo un burgués cuando he entregado mi vida a la lucha? ¡Ahora mismo trabajo aquí y en el Ministerio! Eso no lo comprendes, siempre viviste como un parásito...

Leli salió huyendo y una vez en el "cuarto de paso" relató lo ocurrido a Petrouchka y a Lucía. Ésta apoyó la barbilla en las manos y comentó:

—¡Y estamos condenadas a muerte por burguesas!

El librero se quedó preocupado, tal vez había sido torpe y cuando al día siguiente se presentó Fe a pedirle instrucciones, Palencia la recibió con voces destempladas.

—¡Si vuelves aquí con tus intrigas mezquinas no te pagaré lo que te deben!

Fe se mordió los labios, "menos mal que existe el otro señor", se dijo y anunció en voz alta:

—Pobres mujeres, me preocupan... temo lo peor, anoche la madre se desmayó en la escalera. Menos mal que estaba con el ruso y que le dio a beber agua...

—¿Cuál ruso? ¿Cómo sabes que es un ruso?... ¿y es un ruso blanco? —preguntó Palencia sobresaltado.

—¡Claro que es un ruso blanco! Todas las tardes va con ella a la Plaza de España —afirmó la mujer poniéndose en jarras.

—Ya nos ocuparemos nosotros de ese ruso —exclamó Palencia y le hizo señas de que se marchara, aunque lo preocupó la historia del ruso: "Esta gente del pueblo es muy astuta y la Leli es capaz de ¡todo!... hablaré con ella", se dijo cuando ya Fe había salido de su despacho. "Necesito dejar todo arreglado antes de salir de vacaciones", había dicho la mujer desde la puerta, con sus labios arrugados y sueltos, que irritaban a Palencia.

Fe buscó un teléfono, le costó trabajo encontrarlo pues todos estaban rotos. La caminata y el calor la aturdieron y cuando logró comunicarse con el funcionario, se sintió estúpida: "Ahora, ahora, es cuando ella y el ruso planean el atentado", dijo sin pensarlo más. "¡Ajá! ¿y la niña está involucrada?", preguntó la voz extranjera. "¡Las dos!", afirmó Fe para solucionar el problema de una vez. "Señora, dígale a la niña que hable con sus autoridades, que somos nosotros, quizás si prometemos ayudarla, logremos detener la catástrofe..." Fe prometió hablar con Lucía y seguir informando...

¿Cómo podría convencer a la chica? Encontró a Fausto en el comedor, a horcajadas sobre una silla colocada frente al televisor encendido y cabeceando. Ante su mujer, el hombre despertó sobresaltado y ambos deliberaron sobre la manera de abordar a Lucía.

—¡Toma! con el pretexto de devolverles sus documentos. ¡Este par de chaladas han olvidado pedirlos!

Sin hacer ruido, Fe se acercó al "cuarto de paso" y Leli y Lucía vieron su figura achatada a través del vidrio grueso. Fe llamó con los nudillos:

—¿Cómo se siente tu madre? —preguntó con voz melosa.

Lucía abrió y la mujer la miró con afecto: "Habéis olvidado vuestros documentos. Es natural, ¡tenéis tantos problemas!", y arrastró a Lucía por el pasillo oscuro. La chica se dejó llevar hasta la cocina mientras que Fe le hablaba con afecto: "Te digo que esto no puede continuar así... tú tienes un país y tus autoridades deben ayudarte. ¿O me equivoco? Recurre a ellas, a lo mejor te ayudan, sois dos mujeres solas y tu pobre madre es una ancianita muy enferma..."

—¿Una ancianita? —preguntó Lucía asustada.

—Así llamamos en España a las personas que han cumplido ochenta años —contestó Fe sintiendo que había dado en el blanco.

—¡Ochenta años!... ¡qué barbaridad!, lo que sucede es que está muy cansada... —y Lucía pareció derrumbarse.

—¡Anda, boba! llama a esos señores de tu país —dijo Fe tomándole las manos.

Fingió buscar un número en la guía telefónica, lo marcó y le tendió el aparato a la chica: "Dí que te ayuden", ordenó.

Lucía no tuvo dificultad para hablar con el funcionario y Fe escuchó boquiabierta el diálogo cordial. La chica explicó que carecían de dinero para comer y pagar la fonda... "Si pudiera enviarlo hoy mismo... sí, esta tarde", suplicó Lucía y luego gritó agradecida: "¡Gracias, muchas gracias! ahora le paso a la dueña de la fonda". Y la chica le pasó el aparato a Fe, que simuló cierto embarazo, mientras escuchaba las instrucciones del funcionario: "Siga usted a la madre...", en seguida preguntó: "¿Cuándo cree usted que será la próxima reunión con ese terrorista?" Fe enrojeció de temor, la chica podía escuchar a través del aparato: "Hoy mismo, a más tardar al oscurecer...", contestó. "Enviaremos el dinero hoy mismo, pero es absolutamente necesario echarle el guante a ese individuo y que usted eche a la calle a esas dos mujeres", ordenó la voz extranjera. Lucía abrazó con efusión a la mujer y Fausto salió del comedor.

—¿Qué, se os arreglan las cosas? ¡Me alegro! —dijo sonriendo y subiéndose los pantalones.

Lucía corrió al "cuarto de paso" y su madre la escuchó con escepticismo y ambas se sentaron en el balcón a esperar. Fausto y Fe, asomados a la ventana del comedor esperaban la llegada del ruso para dar la voz de alarma, mientras imaginaban la suma de dinero que iban a recibir de un momento a otro. El calor aumentaba a medida que la noche descendía y el matrimonio no se apartaba del balcón. Tampoco Lucía y su madre se apartaban del suyo. "¿Podremos aguantar la noche sin comer?", se preguntaron hasta las once y, entonces, se dejaron caer sobre la cama. Fe llamó al vidrio de la puerta con los nudillos y Lucía se precipitó a salir a su encuentro.

—¡Ese bicho nos ha engañado! ¡No envió el dinero! ¡Ladrón!... ¡Embustero!... ¿Y esa gentuza tiene el poder? Dime ¿qué tus compatriotas son africanos? —gritó Fe.

Lucía no pudo decir nada. En la cocina Rosarillo y María lavaban los trastos en la lavadora automática y escuchaban a su madre. María salió al encuentro de las dos y Lucía apenas pudo distinguirla entre las sombras del pasillo.

—¿Qué?... ¿no me conoces? —preguntó María.

—¡Soy tan miope!... —contestó la extranjera.

—Yo también lo soy, pero mira, llevo lentillas blandas. Son carísimas, dieciocho mil pesetas, me las pagó la Seguridad Social —explicó María orgullosamente y barrió con la mirada a aquella paria que carecía de país y de Seguridad Social.

Fe tomó una decisión para el día siguiente: hablar con el funcionario y echar a la calle a las dos mujeres, no podía retrasar su viaje al campo.

El funcionario la recibió en su oficina perfumada. En efecto, era profundamente irregular que "esas dos personas" se hubieran instalado en su fonda a sabiendas de que carecían del dinero para pagarla. Ellos pagarían la deuda esa misma tarde, a condición de que Fe las echara inmediatamente a la calle. Y... ¿qué sucedía con el ruso?

—No se presentó ayer y no sabemos dónde buscarlo, señor. En general, llega a las siete de la noche —aseguró Fe con voz respetuosa.

El funcionario juzgó conveniente esperar su llegada y después, actuar, si Fe lo informaba por teléfono de la presencia del extranjero. Así, todo saldría ¡perfecto! La mujer asintió de buen grado y ambos se despidieron con cordialidad.

Fe volvió desganada a su fonda: el huésped de pantalón blanco y bigote negro se marchaba de vacaciones a Almería esa misma tarde. No lo vería durante todo el mes... llamó al "cuarto de paso":

—Hijas mías, los chicos se marchan, se marchan... —anunció con voz melancólica y al decir "los chicos" se endulzó la lengua y la mirada se le volvió vaga. "Los chicos" se marchaban y ella también. ¿Para qué iba a quedarse? Lucía asomó la cabeza.

—¿Se marchan?... entonces, ¿nos podrá dar un cuarto más fresco? —preguntó.

—¡Eso, eso!... tal como lo prometí —le aseguró Fe y le urgió a hacer el equipaje para facilitar el cambio de habitación. "¡Cómo no! ¡Te marchas a la calle, bonita!", se dijo divertida.

¿Cómo pasar a Lola y a Petrouchka de una habitación a la otra sin que los notaran? Petrouchka se tumbó en el suelo, casi no existía, ¡estaba tan flaco! Lola sintió que sus ojos verdes de lechuza, como los de la Diosa Minerva, se volvían líquidos por el miedo, pero no lloró. Nunca lo hacía. El cansancio, el calor y los ruidos de la calle les impedían descolgar la poca ropa y meterla en las cajas de cartón que les servían de maletas. Encontraron algunas fotografías de una señora rubia y de una jovencita con ojos de gacela. Ambas figuras estaban sobre muebles cubiertos de raso color oro. Lucía y Leli miraron con curiosidad sus rostros despreocupados, los libreros y las porcelanas minúsculas e irreales grabadas dentro de las fotografías, entonces, les llegó un vago perfume de nardos y de rosas amarillas y supieron que aquellas figuritas, fijas en las cartulinas de colores, habían sido ellas mismas... "Ellas, antes de que les ocurriera la catástrofe de ser enemigas... ¿de quién?... ¡De la inteligencia! Los grandes cerebros las habían juzgado y condenado y ahora estaban demasiado débiles para guardar las ropas... perdieron la esperanza puesta en 'las autoridades' de Lucía. No enviarían nunca el dinero, jamás las ayudarían, la Inteligencia odia a la Caridad tonta y corruptora..."

Por la tarde, Fe y Fausto rodeados de sus dos hijas esperaron la llegada del mensajero del funcionario: "¿Será posible que este cabrón te haya engañado otra vez?", preguntó el marido y observó el silencio obstinado de sus hijas y de su mujer. "Sólo un carbonero se caga así en su palabra dada", añadió Fausto y nervioso masticó su palillo de dientes y se levantó los pantalones. "Esta noche tú te vas al campo, las niñas y yo arreglaremos este asunto", concluyó.

—¡Eso sí que no! Me marcho cuando todo esté arreglado —afirmó su mujer.

A las seis y media de la tarde, las cajas de cartón estaban listas y Lucía y su madre esperaban a que Fe ordenara la mudanza. Habían hecho un plan con Lola y con Petrouchka: ambos permanecerían quietos en el armario y apenas hubieran sacado las cajas y el matrimonio se hubiera ido a la cocina, Lucía daría dos golpes en el muro y ellos se deslizarían a la nueva habitación. La espera los tenía agobiados.

—¡Mira!... ¡mira, ahí está Diego! —exclamó Lucía señalando la calle.

En la acera de enfrente, con los ojos levantados hacia el balcón, estaba el amigo del traje amarillo huevo. Tras él estaba también un hombrón de barriga prominente, cubierto por una camisa con dibujos de palmeras. "Ese anda por aquí desde las tres de la tarde...", dijo Lucía.

162

—Ese tipo no es español... —comentó Leli.

Y alcanzó la calle de prisa. Diego vino a su encuentro y ambos tomaron el camino de la Plaza de España. Detrás, caminaba con descaro el hombre de la camisa con dibujos de palmeras.

—El tío ése es un espía... ¡Vaya infeliz! La burguesía utiliza a ese tipo de individuos, le son muy útiles, pues odian a las personas libres —comentó Diego sin volver la cabeza y sin cambiar el tono de la voz.

Leli explicó la conducta irregular del funcionario que prometió pagar la deuda de la fonda.

—¡Tonterías! La fondera y él están de acuerdo para fastidiaros. Deben de tener algún plan. Las bestias de la fonda actúan como si estuvieran apoyadas por alguien... ¡es igual! —terminó Diego.

Llegaron a la Plaza de España y ocuparon la banca acostumbrada. El hombre con la camisa de dibujos de palmeras se sentó en una banca frente a ellos y los observó con descaro.

—Valdría la pena llamar a un guardia... aunque es mejor no hacerlo. Los parásitos como esos venteros merecen un castigo ejemplar. Espero que la revolución barra con esa chusma —aseguró Diego fumando y mirando al hombre de la camisa con dibujos de palmeras, con los ojos ligeramente entrecerrados.

—¡Ja! ese pobre espía se toma por el dueño del mundo. Deben de pagarle bien para fastidiar a dos mujeres solas. No sé, no sé, qué haría yo con tipos como él. ¿Cuál es el sitio ideal para ese tío? —preguntó súbitamente interesado en su propia pregunta.

—¡La cárcel! —contestó Leli.

—Sí, sí, la cárcel, pero ¿y si escapa o le pagan la fianza?

—Entonces, un tiro en la nuca —contestó ella con ferocidad.

—Es demasiado. Una buena cárcel es suficiente —opinó Diego y agregó: "es un ser antisocial, hay que separarlo de sus semejantes. Ese individuo ha roto la conexión entre el hombre y la naturaleza..."

Diego se quitó la americana y lanzó lejos su cigarrillo,

163

después sacó de entre los pliegues de la prenda un cetro real hecho en oro macizo e incrustado con piedras preciosas.

—¡Esto significaba el poder! . . . ¡Ja!, y todavía lo significa. Mira el salto que ha dado nuestro buen espía. ¡Ja!, ése sí que piensa robarlo —agregó y dejó el cetro real sobre la banca.

El hombre de la camisa con dibujos de palmeras, los miró a ellos y luego al cetro con los ojos agrandados por la sorpresa.

—Me dijiste que la mujeruca esa se marcha esta noche ¿verdad? —preguntó repentinamente interesado en el viaje de Fe.

—Sí, hoy por la noche —contestó ella agobiada por el calor y la debilidad.

Diego se puso de pie, recogió el cetro real y ambos echaron a andar rumbo a la fonda seguidos por el hombre de la camisa estrafalaria. Al llegar al portal, Diego se volvió al hombre que los seguía y éste se detuvo sin saber qué decir.

—¡Pase, hombre, pase! Me parece que lo esperan arriba. ¿No es usted la persona que va a pagar el hospedaje de la señora y de su hija? —le preguntó con seguridad.

El hombre se sorprendió y volvió la mirada a la americana que escondía el cetro real y sin decir una palabra, echó a andar escaleras arriba, seguido por Diego y por Leli, que atontada ante la docilidad del desconocido: "Va a pagar . . . va a pagar . . .", se repitió.

Fe abrió la puerta, estaba malhumorada y al ver a Diego retrocedió.

—Señora, este buen hombre viene a pagar la deuda de mis amigas —afirmó Diego.

La mujer pareció tranquilizarse y los guió hacia el comedor contoneando las nalgas y pensando en el hombre del traje amarillo que había caído solo en la trampa. Encontraron a Fausto cabeceando, frente al televisor, sentado a horcajadas sobre su silla predilecta.

—Ya te decía yo que todo te saldría a pedir de boca

—exclamó al ver a Diego y después de oír que el otro desconocido venía a pagar la cuenta de Leli y de Lucía. Rosarillo y María asomaron la cabeza y escucharon la buena nueva. Diego las invitó a entrar y envió a Leli a buscar a Lucía.

En el "cuarto de paso" Lola, Lucía y Petrouchka estaban abatidos y escucharon sin ánimos la noticia de la presencia de Diego y del hombre enviado por el funcionario, dentro de la fonda.

La madre y la hija salieron al pasillo para dirigirse al comedor. Desde la puerta vieron a Fausto y a su familia inclinados alrededor de una de las mesas cubiertas con un hule verde.

—¡Firme aquí, buen hombre! —ordenó Diego.

Fausto balbuceó algunas palabras mientras estampaba su firma en un papel al que miraban todos, abstraídos en el misterio de arreglar las cuentas. Un aire solemne envolvía al grupo y a la habitación. Leli notó que la bujía eléctrica estaba encendida y las cortinas del balcón corridas con esmero. A eso se debía que faltara luz en el pasillo. El hombre de la camisa con dibujos de palmeras tendió un raquítico manojo de billetes y, en ese momento, Diego se volvió a ellas y con un ademán imperioso les ordenó salir del comedor. Ambas obedecieron, era indecoroso presenciar el pago de su deuda, era más digno esperar en el pasillo oscuro. A los pocos segundos salió Diego y en ese mismo instante, un muro creció con velocidad y cerró la puerta que daba acceso al comedor. Ambas contemplaron perplejas aquel hecho insólito.

—¡Vamos, recoged vuestras cosas y traed a vuestros amigos! —ordenó Diego con impaciencia.

Las dos corrieron casi a tientas al "cuarto de paso" y escucharon a Diego entrar y salir a todas las habitaciones sin olvidar la cocina y el baño. Después las llamó a la puerta y ambas salieron al pasillo iluminado por una bujía eléctrica acompañadas de Lola y de Petrouchka.

—¡Hombre!, este Petrouchka es un ruso muy simpático. ¡Ánimo, hombre, te veo muy decaído! Y tú Lola, no pongas esa cara de misterio que aquí jamás ha sucedido nada. ¡Jamás! —exclamó Diego y alcanzó la puerta de salida de la fonda.

Al pisar la primera grada de la escalera, los cuatro amigos vieron crecer un muro que tapió la puerta de entrada de la fonda. No existía ninguna diferencia de color ni de consistencia entre el muro que antes circundaba a la puerta desaparecida y el muro que ahora la cubría. Se hubiera dicho que allí nunca existió puerta alguna. Una vez en la calle, Leli levantó la vista y se encontró con que ya no existía el piso en donde unos minutos antes estaba la fonda de Fe y de Fausto. Sus balcones se habían esfumado y la vieja fachada del palacio no echaba de menos al lugar en el que alguna vez se hospedaron ellos, y algunos empleados de prisiones, que en esos momentos viajaban hacia el mar. ¿Qué ha sucedido?

—Dijimos en la Plaza de España que a estos chupasangre había que encerrarlos en cárceles de las que no pudieran escapar. Antes, era común emparedar a los bribones... Es una lástima haber perdido tan excelente costumbre —explicó Diego, que avanzaba por la calle con las cajas de cartón a cuestas.

—¿Y si lo descubren? —preguntó Leli.

—¡Hombre, algún día lo descubrirán! Por ahora no hay peligro, Bellas Artes ha declarado monumento nacional a este palacio y pasará mucho tiempo antes de que se autorice el derribo...

La noche caliente bajó sobre la ciudad y sobre sus viejos edificios. Lucía iba muy cansada y tenía mucha hambre...

—Si pudiéramos comer algo antes de buscar otro alojamiento... —suspiró.

Diego se detuvo en seco, miró para todas partes y de pronto, con un gesto inspirado, ordenó:

—Ahí se come bastante bien... un poco primitivamente, pero en fin...

Y Diego indicó una tasca a la que entraron todos casi sin alientos. El olor a cordero y a pollo asado condimentado con hierbas salvajes, el perfume del vino y la vista del agua clara, los dejó atontados. Se dejaron caer sobre unos montones de pieles de vaca y de ovejas cuidadosamente colocados y aspiraron el aire fresco y los perfumes culinarios. La tasca era muy amplia, tenía la forma caprichosa de una tienda de campaña y había hasta ropajes colgados de sus muros de cuero, se sintieron aliviados en su enorme fatiga ... ¡Qué bien se estaba allí! Lucía abrió mucho los ojos y señaló un objeto brillante abandonado sobre las pieles blancas de las ovejas y al cual las llamas encendidas de unas antorchas, le sacaban reflejos prodigiosos.

—¡Miren! —gritó la chica.

—La corona de Fredegunda... —exclamó Leli con asombro.

—¡Ah! sí... su corona. Siempre que va de cacería la deja en cualquier sitio. Así es Fredegunda, una mujer muy natural, muy fácil de conducir cuando no se enfada. Ella sí que no ha cortado los lazos con la naturaleza —comentó Diego sin inmutarse.

Lucía cogió la corona pesada y, embelesada, la contempló largo rato, luego miró las paredes de cuero de la tienda y abrió una rendija para contemplar el bosque perfumado de lilas salvajes... afuera las fogatas estaban casi apagadas y los centinelas dormitaban... Diego les sirvió vino y repartió trozos de cordero asado. Lola y Petrouchka olvidaron el miedo y la miseria de la fonda, comieron y extasiados contemplaron a Lucía.

—¡Hombre! no te va mal la corona de Fredegunda... conviene que te dejes crecer dos trenzas largas... —comentó Diego, al ver a la chica con la joya colocada sobre la cabeza...

LAS CABEZAS BIEN PENSANTES

Nadie ha sufrido en este mundo como ha sufrido Lola. Quizás sólo la Reina María Antonieta a la que nunca conocí, pero a la que nunca olvido. La comparación es válida: dos bellezas, dos juguetonas martirizadas. En verdad no encuentro otro ejemplo mejor en la Historia a pesar de que la Historia está llena de mártires, pero no eran coquetas. Lola no es rubia como la Reina, Lola es morena. Tampoco tiene palacios, escalinatas, bailes ni trajes de seda. Lola sólo tiene un gabán viejo. Pero Lola como María Antonieta ama el campo y ama correr sobre los prados, eso las vuelve parecidas y el sufrimiento las iguala.

Para darle alguna esperanza y privarla del miedo, alquilé un estudio amueblado en un edificio elegante... sólo por unos días. Es necesario abrir una bahía en la tormenta de tinieblas que cruzamos. Los muebles del estudio están forrados con sarga de color ladrillo, tienen patas de hierro negro y no son muy acogedores. Sin embargo, después de los hostales de duelas astilladas la limpieza que nos rodea ¡nos deslumbra! El lujo es la limpieza. En el ascensor encontramos a libertadores de pueblos, a generales extranjeros y a algunos artistas. Claro que ninguno sabe que aquí mismo vive Lola.

Lola nunca se queja. Calla y me mira con sus enormes ojos de Minerva. Una Minerva melancólica, pasada de moda. Una Minerva pateada hasta hacerla vomitar sangre. Es la suerte que corren las Minervas en nuestros ilustres días ilustrados. Olimpia está enterrada bajo siete capas de tierra que tratan inútilmente de remover los ingleses, ¡siempre originales! Atenas son unas cuantas columnas. Las cabezas de Minerva están encerradas en vitrinas internacionales, aisladas, para que el pueblo las contemple, pero que no sufra el contagio. Minerva, por su parte, siempre fue lista y lleva un casco para proteger su cabeza de "las cabezas bien pensantes". Minerva nunca sale en los periódicos y los venteros la detestan. Por eso, cuando descubren a los ojos de Lola, los ojos de Minerva, dentro de los muros sucios de sus ventas, ¡la patean! Lola lo acepta, sabe que su presencia como la de Minerva es siempre clandestina.

Petrouchka también ha recibido muchos golpes y se ha convertido en un cobarde: no se baña, no se peina y sus cabellos rubios están apelmazados. Tiene mucho miedo y al menor ruido en el pasillo, trata de meterse en el armario. En este estudio el armario es muy pequeño y Petrouchka debe encogerse y no respirar si entra algún criado. Sin embargo, Petrouchka es un loco y sufre de ataques de furia y entonces hace un ruido espantoso y todas sus anteriores precauciones resultan ¡vanas! Lola se esconde detrás de la puerta de baño. Tenemos un cuarto de baño para nosotros cuatro y estamos agradablemente sorprendidos. Lola es muy lista y guarda un silencio absoluto, se parece mucho a Minerva, la Diosa de la Razón, de la que sólo hallamos huellas en las Odas y en Lola. En el estudio se goza de silencio, otro lujo olvidado. Las duelas brillan y casi podemos vernos reflejados en ellas, pero los cuatro sabemos que esto no es permanente, es sólo por unos días. ¿Y después? No hay "después" ni hay "antes" para las personas marginadas, como se dice ahora. En nuestros días las Minervas son siempre Personas Desplazadas, otro término muy a la moda.

La pulcritud de Lola es impecable. Yo la admiro ¡tan pobre y tan cuidada! He notado que las arrugas de su hermoso rostro se han suavizado en el estudio y que sus pies y sus manos brillan. Ahora, me está mirando Lola, me mira Minerva. La veo y descubro que tiene una aureola de color verde lunar y que también lleva una corona, lo que indica que ha ganado un lugar en el cielo y la gloria infortunada de una reina en esta tierra. ¿Quién más infortunada que una reina marginada? ¿Quién más infortunada que María Antonieta? y ¿quién más traicionada que la Diosa Minerva? Su existencia es ¡ilegal! Nadie le dará documentos de identificación, ni trabajo, ni trato de persona. Los descalzonados que tomaron tu nombre, Minerva, inventaron la ilegalidad de tu persona. También te encerraron como una antigualla en las vitrinas y de allí no saldrás ¡jamás! Al menos eso opinan "las cabezas bien pensantes".

—Lola, la Libertad exige que no tengas libertad. Lo sabes porque conoces los tres tiempos que forman un sólo tiempo. Me recuerdas también a Cleopatra ¡otra infortunada! También tú la recuerdas y eso te sostiene y no reniegas de tus ojos y por ello cada vez que te descubren, te dan una paliza y ¡nos echan! No podemos ir a la comisaría, aunque es el tiempo de los Comisarios, porque tú, Lola, no existes. Así lo decretaron "las cabezas bien pensantes" que vigilan con celo la libertad de los pueblos. Además, las aureolas y las coronas han sido decretadas enemigas públicas de los Derechos del Hombre. La dificultad reside en que para gozar de los Derechos hay que ser Hombre. Y ser Hombre es algo así como ser Diputado por lo menos y como no eres Diputado, Lola, no tienes ningún Derecho.

En cambio los demás gozan del legítimo Derecho de insultarte, patearte, echarte a la calle o llevarte a cualquier comisaría. "Las cabezas bien pensantes" han legalizado el insulto, las patizas y las comisarías para las Minervas. ¡Así es la vida Lola, incomprensible! Sobre todo si recuerdas cuántas leyes y cuánta justicia se ha inventado en tu nombre ¡Minerva! Pero, la vida no se parece a la vida de la que hablan "las cabezas bien pensantes", una vida: ¡Justa y Justiciera! Por eso "las cabezas bien pensantes" gozan de todos los Derechos del Hombre y tienen muchísimo más poder que todas las Cámaras de Diputados juntas. ¡Son la Quinta Columna del Poder! Así lo anuncian en los kioscos de los diarios. Tu vida misma Lola, es un delito.

"Lo que no existe en el Juicio no existe en ninguna parte", reza algún código y como tú no existes Lola en ese juicio, pues no existes, aunque el Juicio exista. Te confieso, Lola, que ignoro cuál es el Juicio. Pero ¿cómo escapar al Juicio omnipotente de "las cabezas bien pensantes"? Lo ignoro, Lola... ¿y si hubieras escapado ya por esa rendija verde que atraviesa a la noche y te hubieras alejado para siempre de este juicio, para llegar al otro Juicio que no es popular y al que nadie solicita? Es el juicio de los marginados...

¡Lola! me parece que ahora me miras desde un rincón flotante envuelto en vapores luminosos. Te veo con claridad, tienes dos alas verdes de mariposa y estás sentada a los pies de una Virgen. ¡Es la de los Dolores, tu patrona! Eso de Lola confunde. Tu aureola brilla como un sol lunar y en tu corona relampaguean todas las hojas tiernas de los jardines por los que no corriste. Te veo radiante. Para ti, para nosotros, terminaron "las cabezas bien pensantes" justas y justicieras, así como sus muy famosos Derechos del Hombre. Para nosotros ya no corre la tinta, ese líquido inventado para dibujar mariposas, vuelos de cigüeñas y ojos de gacelas. Sin embargo "las cabezas bien pensantes" la convirtieron en "tinta funcional" y un día pidieron por escrito el Decreto de Muerte para las mariposas. En seguida se organizaron los pelotones de fusilamiento y las mariposas fueron llevadas al amanecer a los paredones de ejecución o a las tapias de los cementerios municipales para ser fusiladas, no sin antes haber cavado sus propias fosas. Así, castigaron a esas ladronas de polen que arruinaban a la Economía del Estado.

Un poco más tarde, notaron que los ojos de las gacelas eran prejuicios populares, por aquello "Del Mal de Ojo". Y pidieron un Decreto para su exterminio. Se prepararon los rifles Winchester. "¡Apuntar a los ojos!", escribieron "las cabezas bien pensantes" y los tiradores apuntaron. En seguida se organizó un Congreso Internacional para hacer el recuento del éxito obtenido en la operación para cegar a las gacelas y el prejuicio "Del Mal de Ojo" quedó extirpado en el mundo occidental.

"Las cabezas bien pensantes", siempre alertas, se preocuparon con las cigüeñas. ¿Cómo es posible que esos bichos de patas y pico largo pretendan traer a los niños envueltos en un pañal? "Las cigüeñas son las enemigas del Coito". "Hay que salvar al pene. El hombre occidental está frustrado desde su más tierna infancia", gritaron. Surgió entonces la controversia entre el clítoris y el pene, pero ambos contrincantes exigieron el: Decreto de Muerte a las Cigüeñas. ¿Acaso ño hacen caca y estropean los campanarios y las cornisas propiedad del Estado? ¡Las muy ladronas, engañan a los niños y no pagan alquiler! Equipos de expertos efectuaron las redadas de las cigüeñas con gran éxito y los fusilamientos en masa se llevaron a cabo en secreto, para no alarmar a los niños engañados por esas embusteras, que durante tantos años gozaron de una publicidad inmerecida. "Los Medios de Comunicación han estado en manos equivocadas", dijeron "las cabezas bien pensantes" y, para desmitificar a las cigüeñas, pidieron el derribo de los campanarios y de las cornisas. Ahora, Lola, las fachadas planas de los edificios impedirán el regreso de esas aves embusteras, que tantos daños provocaron en los niños.

El mundo es muy hermoso, Lola. Lo recuerdo, lo recordamos todos ahora que hemos escapado a sus Decretos. Desde aquí arriba, Lola, contemplamos sus brillantes lagunas, sus bosques, quedan pocos que se hayan escapado al incendio, sus mares espumosos, sus volcanes festivos que regalan increíbles fuegos de artificio y sus pocos ríos que todavía no han logrado ser "apresados". Tú, radiante Lola, nunca más andarás avergonzada por tu viejo gabán, con tus ojos de Minerva bajos, ante las miradas de sospecha de los otros. Ya nunca padecerás el miedo. Estás libre de los golpes y de las comisarías. Has dejado de ser "Lola la Indeseable" para convertirte en Lola la Deseada, Minerva resplandeciente y María Antonieta la Muy Amada Reina . . .

Andábamos huyendo Lola de la tinta funcional, entre otras cosas. ¿Lo recuerdas Lola? Abajo, los kioscos continúan abiertos a pesar de ser las once de la noche. Aquí no hay hora ni hay relojes. Tampoco existen los Decretos, ni las guillotinas de las imprentas. Dormiremos sobre las nubes que forman inesperados jardines. Petrouchka juega con las llaves de San Pedro y no permitirá jamás que entre una "cabeza bien pensante". ¡Los pillastres son muy inteligentes! Petrouchka se revuelca alegre y grita, después de tantos años de silencio... ese silencio, Lola, que sólo conocen las Minervas, las Reinas y las Personas Marginadas. Abajo quedaron los venteros leyendo los Decretos y la Justicia Multinacional. También quedaron los multinacionales que gozan de documentos y de pasaportes múltiples, tan respetados por "las cabezas bien pensantes". ¿Recuerdas a los multinacionales? Acostumbraban ocupar las mesas de los bares y los restoranes elegantes. Iban vestidos de mendigos, ¡qué digo! de dandys modernos. Llevaban los bolsillos repletos de billetes y de documentos de identidad, ¡todos legales! Los multinacionales son todopoderosos y ante ellos se inclinan "las cabezas bien pensantes", los venteros y las maritornes. Lucía les tenía miedo, escapaba nerviosa cuando pasábamos cerca de ellos. Y los multinacionales bebían su café o su whisky y nos sonreían con amabilidad.

—¡Qué mala suerte, nos han saludado! Prepárate para alguna desdicha —acostumbraba decir Lucía. Y nos mudábamos de hostal para que perdieran nuestras huellas. Todavía ahora escuchó su voz aterrada. Es malo ser tan cobarde como Petrouchka. ¿Cuándo perderán ese miedo? Escúchala, Lola.

—¡Calla mamá! No hables y trata de que también calle Petrouchka. Acaba de llegar al estudio vecino una "cabeza bien pensante". Escuché cuando descolgó el teléfono para quejarse en la Administración. Dice que hacemos mucho ruido, que violamos los Derechos del Hombre, que él es un Hombre que piensa...

—¡Apaga la luz, Lucía! ¡Apágala! Si suben nos haremos los dormidos.

Petrouchka ha huido a encerrarse en el armario. Ya no saldrá de allí en toda la noche. Y Lola, la desdichada Lola, huyó al baño. En su huida dejó caer un vaso y el ruido fue, como gritó "la cabeza bien pensante", como una bomba atómica. "La cabeza" va a llamar a la policía, siempre lo hacen estas "cabezas", me parece que necesita protección, por aquello de la radiaciones...

—Lola, Lola, has producido una explosión... ¡Y andamos huyendo, Lola!

Claro que no sabemos de quién huimos, Lola, ni por qué huimos, pero en este tiempo de los Derechos del Hombre y de los Decretos es necesario huir y huir sin tregua, Lola, lo sabes . . .

Sobre las duelas brilla tu corona verde, la recogeré temprano, antes de salir a buscar un hostal. Las "cabezas bien pensantes" no suelen hospedarse en los lugares regenteados por sus admiradores . . .

DEBO OLVIDAR...

Debo olvidar que encontré estas páginas escondidas entre las tablas sueltas del armario... después de todo la habitación es enorme y en los días que corren es un lujo gozar de espacio. No me molesta la suciedad de los muros, ni las duelas rotas. Tampoco me importan las manchas de humedad que hay en el techo, ni el agua de la lluvia que se cuela a raudales. Me gusta ver llover y las goteras perfuman de frescura el cuarto; quizás sólo me asusta el silencio y el ruido de las persianas rotas a las que sacude el viento. Pienso que el viento se escucha demasiado cuando la soledad es absoluta... Será mejor no mirar por las ventanas que dan a la terraza, aunque a pesar mío, mis ojos no se apartan de ellas y trato de adivinar quién me observa desde las sombras a través de las persianas rotas... Sé que hay alguien y trato de leer estas páginas sin que ese alguien vea lo que leo. ¡Alguien!, la palabra me inquieta, sé que alguien tiene la vista fija en mis espaldas...

—Allí mismo en la esquina, hay una pensión. Los dueños son una pareja joven y estará usted muy feliz —me aconsejó la cigarrera.

La cigarrera se llama Carmenchu, es una mujer gorda, vivaz, cordial, que siempre me observó con simpatía o quizás con lástima:

—¡Eh! no fume tanto, a su edad no conviene. ¿Tiene usted dificultades en la pensión? —agregó con voz bondadosa.

Afirmé con un gesto y su actitud amable me movió a confiarle mi secreto:

—Tengo un gato muy viejo, siempre lo escondo y el pobre ha sufrido mucho... la hostelera lo descubrió y ¡me ha echado!

—Vaya allí, estará como en su propia casa.

Carmenchu me regaló unas cerillas y sonrió. Nos enredamos en una larga charla y me dijo que ha viajado mucho, "tal vez por eso es más generosa", me dije mientras la escuchaba.

—Conozco el mundo y cuando la gente de arriba cae, se queda más sola que la soledad misma. Estoy segura de que usted no cuenta con ningún amigo y que si le sucediera algo nadie se preocuparía en preguntar por usted. Simplemente nadie notaría su ausencia, ¿o no es así? —me preguntó en tono confidencial.

—Así es... —respondí, pues la cigarrera había adivinado mi situación.

—Múdese con ese matrimonio, la gente sola siempre está en peligro —agregó.

Y antes de ayer por la mañana llegué a este hostal, del que nunca sospeché su existencia a pesar de pasar frente a él casi todos los días. Tal vez porque está situado en la última planta de un edificio de ocho pisos en el que únicamente hay comercios. En el portal de entrada hay escaparates con pelucas, muñecas y trajes festivos. No hay ningún anuncio, ningún signo que diga que el hostal está en el último piso. Me sobresalté al ver que la puerta de entrada al hostal carece de cerrojo y permanece abierta de día y de noche. Yo estoy en la primera habitación cuya puerta da a un pasillo que al fondo se bifurca en dos pasillos y sobre los cuales se abren puertas pintadas de color mostaza. Los cuartos de servicio están uno en un rincón del pasillo de la izquierda y el otro en el extremo del pasillo de la derecha. Allí termina o, más bien dicho, no termina el pasillo, pero se interrumpe el paso: unas cortinas sucias ocultan esa parte de la casa. No me he atrevido a ver lo que hay detrás de esos trapos viejos. Para llegar a los cuartos de servicio, necesito caminar hasta la bifurcación, iluminada por un foquillo azul, que por las noches proyecta sombras grises e inquietantes. Los cuartos de servicio están bastante aseados, pero esto no impide que me sienta aterrado entre sus muros de mosaicos y la bañadera quizás demasiado honda... Cuando llego a la bifurcación, debo escoger entre el baño de la izquierda o el de la derecha; siempre dudo, quizás me asusta el ruido de mis pasos sobre las duelas resecas que crujen con estruendo aunque avance de puntillas. He notado que al llegar al foquillo azul, las voces que se escuchan detrás de las puertas pintadas de color mostaza ¡callan! Y el silencio que produce mi presencia me acongoja. Ayer por la mañana observé a Jacinto, el dueño del hostal, mientras regaba sus tiestos viejos distribuidos malamente sobre la terraza de losetas rojas y partidas. Jacinto lleva flequillo, camina contoneándose y con esmero, tiende sobre las cuerdas verdes las sábanas lavadas. Se diría que sus labios están carcomidos, no sonríe nunca y su mirada furtiva abarca todo, hasta mis gestos detrás de las persianas rotas. Al verlo, salté a la terraza por la ventana, pero Jacinto huyó por una puertecilla de vidrios situada a la izquierda, junto a una ventana igual a las mías, pero cuyas persianas están intactas y herméticamente cerradas. Debe pertenecer a la habitación de otro huésped a quien nunca he visto. La puertecilla de vidrios comunica con el pasillo de la izquierda y está colocada en un rincón que forma un ángulo recto con el muro desteñido que cierra a la terraza. Sobre ese muro también hay una ventana con las maderas cerradas. Quizás ahí no vive nadie. Ignoro dónde viven los huéspedes que vi ayer por la mañana, todos eran jóvenes, salvo uno, pequeño, viejo y envuelto en un gabán raído. Los demás usan chaquetones verdes con capuchas ribeteadas de peluche gris. Todos llevan cabello largo, pisan fuerte y tienen miradas desafiantes y seguras. Tuve la impresión de que mi presencia les divertía:

—¡Hola viejo!... ¿cómo va la vida? Por la mañana me pareció que usted sólo era un bulto —me dijo un huésped al que encontré en el ascensor. Como tenía acento extranjero, le pregunté por cortesía:

—¿Le gusta Madrid?

—Pintoresco, pintoresco... ¡qué escándalo que arman por dos policías muertos! En mi país morían treinta o cuarenta al día... ¡Qué boludos que son estos gallegos! —contestó.

Su mirada era extraña, se diría que trataba de dormirme o de dormirse él y el gesto de sus manos era blando, indolente como su voz. Me sentí aliviado cuando alcancé la calle y me separé del personaje de manos pálidas. Supe que su voz quedó vibrando dentro de las paredes del ascensor y en vano me pregunté el motivo de su ira también perezosa.

Conté las pesetas, me alcanzaba para comprar un bocadillo de carne y un café y me instalé en un bar vecino, para hacer tiempo. Siempre estoy haciendo tiempo . . . La carne era para mi gato, yo comería el pan y bebería el café caliente. Pensé en Miguelín, mi gato, al que dejé encerrado en el armario para que nadie descubriera su presencia en el hostal. Estaría muy calladito esperándome en la oscuridad de su calabozo. ¡Pobre Miguelín, siempre en el calabozo esperando mi regreso! "¿Cuántas palizas ha recibido?", me pregunté y no pude contarlas. Una vez lo encontré vomitando sangre, medio muerto. En otra ocasión, lo quemaron con cigarrillos y en el último trataron de rebanarle un ojo, pero supo defenderse y el navajazo lo tenía de la sien a la oreja. Dicen que los animales se parecen a sus dueños. ¡Me parece injusto que Miguelín sufra mi suerte apaleada!

Volví tarde al hostal y encontré la puerta de hierro y de cristales cerrada. Eché mano a la llave que me dio Jacinto y me fui directamente al ascensor. De un recoveco salió el conserje:

—¿Adónde va usted? —me gritó el hombre.

—Al hostal . . .

—¡Su nombre! —pidió el conserje, mientras consultaba una lista escrita a máquina que mantenía en la mano. Le dí mi nombre y el conserje no lo encontró entre la lista de nombres de los huéspedes.

—Al entrar entregué mi carnet . . . —dije.

El conserje se rascó la cabeza y pareció reflexionar.

—Mañana es sábado, mi día libre, pero trate de que su nombre figure en la lista —me ordenó.

Mientras hablábamos entró un hombre joven, de abrigo oscuro, tez muy pálida y mirada acuosa, que llamó al ascensor y esperó a que yo lo acompañara, pero lo dejé ir solo.

—¿Vive aquí? —le pregunté al conserje.

—Sí, desde hace tres o cuatro años. No es español, sale muy poco y se recoge temprano. ¡Cuidado con él! Es el que manda arriba, la Repa lo quiere demasiado. No entiendo cómo Jacinto lo consiente...

Me explicó que la Repa era la dueña del hostal: "¡Una loba! A usted no lo atacará porque ya es viejo... ella quiere chicos jóvenes. ¡Y él también! Mire, hay algo arriba que no me gusta y cuando cae alguien como usted, se marcha en seguida y no regresa ¡nunca! Se ve que huyen asustados. No sé, no sé, además todos los que viven ahí son extranjeros. Ya sabe usted cómo está Madrid..."

Eso me dijo anoche el conserje nocturno, hoy no está, es sábado y en el edificio no hay nadie. Los comercios y los talleres están cerrados y en el hostal sólo estoy yo y alguien que me mira... no se escucha ningún ruido, los huéspedes deben hallarse en los cafés, la puerta de entrada sigue abierta y yo encontré estas páginas manuscritas...

"Diciembre 19. —Alejandro me pagó siete mil quinientas pesetas por el trabajo. Pensábamos regresar a pie, pero llovía tanto y teníamos tanta hambre, que no resistimos la tentación de comer. ¡Qué locura hicimos! "A todo se acostumbra uno menos a no comer", decía alguien y nosotras casi nos hemos acostumbrado, eso sí, bebemos agua en abundancia. El gasto fue estúpido y ahora sólo pagaremos la mitad del mes y no podremos marcharnos de este lugar tenebroso. Somos unas necias. Jacinto aceptó el pago de dos semanas atrasadas y sonrió con sus labios disecados. Se acercó Repa, pisando fuerte con sus zuecos: "¿No aceptas que te has bañado siete veces?", dijo arrebatándole la nota a su marido. "Sí, lo acepto...", dije y volvió a sorprenderme que llame baño a esas gotas de agua helada que caen de la ducha y nos dejan enjabonadas. La comida inesperada nos dejó soñolientas, además teníamos mucho frío. Queríamos dormir, pero antes les dimos de comer a los gatos que nos esperaban hambrientos dentro del armario. ¡Pobres de Petrouchka y de Lola, siempre en el calabozo oscuro, para que no los descubran! Han recibido ya tantas palizas... Nos dormimos. La comida da sueño y el hambre da debilidad y sueño... Alejandro nos prometió que no pasaríamos la Nochebuena en ayunas, dijo que llamáramos el jueves y que Felipe me pagaría el otro trabajo. El jueves es el día 21 y la vida nos sonríe, es la primera vez que tenemos trabajo. ¡Se acabaron las hambres! Lucía quedó en llamar a Flor, la sudamericana melancólica que nos observaba en el despacho de Alejandro. Me avergonzaba la suciedad de mi gabardina mojada por la lluvia. Alejandro tan rubio e impecable en su tricot blanco procuraba no mirarme, sabía que me sentía avergonzada. Creo que hicimos mal en prolongar la visita, pero su despacho estaba caldeado y en la calle la lluvia y el viento de la Sierra nos helaba los huesos. Nos hemos convertido en dos sombras harapientas... ¡Y no hay esperanzas! Un tribunal invisible nos ha condenado...

Diciembre 20. —En la taberna que está en la callejuela a espaldas del hostal, cenamos patatas con ajo y un café. Continúa lloviendo. La terraza es siniestra, sus balaustradas sucias, sus tiestos con plantas viejas y las ropas tendidas le dan un aire de abandono total. Si no fuera por el débil reflejo de luz que pasa sobre el muro pequeño construido a la derecha para dividir a la terraza de la guarida de Jacinto y de Repa, se diría que nos hallamos en un paraje abandonado... En esa guarida hay siempre mucha fruta y Jacinto y Reparadora dan mordiscos a las manzanas cuando nos acercamos a pedir disculpas por nuestro retraso en el pago de la habitación. No me gusta esta pareja. Ella es enorme, da la impresión de ser capaz de una brutalidad excesiva, su piel cetrina cubierta de cicatrices y su cabello cortado casi al rape la convierten en un ser agresivo, he visto el placer morboso con el que lava los calzoncillos manchados de sus huéspedes y sus manos rojizas por el agua fría, recuerdan crímenes... me digo que quizás sólo imagino tonterías, sin embargo la agudez estentórea y descarada de su voz confirma el terror que inspira el paso de esta mujer por los pasillos.

Jacinto es pequeño, redondo, lleva flequillo, calza zapatos blancos de tenista para evitar el ruido y sus labios y dientes parecen apolillados. No sé por qué nos vigilan y les disgusta que hablemos con los huéspedes. "¿Pero no lo sabés? nos han dicho que la Policía las vigila", nos dijo Mario la otra noche y luego guardó silencio. Mario es un huésped con el que hemos hecho amistad a espaldas de los propietarios del hostal. Lo encontramos en el ascensor, pues al principio creíamos que nosotras éramos las únicas clientes de la pareja, y nos invitó a tomar una bebida caliente en su habitación. Aceptamos y fuimos a su cuarto de puntillas, lo encontramos pulsando una guitarra.

—¿Te gusta la música?

Mario entrecerró los ojos y luego los abrió para contemplarse en el espejo de su armario. Al cabo de un rato de silencio contestó con voz suave:

—Soy compositor...

De una manera curiosa, Mario inspira confianza y le hicimos confidencias que él tomó con afecto. De pronto se cubrió el rostro con sus manos intensamente pálidas: "No puedo escuchar, esa gente es monstruosa...", dijo. Lo hemos visto en la calle, camina como un autómata, lleva la mirada vaga y se diría que de un momento al otro va a caer dormido. Cuando sabe que Lucía no ha comido nada, le invita un bocadillo y esto siempre es un gran consuelo. La otra tarde, apoyó los codos en la mesa del café y se cubrió el rostro con las manos: "Yo soy muy loco, muy loco... no quiero volver a golpear a nadie. Golpear, me vuelve más loco", dijo con voz muy suave y tuve que mirar sus manos pálidas. Es imposible no vérselas, pues siempre está jugando con la enorme cadena de níquel de su reloj pulsera. A pesar de su extrañeza, nos consuela saber que vive aquí, que contamos con un aliado en esta ciudad en la que somos absolutamente nadie. "Pero ¿y no tiene un solo amigo?", pregunta Mario sorprendido y agrega: "Yo, en su caso me hubiera vuelto ¡loco!"

El mismo día en que nos instalamos en la fonda, Repa

181

llamó a Lucía a la terraza: "Mira te voy a presentar a un caballero", le dijo, y llamó a Richti, un huésped al que tomamos por un visitante. Richti apareció metido en su gabán negro, que hace resaltar la palidez de su rostro y el brillo lívido de sus ojos claros bajo la maraña de sus cejas negras y habló de música. También él es compositor, pero odia a los músicos. En la terraza declaró que Mozart era homosexual y que Beethoven odiaba a su sobrino, porque el pobre chico se defendía cuando su tío trataba de violarlo. Lucía trató de protestar y Repa que lavaba los calzoncillos sucios de sus huéspedes intervenía en la conversación: "¡Cómo lo oyes, guapa!" La risa de Richti es teatral y mientras ríe nos observa con malicia. El pobre está amargado, porque trabaja de relojero, en vez de dirigir una sinfónica. A veces, lo escuchamos dar algún do de pecho espectacular y luego ¡calla! Siempre que salimos a la calle lo encontramos, va solo, y parece un desdichado.

Descubrimos a otro huésped: un peruano que lleva chaquetón verde, botas de tacón alto, cabello largo y que pasea por el pasillo siempre carraspeando. Al igual que Mario, posee una guitarra, pero el peruano no es compositor, es cantante a pesar de su voz afónica. El peruano está muy pálido, tiene ojeras y tirita. "¿De qué?", le dije. "¡De frío!", contestó con su voz rota y huyó de la terraza. Siempre nos evita.

A los demás huéspedes no los distingo o quizás no los he visto, salen de noche y vuelven al amanecer y al pasar frente a mi puerta, la primera del pasillo que conduce al interior del hostal, la empujan con fuerza, como si trataran de romper el frágil pestillo corredizo. Al oscurecer, se escuchan guitarras eléctricas y Richti entona el principio de una aria, llama por teléfono y grita: "¡Palo a la gallegada!" Pasea por el hostal como si fuera el propietario, arma un bullicio teatral y luego cae el silencio. "Pero ¿no sabés que Richti es el amante de la Repa? ... pero si lo adora ¡Pobre hombre! ... ¡y claro que no paga!", nos confió Mario. Al decir esto se estremeció de horror, como si algún día él estuviera destinado a ser el sustituto de

Richti en la cama de Repa. Yo escucho y apenas entiendo a esta gente tan baja, que parecen caricaturas de seres humanos ... Me pregunto: "¿Por qué serán músicos si ignoran hasta lo que significa la palabra ninfa?" "¿Ninfa? podés decirme su significado?", preguntó Mario con aire molesto.

Diciembre 21. —Llamé a Alejandro. Me dijo que todavía no habla con Felipe para que me pague el trabajo. ¡Qué catástrofe! La Gloria está muy alta y los mortales nos morimos de hambre. Tenía razón Carmenchu, la cigarrera, cuando me recomendó este hostal: "Los que caen nunca se levantan. Están condenados a desaparecer y nadie preguntará por ellos." El pueblo es sabio, me pregunto de dónde sacan ese olfato que huele la derrota y nunca se equivoca. Nos quedan trescientas pesetas. ¿Pasaremos la Nochebuena sin cenar? Se acerca la fiesta y se aleja mi pasado poblado de pastorcillos, Belenes, esferas rojas y perfume a cera ardida mezclado con las ramas de un pino. Nos quedan algunos trozos de pollo para los gatos. El pobre Petrouchka parece que se ha vuelto loco, corre por la habitación y se esconde en los rincones más oscuros. Lola, como siempre, me mira con ojos resignados. Su piel está sucia, Lola envejece, he visto su cara arrugada por el sufrimiento y sus ojitos llenos de legañas ...

Diciembre 22. —Alejandro no estaba en su oficina. Se acerca Nochebuena ... "Scrooge is an old man, he lives in London..." ¿Quién es Scrooge? Sea el que sea ya no cree en los fantasmas. Para olvidar el miedo, nos fuimos a la Iglesia. Consuela aquello de: "Los últimos en la tierra serán los primeros en el cielo." Además se reza por los hambrientos y por los que padecen frío ... también por los extranjeros. ¿Cómo no agradecerle a Dios que nos abra las puertas azules de la otra Gloria? Allí encontraremos al Padre luminoso que nos hace tanta falta. Jacinto no nos permitió bañarnos. En la Iglesia encontramos a Mario, inclinado, rezando, a pesar de que pertenece a una hermandad yogui y de que ha aprendido a hipnotizarse frente al espejo, según nos dijo en el bar al que nos invitó después de la Misa. Lo vimos colocarse frente al espejo y contemplarse con suma atención. Él va a cenar la Nochebuena con unos amigos. "¿Y ustedes?", preguntó. "En el hostal", contestamos a coro. La suciedad de mi gabardina me avergüenza, atrae las miradas, el abrigo alguna vez lujoso de Lucía está lleno de polvo y el zorro del cuello, ¡grasiento! Ahora, trato de ignorar a la terraza sombría. En este cuarto no sólo llueve agua, también polvo... Por el pasillo circulan pasos y voces extranjeras. Mario nos dijo que no conocía a Richti y en la calle los hemos visto juntos, leyendo el mismo diario... Debo reclarmarle a Repa mi carnet, lo hago todos los días, pero la mujer lo olvida. "Un carnet o un pasaporte limpio vale varios miles de dólares...", nos dijo hoy Mario, mientras se miraba en el espejo manchado del café.

—¿Limpio?... ¿qué quieres decir? —le pregunté.

Mario jugueteó largo rato con la cadena de níquel de su reloj pulsera, sus ojos se dirigieron al espejo en busca de sí mismo.

—¡Limpio! sin antecedentes... —aclaró.

Diciembre 23. —Sábado. Es inútil llamar a Alejandro, ayunaremos la Nochebuena y la Navidad, quizás el martes Felipe me pague el trabajo. Compré dos bollos grandes de pan y un litro de leche para estos tres días... Lucía no quiso resignarse y llamó a la melancólica Flor, la chica sudamericana que estaba en el despacho de Alejandro. Tenía la esperanza de que la invitara a cenar mañana. "Es una noche familiar. Cenaré con mi esposo...", dijo Flor y Lucía volvió desconsolada al cuarto. Las tiendas están rebosantes de turrones, vinos, mazapanes, nueces, avellanas, frutas cristalizadas y clientes atareados en llevarse las golosinas. En el hostal todos hablan a gritos de la cena de mañana, pero nosotras no podemos hablar con nadie, Repa y Jacinto nos echarían a la calle. José y Emanuel, los hijos de los hosteleros, gritan por el pasillo: "¿Y cuándo se degüella al maldito cerdo?... ¡Maldito! ¡maldito, que sangre mucho!"... Es mejor no escucharlos y continuar en silencio encerradas en este cuarto sombrío... Es tarde, han salido todos, el conserje no viene hoy, pero no debemos de tener miedo, aunque alguien fisgue a través de las persianas rotas. Jacinto me prohibió colgar las colchas para cubrir las ventanas: "¡Par de cínicas! ¿Por qué os escondéis?", me gritó la otra tarde y por la noche no colgué las colchas...

Diciembre 24. —Si yo fuera niña estaría en mi casa oliendo las ramas perfumadas de un pino cubierto de esferas rojas y doradas... La mesa estaría puesta, de la cocina llegarían vapores de manjares, no habría miedo ni hambre. Merezco lo que me sucede por haber desobedecido a mis padres... Fuimos a la Iglesia y encontramos a Mario. "Trajeron los restos mortales del terrorista, le hicieron honras fúnebres y los policías están rabiosos...", nos dijo. Nosotras no compramos los diarios ni vemos la televisión. "Gobierno de hipócritas, lo mató la policía", añadió Mario. Volvimos al hostal abandonado por todos. Estamos solas y trato de imaginar a mis amigos sentados alrededor de ricas mesas... "¡Qué raro que celebren la fiesta si detestan a Cristo!", pienso. Lola, Petrouchka y Lucía están inmóviles, tal vez el hambre los deja demasiado tristes. En el hostal crujen las maderas resecas, tenemos miedo, la puerta de entrada está abierta y cualquier cosa puede sucedernos. "Si desaparecen nadie preguntará por ustedes", nos dijo Mario a la salida de la Iglesia... el silencio es aterrador. Ahora deben de ser las doce pasadas y alguien ríe a carcajadas en el pasillo de muros grises alumbrado por el foquillo azul... también alguien empuja la puerta del cuarto, trata de asustarnos y es más prudente no salir a ver la cara de ese "alguien". ¿Podremos dormir?... si fuera niña estaría en mi casa... nunca imaginé una Nochebuena como ésta ¡y en Madrid! Mi padre me diría indignado: "¡Chica, salte de ahí inmediatamente!", a pesar de que él era muy patriota, pero mi padre nunca sabrá cómo me tratan en su bien amado país, hace ya tiempo que está muerto... Asturias era verde, perfumada a manzana, cuando yo era niña... ahora no existen los paisajes, sólo los muros sucios de este cuarto...

Diciembre 25. —Despertamos tarde y no sé para qué despertamos... No nos movimos del cuarto, bebimos unos tragos de leche y comimos unos trozos de pan. Al oscurecer despertaron los huéspedes, deben de ser muchos. Richti ensayó su voz. "¡Canta, canta, que todos vamos a salir y te quedas dueño del hostal", gritó una voz desconocida. Casi todas las voces pertenecen a cuerpos "invisibles". ¿Quién se atreve a salir para verles la cara? Permanecimos en la cama para defendernos del frío. El viento sopla fuerte a estas alturas, barre la terraza oscura y las persianas rotas hacen ruido. Noche larga, muy larga, me parece que sufrí alucinaciones: mi familia entera se presentó en un luminoso cruce de caminos. "Vinimos a visitarte, no estás sola, dile a tu hija que no llore..." Vi sus cutis solares, sus perlas, sus ojos de gacela, sus miradas azules, sus jacquets, sus trajes escotados, las escalinatas de sus casas, las fuentes de sus patios. Mi prima Tina Sciandra se inclinó sobre mí y me ofreció con sus manos enguantadas *Los tres mosqueteros*. Tina, perfecta como una camelia sonrió con sus labios delicados: "La bala de la calumnia...", dijo. Mi tía Dolores Carrión con sus trenzas rubias, reía bajo el durazno perfumado de su jardín y su padre, mi tío Juan, cruzó la Plaza España con sus guantes grises en la mano: "La suerte de la fea la bonita la desea", me repitió con sus ojos rubios. Mi tía Carmela, su hija, estaba en traje de gala color melocotón, tierno como su piel. Sentada cerca de una consola negra, bajo la luz de una lámpara jugaba con sus perlas. Su hermana, mi tía Edelmira, salió de Misa, se detuvo en el atrio de la iglesia a pleno sol, con la mantilla negra y los ojos de esmeralda: "No estés triste, todo pasa..." Celia, su hija, tan alta y tan delgada como las demás, columpió su melena negra, muy corta: "Come confites, confites, confites...", y me tendió dulces de color de rosa. Mi abuelo sentado en una banca del jardín con el cabello y la barba blanquísima, sus ojos parecidos a hojas tiernas: "¡Abate Dios a los humildes!", comentó y continuó fumando su cigarrillo negro. Mi abuela Francisca, afilada como una joya en su mañanita de encajes, con su mirada trágica y sus párpados pesados: "Le avisaré a tu madre...", y cerró el libro de pastas rojas y letras de oro que guarda a la Historia de Francia y supe que todos estaban muertos, hasta Tina a pesar de sus veinte años. Las lágrimas vertidas por ella formaron un puente pequeño y translúcido, tendido para nosotros, los cuatro olvidados del hostal de muros sucios y noche profundamente oscura. "¡Lucía, Lucía, mi familia me invita a pasar la Nochebuena!", grité... "Aquí están todos, debemos de cruzar el puente..."

Diciembre 26. —Lucía me escuchó hablar, no la consoló la invitación para cruzar el puente, está muy pálida, tiene hambre y llamó a Alejandro. No lo encontró. Nos quedan tres duros para utilizar el teléfono. El día es largo y la mirada de la Repa, aterradora. Por la noche Mario golpeó con los nudillos a la puerta, la señal convenida para ir a su cuarto. Dudamos, podía ser una trampa urdida por Jacinto y por la Repa para acusarnos de prostitutas. Al final decidimos acudir con la esperanza de alcanzar un bocado. Entramos de puntillas y sin hacer ningún ruido, Mario preparó en un infiernillo de alcohol, una sopa Knorr. Habíamos dado unas cuantas cucharadas, cuando golpearon a la puerta con furia, Mario perdió el color y abrió la puerta de un golpe. En el dintel apareció Jacinto, metido en una pijama sucia, con los ojos muertos invadidos de una cólera ciega:

—¿Has puesto una pensión para los huéspedes? ¡Te marchas esta misma noche!... en cuanto a vosotras, par de cínicas... —gritó mirándonos con un odio repentino.

Mario se precipitó al pasillo, cogió a Jacinto por un brazo y ambos se alejaron enredados en una discusión. Los escuchamos correr los cerrojos de la puerta situada junto a la puerta de entrada, y entrar a la guarida de la pareja. Lucía escondió el plato de plástico debajo de la cama:

—Esto va contra nosotras... —dijo temblorosa.

Esperamos un rato largo, mirándonos aterradas. Cuando Mario reapareció, se tomó la cabeza entre las manos:

—¡Pero, si son más de las doce de la noche!... ¿pero cómo nos escuchó Jacinto?... Yo no puedo vivir así. Le pregunté a Jacinto: ¿insinúas algo malo sobre las señoras? Les ofrecí una sopa caliente, porque hace tres días que no prueban bocado...

Escuché a Mario y lo contemplé derrumbado sobre una silla.

—Me echarán a la calle. Esta gentuza mientras más caída te ve más te patea —le dije.

Me puse de pie, era necesario abandonar la habitación de Mario. Lucía me imitó y volvimos a tientas a nuestro cuarto. El terror de Mario era contagioso.

—Están preparando algo... algo... —repitió Lucía.

Diciembre 27. —¡Es miércoles! Lucía está postrada. Me parece que se muere, un paro cardiaco y todo ha terminado. Fui al bar de la callejuela a llamar a Alejandro: "Llama mañana, no he podido hablar con Felipe." ¡Mañana! ¿Aguantará Lucía a mañana? Volví al hostal, Repa me dio un empellón: "El que no come, cae...", dijo echándose a reír. Su risa forzada atraviesa los muros y rompe los oídos. Eran cerca de las dos de la tarde y recordé al misterioso Rafael. No sabemos quién es, ni lo que piensa, lo encontramos una noche en la que mirábamos los libros de un escaparate.

—¿Lectoras?... ¡Vaya, vaya, vaya! —exclamó colocándose cerca de Lucía.

A partir de ese momento entablamos una amistad con él, como todas las amistades que hemos hecho aquí: Rafael sabe quiénes somos y nosotras ignoramos quién es él. Nos invitó cafés algunas veces y en cierta ocasión nos trajo bolsas con comestibles que impidieron que falleciéramos de hambre. Una noche en la que soplaba un viento helado que atravesaba mi gabardina sucia, nos confesó que "sus amigos no le perdonaban que nos frecuentara". ¿Quiénes son sus amigos? Lo ignoramos. Esa misma noche, me dijo: "Una mujer de tu edad sólo puede aspirar a cuidar los excusados de Barajas." La solución para mi vida me pareció fantástica: "Sería como el descenso a los infiernos", dije. Unos días después, el mismo Rafael nos ofreció dos billetes de segunda clase para irnos a Portugal. Desde entonces no lo hemos visto. Hoy al ver a Lucía tendida en la cama y lívida como una muerta decidí llamarlo. No se sorprendió y nos citamos a las cinco de la tarde en el cafetín. Logré vestir a Lucía y puntuales llegamos al lugar de la cita. Encontramos a Rafael con su misma barba rubia y sus mejillas rosadas.

—¡Préstame mil pesetas, hace cuatro días que no como! —le espetó Lucía.

Rafael sonrió, sacó su billetera y entregó un billete, mientras comentaba con voz satisfecha:

—Os encuentro mejor, muchísimo mejor, ya os dije que no teníais nada que hacer en España. Veo que empezáis a daros cuenta...

No pudimos decir nada, pues apareció Mario visiblemente agitado, apoyó las manos en la mesa, saludó y me dijo con familiaridad:

—Voy a salir, volveré temprano al hostal y llamaré en su cuarto.

Después se retiró con la misma velocidad con la que había aparecido. Su marcha dejó una estela de Agua de Colonia. Dos minutos después, Rafael lo imitó y nosotras fuimos a una tienda de comestibles en donde Lucía devoró, temblorosa, algunos bocadillos. Aquel que no haya padecido hambre no podrá entenderla jamás... es una especie de vértigo. Volvimos al hostal a encerrarnos en el cuarto. Hacia las once de la noche escuchamos los pasos de Mario seguidos por los zuecos de la Repa. La mujer patrulló los pasillos oscuros del hostal hasta el amanecer. Estaba claro que no deseaba que habláramos con el muchacho. No dormimos.

—Preparan algo —repitió Lucía.

Diciembre 28. —Viernes. Llamé a Alejandro y éste me anunció que Felipe nos recibirá en su despacho esta misma noche. "Felipe irá únicamente para verte", me dijo Alejandro con voz acusadora. Al oscurecer salimos a llamar por teléfono para estar seguras de la cita con Felipe y volvimos gozosas al hostal. Fue entonces cuando empezó el terror: el hostal estaba a oscuras y en silencio, un aire pesado lo envolvía, entramos al cuarto cuya puerta estaba abierta y encontramos el armario también con las puertas abiertas, nuestras cosas tiradas en el suelo y Petrouchka dando vueltas como un loco. Alguien había arrancado una manta de la cama: "¿Qué pasó, qué pasó?", dijimos en voz baja y salimos corriendo, no sin antes cerrar la puerta de nuestra habitación con llave. ¡No podíamos perder la cita con Felipe! En los pasillos no había nadie. Tampoco se escuchaban las guitarras de los músicos y la sombra helada del foquillo azul nos congeló la sangre.

—¡Os marcháis ahora mismo! ¡Par de mierdas! ¡Lo que habéis hecho! —nos dijo Jacinto surgiendo de las sombras de la puerta entreabierta de su guarida. Estaba lívido.

—Después, ahora no tengo tiempo —dije tratando de guardar la calma.

—Yo sí tengo tiempo para ahorcar a vuestros gatos —contestó Jacinto con el labio superior recogido sobre los dientes carcomidos.

—¡Cuidado! Lo llevaré a la Policía —contesté.

Lucía huyó al ascensor. Miré al individuo con ira y agregué: "Vuelvo en seguida."

Corrimos por la Avenida José Antonio. Era urgente alcanzar a Felipe, cobrar y echarse a buscar otro alojamiento. "Lola, Petrouchka... Petrouchka, Lola...", repetíamos...

El despacho de Felipe es acogedor, posee calefacción, sus muros están tapizados de libros. Es increíble que todavía existan lugares así y personas como Felipe. Bajo la benignidad de sus ojos claros Lucía se echó a llorar:

—Van a matar a mis gatos... —repitió sollozando.

Quizás el refinamiento del despacho y de su ocupante le facilitó las lágrimas. Habíamos olvidado que existía el azul purísimo, el aire perfumado, los libros y las voces mesuradas. "Cervantes era un genio", me dije convencida al recordar a la Repa y al ventero y traté de guardar la sangre fría en aquel santuario del que habíamos sido expulsadas hacía ya varios años. Quise hablar del pasado como si existiera todavía, pero un joven me llevó a otro despacho para firmar un recibo por siete mil setecientas pesetas. "Debo cuatro mil doscientas pesetas en el hostal . . .", me repetí desconsolada. Volví al despacho azul y vi que Lucía continuaba llorando. "¡Hace mal! . . . muy mal. A nadie le importan sus lágrimas ni el asesinato de Lola y de Petrouchka", me dije contrariada. Lucía tenía el aire de una joven actriz derrotada: con los cabellos en desorden, el zorro grasiento y el paño del abrigo cubierto de polvo. El carmín de los labios brillaba esplendoroso sobre la palidez intensa de su piel.

—No llores, ya se producirá algún milagro —dije molesta.

—¡Eso, eso, un milagro —exclamó Felipe con aire de animación.

Felipe tenía prisa. Todos tienen prisa, todos están muy ocupados, han perdido el lujo de gastar el tiempo charlando con mendigos y ¡molestamos! Era un lujo real que ya no se practica, aunque quizás el mendigo pueda ser Jesucristo, como aprendí en la escuela teresiana. Me puse de pie. Lucía continuó sentada, quería charlar un rato de lo que fuera, la belleza del despacho la inmovilizaba.

—Os haré un milagro, voy a concentrarme, volved al hostal y venid a visitarme cuando queráis, después del diez de enero, pues mañana me voy de vacaciones —nos dijo Felipe en la puerta.

Siete mil pesetas son un capital, pero son las fiestas y la ciudad está llena. Es imposible encontrar alojamiento. ¡Las fiestas convertidas en lágrimas y sombras! Las calles están llenas de gente y nosotras debemos encontrar a ¡alguien! Llamar a alguien para que nos ayude . . . Buscamos un teléfono, pero todos están rotos y en las cafeterías no permiten llamar si no hay consumición. Entramos a un cafetín lleno hasta los topes de clientes comiendo langostinos y tirando al suelo los restos. Conseguimos una mesa de peltre blanco y le permitieron a Lucía utilizar el teléfono. ¡Qué fatiga! Lucía volvió a la mesa:

—Dice que no puede echarnos, ni puede matar a los gatitos . . . —había envejecido veinte años.

Volvimos al hostal y en la puerta del ascensor nos esperaba Richti. En el pasillo Richti nos detuvo en una charla prolongada. De pie en la oscuridad habló de Puccini, acusándolo de disoluto. La Repa pasó junto a nosotros varias veces atronando los muros con sus zuecos. Nos asustó su rabia. Richti sonrió y dijo en voz baja:

—Las españolas son brutales, digo sexualmente brutales —y miró hacia el rincón por el que había desaparecido la Repa. Luego se inclinó y dijo en voz aún más baja:

—El suicidio es una fuerza incontenible que viene desde muy adentro. ¡Es inevitable! Conocí a una chica joven venida a menos, como tú y como usted, y una noche se tiró por la ventana... Mirá, como esa terraza que resulta ideal para suicidarse... ¡El impulso es irresistible!... —y nos señaló con el dedo índice, plano como una espátula temible en las tinieblas del pasillo.

Lucía y yo guardamos silencio. ¿Qué quería decir aquel sudamericano de ojos claros, cejas enmarañadas, voz monótona y gabán oscuro? Sorprendidas, lo vimos soltar una carcajada tan falsa como la de un mal actor en un teatro pueblerino. Apareció la Repa.

—¡Te marchas de casa ahora mismo! —me gritó.

La vi acercarse como una fiera enorme, mientras que Richti huía por el pasillo hasta alcanzar su cuarto situado en el pasillo de la izquierda. Entonces, apareció Jacinto metido en su pijama amarillento.

—¡Cínicas!... ¡Desvergonzadas!... ¡Fuera! ¡Fuera de mi casa!

—Son las fiestas, no hay habitaciones —contesté.

—¡Mario!... ¡Mario!... —gritó Jacinto.

Se abrió una puerta y por el pasillo oscuro vimos avanzar a Mario, con sus jeans lavados, el cabello esponjado y una sonrisa equívoca en los labios.

—Y... ¿qué sucede, Jacinto? —preguntó con voz suave.

—Dile a esta mierda lo que ha hecho —le ordenó el ventero.

—Y mirá che, tú me yamaste y entramos a su cuarto, abrimos el armario y encontramos a su gato durmiendo sobre una manta. Y ¿qué querés, che?, la manta estaba llena de meados —dijo Mario y se recostó sobre el muro.

—¡Mierdera! —me espetó Jacinto.

—No entiendo... no entiendo... —me dijo Lucía en inglés.

—¡Mierdera! Sea un poco más educada y no hable en otro idioma —chilló Jacinto.

Nos dimos la vuelta.

—Mi mujer se encargará de vosotras. ¡Ya veréis la paliza que os da! —anunció el hombre contoneando las nalgas.

Entramos a la habitación, si Repa venía a golpearnos...

—¡Bravo! ¡Bravísimo! Jacinto, te felicito, estuviste ¡sublime! ¡Sublime! —gritó Richti hinchando la voz.

Escuchamos aplausos. Los huéspedes estaban excitados: las carcajadas rodaban por los pasillos, las puertas se abrían y se cerraban, escuchamos algunos acordes de guitarra, se diría que se preparaban a lincharnos. Apagamos la luz, era más prudente permanecer a oscuras, tal vez las sombras nos salvarían de la paliza. Después, todo volvió al silencio, tenso, prolongado... El miedo nos mantenía con los ojos abiertos y el oído alerta. La noche se convirtió en una lámina dura, quieta, inamovible y el frío entró por las persianas rotas. Tal vez serían las dos de la mañana cuando escuchamos... me da miedo escribir lo que escuchamos, pero tengo la esperanza de que si algo sucede alguien lo encuentre... ¡Dios mío!... Dos hombres de pasos pesados arrastraban a un tercero que se resistía a avanzar por el pasillo. Su voz estaba rota, se diría que lo habían golpeado. La furia de sus compañeros hizo temblar a las paredes. Lo llevaron al último cuarto del pasillo de la izquierda, cuya ventana de maderas cerradas da sobre el muro que cierra a la terraza. "¡No entran aquí! ¡No, no entran!", exclamó una voz y estalló una lucha sorda, terrible. Los muebles saltaban con estrépito, mientras golpeaban a alguien y alguien se quejaba, se defendía de los golpes brutales, que se escuchaban sordos en el silencio del hostal oscuro y quieto. "Están matando a alguien", dije en voz muy baja y Lucía y yo nos quedamos paralizadas de terror, escuchando que las voces y los golpes continuaban.

—No es fácil matar a alguien ... —dije en voz aún más baja.

—Siguen ... siguen ... —murmuró Lucía en un susurro.

Unos pasos pesados se acercaron por el pasillo y se dirigieron a la entrada del hostal, después hubo un silencio. A los pocos instantes los pasos regresaron a la habitación situada en el pasillo de la izquierda. Después salieron otros pasos y alguien cerró una puerta y volvió el silencio.

—¿Y la Repa y Jacinto no escuchan nada? —preguntó Lucía tiritando de miedo.

En ese momento, con mucho sigilo, se abrió la puerta blindada de la guarida de la pareja y ésta se deslizó, tal vez descalza a lo largo del pasillo oscuro. Ambos permanecieron un tiempo enorme en el cuarto donde se efectuó la lucha y luego volvieron a su guarida.

—Diremos que no escuchamos nada ... si nos preguntan —le aconsejé a Lucía. ¡No es posible ser testigo de lo sucedido! Por las rendijas de la puerta entró un olor extraño. A las siete de la mañana y todavía noche cerrada se abrió sin ningún sigilo la puerta de la guarida de la pareja y salió Jacinto. Sus pisadas se apagan, pues lleva zapatos de tenista. Lo oímos trajinar, lavar, barrer, ayudado por uno de sus huéspedes. El silencio aumentaba el volumen del diálogo llevado en voz baja:

—Si vienen, tú estás limpio. No viste nada ... —aseguró Jacinto.

—Bien, che, bien —contestó la voz de Mario, nuestro antiguo aliado.

Jacinto husmeó por la terraza y nosotras finjimos dormir. Hacia las nueve de la mañana Jacinto dio voces fingiendo sorpresa:

—¡Vaya curda que os habéis puesto! ¡Vaya curda! ¡Coño! ... habéis roto una silla. Esto no puede seguir así ... —y el hombre continuó chillando y fingiendo enfado.

Lucía temblaba como una hoja y me ordenó:

—¡Sal y ve quiénes están y en dónde fue el crimen!

Al abrir la puerta de mi habitación, ésta rechinó con furia, como de costumbre. "Sabemos cuando salen o entran porque su puerta es la única que rechina", nos había dicho Mario. Avancé fingiendo indiferencia hacia la bifurcación del pasillo y al llegar allí, miré hacia la izquierda. Allí estaban Jacinto y Mario y otros a los que nunca había visto, al descubrirme trataron de ocultar con sus cuerpos una mesa de baquelita con las patas de níquel arrancadas, sillas rotas, cubos de plástico azul llenos de agua roja y trapos empapados en sangre... Torcí hacia la derecha, para dirigirme al cuarto de servicio situado al fondo del pasillo, cerca de unas cortinas sucias, y quise imaginar que no había visto nada. Allí permanecí mucho tiempo, en espera de que me volviera el color. La sangre me produce vértigos... la imagen que me devolvió el espejo colocado sobre el lavabo era penosa y el brillo blanco de los mosaicos me daba reflejos lívidos alrededor de los labios, también terriblemente blancos. Me arrepentí de haber obedecido la orden de Lucía. No sé cuánto tiempo estuve en ese baño inhóspito... Al salir, se me ocurrió mirar detrás de las cortinas sucias que cuelgan al final del pasillo y vi que éste continuaba y que sobre sus muros se abrían puertas condenadas. Quise refugiarme nuevamente en el baño pero lo juzgué imprudente y avancé hacia el lugar del crimen. Al llegar allí, ya no estaban los huéspedes, ni los muebles rotos, ni los cubos con agua roja, ni los trapos mojados en sangre. Un hombre con el cabello casi al rape y una gran herida en la frente, salió del cuarto de Richti. El hombre se cubría con una bata de baño roja, iba descalzo y al verme empezó a dar pasos en redondo, le dí los buenos días y torcí hacia el pasillo central, en el que hallé a un huésped que había abandonado el hostal para volver a su país, según nos dijo Mario, que apenas le conocía. La Repa le había dicho lo del viaje de aquel hombre, que ahora estaba en el pasillo. El hombre me miró con frialdad y yo juzgué conveniente saludarlo con afabilidad:

—¿Qué haces? ¡Qué gusto verte! Pensé que te habías ido de España —le dije tendiéndole la mano.

—Alquilé un piso, che, así uno es más independiente... ¿sabés? —contestó escrutándome con sus ojos azules cubiertos por cejas rubias y espesas.

El hombre era altísimo, corpulento, se había afeitado la barba y sólo se dejó el bigote, largo como el de un chino. Llevaba el mismo chaquetón verde, forrado de piel. El hombre pensó que debía explicar su temprana presencia en el hostal.

—Sabés, vine a buscar mi correo... —me dijo.

Mientras hablábamos se abrió una puerta y surgió Mario, que se acercó a nosotros con pasos lentos, el hombre, al verlo le echó un brazo al cuello:

—¡Pibe!... tenemos que hablar.

Mario permaneció mudo y juzgué conveniente esconderme en mi cuarto. Era mejor no ver nada... encontré a Lucía aterrada y le expliqué lo que había visto y oído.

—Hoy es sábado... sábado...

Los sábados no viene el conserje y el edificio permanece vacío, si habían matado a alguien era la noche ideal para sacar el cuerpo... permanecimos quietas, mientras afuera Jacinto, Repa y sus huéspedes se afanaban en poner orden. Los escuchamos barrer, clavar, lavar...

—¡Qué trabajadores están!... ¿Saben que en Moscú hay cuarenta y cinco grados bajo cero? Nada, que si mean se quedan clavados al suelo —gritó una voz desconocida.

La Repa no contestó, estaba atareada en el cuarto del crimen. Al oscurecer, vimos que habían colocado una persiana verde sobre las maderas cerradas de la ventana que da a la terraza. Además colocaron una tabla para condenarla... Nadie podría ver lo que ocultaba aquella habitación. Si salíamos podían decir que íbamos a denunciarlos y el terror nos paralizó. "Iré a llamar a Tomás", anunció Lucía y en vano traté de detenerla. Oscureció y al ver que no volvía salí a buscarla. La encontré en la avenida José Antonio, charlando con un viejo parroquiano del cafetín que frecuentamos. El viejo iba acompañado de su amiga, una mujer siempre vestida de verde y provista de una sonrisa acogedora. Lucía les había confiado parte del secreto y ellos nos apuraron a llamar a la policía.

—¡Es un disparate! fue sólo una riña de homosexuales —dije para cubrir la indiscreción de Lucía.

—¡Eso, una riña de homosexuales! —contestó el viejo parroquiano.

Me asombró la facilidad dichosa con la que el viejo aceptó mi explicación. Pero ¿acaso no era amigo de los huéspedes del hostal? Lo encontré varias veces charlando con ellos, especialmente con un viejo pequeño, de gabán raído y tez pálida, que se hospeda aquí, aunque jamás lo he visto en el pasillo ni en el ascensor. El viejo tiene algo de "víctima". "No puede mudarse", me dijo en una ocasión el parroquiano, amigo de la mujer vestida de verde.

—¿Por qué? —pregunté aquella noche.

La mujer de verde cambió de conversación. Ahora, en José Antonio, me dio una palmada y me regaló una sonrisa:

—Regresad tranquilas. No mostréis miedo. ¡Ningún miedo! —nos dijo.

Volvimos asustadas al hostal... no me gustó esa pareja. Me pareció extraño que Lucía los hubiera encontrado ¡tan a punto! Y ¿para qué? Sólo para escuchar lo que nos sucedía... Es la víspera de Noche Vieja y tenemos sábado y domingo sin conserje. La ciudad hierve de gente y es inútil buscar alojamiento en otro hostal. Además no tenemos dinero para mudarnos. ¡Si tuviéramos algún amigo! Pero no hay nadie, absolutamente ¡nadie! Caminamos entre una multitud inexistente preparándose para celebrar la fiesta. "¡Se nos fue el día!... ¡Se nos fue el día!" Pensamos en quedarnos en la calle, pero Lola y Petrouchka nos esperaban encerrados en el armario y tuvimos que volver. Tomamos el ascensor con la sensación extraña de entrar en una carroza fúnebre de tercera clase. El edificio está completamente quieto y la puerta del hostal abierta, como de costumbre. Entramos al pasillo de duelas astilladas, al final, brillaba demoniaco el foquillo azul que reparte sombras grises en los muros. La puerta blindada de la guarida de la Repa y Jacinto estaba

197

cerrada. ¿Adónde se han ido todos? Quizás están atrincherados detrás de sus puertas. Al entrar a nuestra habitación tuvimos la certeza de que había sucedido algo y corrimos al armario para sacar a los gatos. Ambos aullaron de dolor. Casi no hay luz, la bujía eléctrica que cuelga del cordón es de muy baja potencia. Examinamos a Lola y encontramos que tiene la pancita cubierta de pinchazos y ¡quemada! Petrouchka no puede tenerse en pie, le quemaron las patas y tiene un ojo hinchado.

—Hay que irse ahora mismo, ahora mismo ... —dijimos.

Los metimos en sus sacos de viaje desgarrados y buscamos alfileres de seguridad para cerrar los desgarrones. Lola y Petrouchka ya están en sus sacos. Voy a ver quién anda por la casa oscura ... He vuelto, no encontré a nadie, la puerta de la Repa continúa cerrada y el teléfono tiene el candado puesto, imposible llamar para pedir auxilio. También fui al cuarto de servicio situado en el pasillo de la izquierda, frente a él, está la puerta del cuarto del crimen herméticamente cerrada. Hay un silencio absoluto. ¡Todos han salido! ... ¿o todos están escondidos?

—¡Vámonos!, deja el equipaje —ordené.

¿Y mi carnet? ... ¿cómo vamos a irnos sin los documentos de identidad? Nadie nos recibirá en ningún lugar. "Los carnets y los pasaportes valen muchos miles de dólares cuando están limpios", dijo Mario. Muchas veces se los pedí a la Repa: "No sé, no sé, ahí los tengo. ¡Por Dios qué prisa! ¿Podéis pagar?", contestaba la mujer alejándose y golpeando las duelas con sus zuecos.

—Nos iremos sin los carnets —dije.

Cogimos los sacos con los gatos y salimos al pasillo oscuro, cruzamos la puerta abierta y llegamos frente a los ascensores. Fue inútil llamarlos: no funcionan. Una flecha encendida indica que en algún piso han dejado abiertas las puertas. Bajar ocho pisos a pie es imposible, sabemos que alguien nos espera en las sombras de la escalera. "¡Se nos fue el día!" ...

Volvimos a la habitación. Quisiera que Lucía no temblara tanto, me asusta verla, ¡tan pálida! Es necesario salir de aquí, todo está demasiado quieto, ahora he visto claro: hay un pequeño muro en la terraza que separa a ésta de la guarida de la Repa y alguien acaba de saltar esa barda y avanza por la terraza... es Jacinto, es el homosexual... Sí, es él, veo sus zapatos blancos brillar en la oscuridad. Se desliza hacia acá para mirar por las persianas rotas. Esconderé estas notas... fingiré que busco algo en el armario, si logramos salir de aquí me las llevaré... si no..."

He vuelto a releer estas páginas manuscritas. La escritura es irregular, están escritas de prisa sobre las hojas arrancadas de un cuaderno. Su lectura me ha asustado... no sé por qué las he leído. "Nadie preguntará por usted", me dijo la cigarrera y yo contesté: "¡Nadie!" Esa mujer es el cebo para atrapar a los derrotados. Si presentara estas hojas o contara lo que he visto nadie me creería, la gente sólo les cree a los victoriosos: "¡Vaya viejo loco! ¡Mira, mira, qué historia ha inventado!", me dirían. Así, que debo callar y ¡debo olvidar! La memoria de los vencidos es peligrosa para los vencedores... Sí, debo olvidar que leí estas páginas: "Esas mujeres nunca existieron", me dirían. ¿Nunca?... yo sé que estuvieron aquí, en esta misma habitación, pero eso no le interesa a nadie... ¡debo olvidar! y cuando escape de aquí debo ¡callar! "La palabra es plata y el silencio es oro", eso lo aprendí de niño... sólo pueden hablar los vencedores, que nunca callan pues han ganado la palabra, yo soy un viejo cesante, nunca existí y debo olvidar hasta que ahora tengo miedo... se me ocurre algo: ¿Cuántos son los vencedores y cuántos somos los vencidos?... ¡Dios mío!... hay alguien que me observa desde la terraza a través de las persianas rotas. Fingiré, le echaré un vistazo a Miguelín y guardaré las hojas donde las hallé. ¡No pude guardarlas! Miguelín está aterrado y nadie se mueve en el hostal... ¿Y mi carnet? ¡Mi carnet!, ésa es la única prueba de que existo, allí está mi número... digo, mi nombre, bueno, mi número es más importante porque nos cuentan... ese número prueba que existí... pero, no estoy inscrito en el hostal, la Policía ignora mi paradero, puedo desaparecer sin dejar ninguna huella... Meteré estas páginas con mucho disimulo en donde las hallé, si escapo me las llevo, si no escapo... Es Jacinto el que está detrás de las persianas, he visto sus zapatos blancos... Pero, a nadie le importa lo que vea este viejo cesante. Silbo La Violetera y me dirijo nuevamente al armario... ¡debo olvidar!... ¡debo olvidar que alguna vez existí!... porque en realidad no existí nunca...

Lléveme usted señorito
no vale más que un real
lléveme usted señorito
lléveme usted señorito
pa'lucirme en el ojal...

LAS CUATRO MOSCAS

Las persianas de hierro estaban rotas y un desconocido las espiaba por las noches desde la terraza. Temían desvestirse en el cuarto destartalado del hostal oscuro y silencioso. Lola buscaba con sus ojos cristalinos la figura furtiva del hombre que fisgaba. El miedo la volvía loca: deseaba correr, encontrar un refugio seguro y de puntillas se dirigía al enorme armario y se encerraba allí. Prefería la oscuridad a ser vista por el hombre sin cara que espiaba desde las sombras heladas de la terraza. Petrouchka por el contrario avanzaba a pasos lentos hasta situarse junto a la ventana y miraba con fijeza a la sombra invisible y peligrosa colocada detrás de la persiana rota. Cuando descubría el brillo sombrío de los ojos fisgones entre las ranuras de la persiana, huía despavorido en busca de algún rincón, pero ningún rincón era capaz de ocultarlo. Las rendijas de la persiana rota permitían abarcar desde la terraza a toda la habitación.

La señora Lelinca colgó su viejo abrigo sobre la cortinilla transparente de la ventana y por la noche salió a la terraza y miró el interior del cuarto. El abrigo servía de poco, evitaba algún ángulo de la habitación, sus dos camas de hierro, su lavabo y su armario de madera rayada. Era preferible desvestirse a oscuras.

—¡Oiga! esto no puede seguir así. Pronto se va a tener que largar de mi casa —gritó Jacinto, el dueño del hostal, que con un cubo de agua en la mano regaba los geranios viejos esparcidos en tiestos pequeños sobre las losetas rotas de la terraza.

A Jacinto le irritaban sus huéspedes. No debían estar allí, eran incompatibles con su hostal y se acercó a la ventana y lanzó el agua del cubo al interior de la habitación. "¿Por quién se toman?" Repa, su mujer, lo contempló complacida desde el lavadero y le dijo: "Vamos Jacinto, que la culpa es tuya por haberlas recibido." La señora

Lelinca contempló el charco oscuro formado en las duelas sucias y tranquila se acercó a la ventana.

—¿Qué es lo que no puede seguir asi, Jacinto? —preguntó iracunda.

—¡Esto! que cuelgue usted sus ropas en las cortinas de mi ventana —contestó el hombre.

La señora Lelinca lo vio alejarse y tender sobre las cuerdas verdes que cruzaban la terraza, sábanas y calzoncillos. El hombre parecía satisfecho, tan satisfecho que le produjo miedo.

—Ahora mismo quito el abrigo ... pero ¿sabe usted? lo colgué porque hay alguien que fisga por la noche ... —explicó.

—¡Aquí nadie fisga! Eso se lo ha inventado usted y esto no puede seguir así —contestó el hombre pasándose la mano húmeda sobre el flequillo que le cubría la frente.

Petrouchka y Lola escucharon en silencio, ocultos debajo de las camas. Siempre estaban en peligro y las nuevas leyes contra los extranjeros los tenían paralizados de terror. ¿Cómo podían justificar sus entradas económicas si no tenían ninguna? Los dos vivían de lo que buenamente les daba la señora Lelinca. Eran dos parásitos, no trabajaban, eran refugiados, carecían de permanencia pues no tenían papeles y nadie tenía poder suficiente para darles un pasaporte. Consternados escucharon las amenazas de Jacinto. El hostal era malo, muy malo, el más barato de Madrid, tenía algo sombrío, algo peligroso y sin embargo gozaban del cuarto más grande que existía en la ciudad, aunque fuera sucio y sus muros resultaban tenebrosos. "No está el horno para bollos", había aprendido Petrouchka y lo repetía constantemente, para justificar su pasividad que a veces resultaba cobardía.

Al matrimonio no le gustaban aquellas dos mujeres, no eran seguras. Repa amaba a sus huéspedes masculinos y Jacinto también los amaba con la misma pasión que amaba a sus geranios. Debía evitar que las dos mujeres hablaran con sus huéspedes. Sus huéspedes eran muy especiales y Jacinto, provisto de un libro, vigilaba la bifurcación de los pasillos y dominaba las puertas de las habitaciones y las de los excusados. ¡Las zorras eran capaces de meterse en una habitación o en el cuarto de baño para hacer cualquier porquería o entablar amistad con algún huésped! La vigilancia de Jacinto tranquilizaba a Repa.

La señora Lelinca y Lucía estaban inermes. Si las echaban a la calle ¿adónde irían? Las leyes nuevas habían alertado a los posaderos y les sería imposible ocultar la presencia clandestina de Lola y de Petrouchka. Además carecían de dinero para transportar la maleta y la caja de libros a otro hostal cualquiera. Guardaron silencio y trataron de calmar a sus amigos.

La señora Lelinca descolgó el abrigo, resignada a ser vista por el hombre que fisgaba en la noche. Quizás su gesto calmaría a Jacinto. El hombre contempló con disgusto la docilidad de su huésped. "Si cree que va a arreglar algo . . .", se dijo y abandonó la terraza para sentarse en el banquillo con un libro en la mano y vigilar todas las puertas.

Por la noche, Lucía apagó la bujía amarillenta y en silencio se metieron en las camas heladas. ¡Hacía frío, mucho frío y el cuarto rezumaba humedad! Lola y Petrouchka eran friolentos, estaban nerviosos y lloraban. A pesar de ser ya muy mayores se comportaban como niños y reñían por la menor cosa.

Los días en el hostal eran amargos, se diría que siempre era el mismo día, se diría que alguien había abolido a los domingos, a las fechas y a las fiestas y que ya no quedaba espacio para ningún sueño. El tiempo de soñar había terminado. La memoria había escapado a la memoria, quedaba sólo una hoja en blanco mojada por las lágrimas de los cuatro. También quedaba un miedo permanente ante la continua vigilancia de Jacinto y de Repa. Por la noche, en la oscuridad, quedaba la presencia de los ojos que fisgaban y la repetición de las mismas sombras.

—Amanecerá algún día . . . —aseguró la señora Lelinca en voz baja, enmedio de la noche oscura.

"Sí, amanecerá algún día", repitió y le llegaron los perfumes del portal de los Varilleros. Allí había puestos de cintas de colores, trozos de sedas columpiándose a la luz de las farolas de petróleo, pañuelos tendidos como palomas con las alas abiertas, borlas pequeñas de peluche de color albaricoque para ponerse polvos rosa sobre las mejillas. Ella no podía usarlas, no había llegado el tiempo de cubrirse las pecas con polvos aromáticos. Sólo podía admirar las maravillas que ofrecía el portal de los Varilleros. Por ahí paseaban las hermanas Ifigenia y Amparo, con sus lunares dibujados en forma de media luna sobre la mejilla izquierda y las mangas de sus trajes abiertos como abanicos. Las hermanas paseaban al atardecer por el Portal de los Varilleros en busca de esencia de vainilla, pañuelos y chalinas de gasa para atárselas en sus cabezas de rizos negros. Ambas eran menudas y delgadas, sus dientes blanquísimos se mostraban golosos ante las maravillas desplegadas, ignorantes de los jóvenes de pantalón y camisa blanca que las perseguían.

"Algún día seremos grandes", aseguraba Evita, atontada por la belleza de Ifigenia y de Amparo. Sí, y algún día fueron grandes y no pasearon por el Portal de los Varilleros... ¡La vida es inesperada! Ahora, "Amanecerá algún día..." y una noche muy lejana, que resultó ser esa misma noche oscura en el hostal de Jacinto y de Repa, Lelinca entró a la jabonería en la que sólo había pilas enormes de jabones de color ámbar, que dejaban la ropa tan blanca como las propias nubes. En lo alto de la pila más alta de jabones estaba la criatura. Era una muñeca enorme, de celuloide, rosada, desnuda, con la boquita entreabierta. La muñeca sostenía en cada mano un ramillete de flores. En la derecha tenía amapolas rojas hechas en papelillo transparente y rizado y, en la izquierda, margaritas de terciopelo blanco, con los centros amarillos como soles. Lelinca contempló la figura angelical que presidía a la jabonería. Don Tomás, el jabonero, metido en una camisa blanca la observó con curiosidad y ella se dejó contemplar por aquel hombre enormemente gordo, que se impacientó ante su terquedad para permanecer en su jabonería admirando a la muñeca que sostenía los gloriosos ramilletes.

—¿Qué quieres niña?

Lelinca contempló a aquel ser privilegiado que parecía ser el propietario de la diosa colocada sobre la pila más alta de jabones.

—Quiero a esa muñeca —balbuceó.

Don Tomás se hinchó de ira, su piel tomó el color de una berenjena, se irguió y la miró indignado.

—Esa muñeca es mía. ¿Por qué la quieres?

—Me gusta, me gusta mucho y quiero llevármela a mi casa...

Don Tomás se pasó la lengua por sus labios gruesos y su color berenjena se oscureció aún más.

—Así son los gachupines, todo se lo quieren llevar a su casa. ¡Pues no se va a poder! ¡Es mía! La tengo yo para regalo de mis ojos. ¡Y mi dinero me costó!

—¿Y si le pido dinero a mi papá y se la compro?

—¡Así son los gachupines, creen que todo se compra! Esta muñeca es mía, no se vende. ¡No tiene precio, es mía!

Lelinca permaneció en la jabonería mucho rato contemplando a la diosa adornada de margaritas y de amapolas. Era una pena ser gachupín; si no lo fuera, don Tomás le regalaría la muñeca. Volvió triste a su casa y notó que sus padres y sus hermanos no se parecían a don Tomás, ni a Ifigenia, ni a Amparo. Todos tenían el pelo rubio y vivían muy solos en su casa llena de libros con estampas de dioses casi tan perfectos como la muñeca de la jabonería.

—¿Qué te sucede? Pareces muy preocupada —le dijo su padre que no hablaba como don Tomás.

Lelinca fijó los ojos en el plato de avena con leche y explicó su descubrimiento en la jabonería. Si su padre quisiera hablar con don Tomás... aunque era inútil, era gachupín. Su padre movió la cabeza: "No se trata de ser gachupín, no confundas, don Tomás ama a esa muñeca", le contestó. Su padre no entendía nada. ¿No se había dado cuenta de que no era mexicano? Lo miró con curiosidad, con razón Evita cuando hablaba de sus padres decía: "Estos señores no entienden nada." Guardó silencio y contempló la avena que se cuajaba en su plato.

—Si tanto deseas esa muñeca te compraré una igual —oyó decir a su padre.

—¿Igual? ¡Imposible! No hay otra igual —contestó Lelinca.

Su padre se echó a reír y su madre dijo: "Esta pobre chica es tonta. Hay miles de muñecas de celuloide". Evita puso los codos sobre la mesa y se sostuvo la barbilla, entre las manos. "¿Ves? tengo razón", le dijo a su hermana. Evita sí entendió que su hermana sólo podía amar a la muñeca de don Tomás.

Don Tomás se acostumbró a su visita diaria a la jabonería. Ahora ya no iba sola, la acompañaba Evita, que con asombro contemplaba a la muñeca adornada con margaritas y amapolas.

—¿Cuántas flores tendrá en cada mano? —preguntó Evita.

Era muy difícil contarlas pues su número cambiaba de acuerdo con los días, de eso estaban muy seguras. Una tarde, don Tomás les proporcionó un banquito para que pudieran admirar a la pequeña diosa, sentadas oliendo a jabones y en un silencio recogido. No hablaban para que don Tomás olvidara que eran gachupinas, evitaban cualquier peligro que les impidiera entrar al santuario. Una tarde exclamaron:

—¡Qué limpia está! En ella nunca se ha parado una mosca.

Don Tomás se acarició las mejillas lampiñas y las miró con malicia.

—¿Las moscas? No se atreverían jamás. La mosca que se acerque a ella se muere en el mismo instante. Por eso, niñas, eviten convertirse en moscas volanderas y molestas —les advirtió con severidad.

Se quedaron preocupadas. Había que evitar convertirse en mosca... aunque las moscas poseían dos alas muy pequeñas, estriadas y transparentes, hechas con el papel más fino, que soñó el maestro del papel de seda. Con esas alas dibujadas con la tinta más exquisita podían volar y posarse en la boquita abierta de la criatura inaccesible o acariciarle las mejillas casi tan rojas como las amapolas. Para las moscas no existían las alturas ni la pila de jabones amarillos sobre la que descansaba la diosa con los brazos gordezuelos extendidos.

—Pídele a Dios que nos convierta en moscas por un día —le pidió Lelinca a su hermana.

Evita caminó la calle observando los matices de las piedras, sin atreverse a levantar los ojos por temor de ver el cielo y encontrarse con la cara de Dios. ¡En verdad que su hermana era caprichosa! Y sobre todo: ¡terca!, como decía su padre que a veces, muy pocas veces, llevaba la razón en algo. Escuchó repetir a Lelinca: "¡Pídele a Dios que nos convierta en moscas por un día!"

—Se lo pediré, pero moriremos en el mismo instante —contestó Evita, que debía morir para satisfacer el capricho de su hermana.

Entraron al Portal de los Varilleros pidiéndole a Dios que las convirtiera en moscas, pero a esa hora las moscas se habían ido a dormir y Dios había olvidado su forma y su tamaño. Y el milagro no les fue concedido. Caminaron entre los vendedores de ungüentos, de cintas y de sedas, sin mirarlos. Tampoco aspiraron los perfumes de las lociones de los barberos ambulantes, ni el de las Aguas de Violeta que vendía Trinidad, sentado bajo su toldo blanco y rodeado de farolas de petróleo.

—¿Qué preferirías, ser mosca o ser reina? —preguntó Evita cuando pasaron cerca de Ifigenia y de Amparo, que con sus gasas de color malva atadas a las cabezas parecían dos reinas paseando entre sus súbditos. Lelinca las miró con despego y contestó decidida.

—Preferiría ser mosca.

—¡Hum!, no me entiendes, yo te hablaba de la Reina Victoria de España o de Isabel la Católica —contestó Evita para enfatizar la gravedad de su pregunta.

Lelinca pensó que las dos Reinas, la viva y la muerta, eran españolas, y que don Tomás nunca les permitiría acercarse a la muñeca que sostenía las amapolas y las margaritas. ¿De qué les serviría ser Reinas?

—Preferiría ser mosca —dijo con terquedad.

207

En su casa cenaron en silencio. Sus padres no les preguntaron nada y sus hermanos estaban ocupados con Churruca, con Moctezuma, con don Nicolás Bravo y con Pinocho. Durmieron preocupadas y a la tarde siguiente volvieron a entrar de puntillas en la jabonería.

—Ya sé que andan pidiendo milagros malignos —les dijo don Tomás y no les ofreció el banquito para que se sentaran a contemplar a la diosa.

Ambas enrojecieron, ¿cómo se había enterado don Tomás? La única que había escuchado sus plegarias era Tefa, que las encontró arrodilladas sobre sus camas: "Te rogamos Señor humildemente que nos hagas el milagro de convertirnos en dos moscas." Tefa se enfadó y sopló en los quinqués. "Ya no saben ni lo que piden, perversas, ojalá que Dios no las escuche", les dijo muy disgustada. Se sintieron culpables frente a don Tomás que ahora conocía sus malas intenciones.

—No se preocupen, algún día se les hará el milagro. Todo se alcanza cuando en verdad se desea y se pone el corazón en la plegaria —les dijo don Tomás mirándolas de reojo.

¿Y ahora en dónde estaba don Tomás? Lelinca lo ignoraba. Tampoco sabía adónde se había ido su casa con sus padres, con sus hermanos y con sus libros. Estaba segura de hallarla en el lugar más inesperado. Pensó que tal vez se hallaba entre las páginas de un libro, como aquellas rosas disecadas que su madre ponía en los libros de Heine o de Novalis. Con esas rosas disecadas señalaba sus pasajes predilectos. ¡Ah!, debía de estar entre las páginas de *El paraíso perdido,* el libro que leía su madre en los días de la muerte de su padre, pero ¿en dónde hallar el libro? Necesitaba recorrer el mundo entero, revisar todas las librerías de viejo y era difícil salir del cuarto oscuro por el que circulaban corrientes de aire frío, lejos, muy lejos de ese libro, de sus padres y de la puerta estrecha de la jabonería. Oyó decir: "Amanecerá algún día . . ." No supo si ella, Lucía, Lola y Petrouchka estaban dormidos, cuando un olor penetrante a jabón inundó el cuarto.

Oyó saltar a Lola con alegría y Petrouchka, que se cobijaba en el armario, abrió las puertas a patadas y anunció que estaba listo. En el muro del fondo se hizo una raya de luz que fue ensanchándose hasta convertirse en la puerta de la jabonería, el templo de la diosa con ramilletes de amapolas y de margaritas. Un calor suave y dorado entró por aquella puertecita. Lola estaba harta de tiritar de frío y corrió por los aires hacia la puerta abierta en el muro. Petrouchka la siguió, haciendo zigzags y Lelinca vio aparecer a don Tomás con la muñeca en una mano. La diosa de celuloide brillaba como un ángel celestial y sus ramilletes desparramaban aromas delicados. Don Tomás se la tendió con una sonrisa milagrosa.

—Vengan, vengan mis moscas. Han ganado a la reina de las flores. ¡Pobres moscas!, han esperado tantos años y han sufrido tantos fríos...

Había algo extraño, don Tomás ya no hablaba como mexicano: sorprendida, Lelinca buscó a Lucía, pero ésta, con sus alas minúsculas, hechas con el papel de seda más fino producido en la China, volaba hacia la puerta en la que brillaban los jabones de don Tomás convertidos en placas de oro. Sí, amanecía y ambas moscas, Lelinca y Lucía, entraron en el reino de oro del jabón al que ya habían entrado sus amigos Lola y Petrouchka. Los cuatro se posaron sobre las mejillas rosadas de la diosa que nunca dejó de sonreír. ¡Eran las primeras moscas que tocaban su rostro!

Por la mañana, Jacinto y la Repa recogieron sus ropas ya muy usadas. Repa guardó los zapatos en una caja de cartón.

—¡Hay que quemar todas estas porquerías! —dijo la Repa.

—¡Quémalas tú! Yo debo hacer otras cosas, ya lo sabes, los chicos nos ayudarán en todo, como siempre... necesito descansar un rato, después de la noche que he pasado —dijo Jacinto.

Las moscas escucharon sus voces que cruzaron la puerta de oro cerrada para siempre. Sabían que jamás,

jamás, volverían a dormir en esas camas de hierro... Petrouchka saltaba entre las pilas del jabón de oro y Lola estaba quieta, la frase: "Andamos huyendo Lola..." nunca más la volvería a escuchar...

UNA MUJER SIN COCINA

Era un veintiocho de junio y la tarde aplastaba a la ciudad con su aire sofocante; la inminencia del calor terrible como un incendio seco y sin llamas, amenazaba a Lelinca, sensible a los vapores hirvientes que escapaban de los automóviles y de las fachadas de las casas. No tenía ningún lugar adonde ir, nadie la conocía y ella no conocía a nadie. Había aprendido a ser fantasma recorriendo avenidas y cuartos amueblados. Vagamente recordaba que alguna vez había existido. Recordaba con precisión a sus padres y trataba de alcanzarlos y llegar a los jardines en donde jugaba y en los que existían fuentes alborozadas, jacarandas tendidas como sombrillas moradas y tulipanes rojos.

Por las noches la cocina brillaba con el fogón encendido y las criadas movían platos, abrían alacenas olorosas a frijol, a maíz, a chocolate y al milagro de "los peces y de los panes" como les contaba Tefa mientras calentaba las tortillas. Ellas, sentadas a la mesa enorme, escuchaban sus relatos de hechos históricos, y las vísperas de las fiestas contemplaban ansiosas los trajes de estreno.

Sí, eran trajes nuevos para recibir a los Reyes Magos, al Niño Dios, al Cura Hidalgo, al General Zaragoza, a la Virgen de la Covadonga, a Aquiles Serdán y a la Virgen de Guadalupe. Su traje preferido era el traje color verde agua que le regaló su tío Boni para la Nochebuena. Ahora lo había extraviado y era necesario encontrarlo para ponérselo al día siguiente: veintinueve de junio, fecha de San Pedro y San Pablo. "¡Sobre esta piedra edificaré mi Iglesia", había dicho Jesús mirando a Pedro. ¡Pobre Pedro era una piedra! Siempre sintió pena por él, aunque le daba escalofríos que hubiera negado a Jesucristo tres veces, antes de que cantara el Gallo. Ese Gallo era distinto a todos los gallos del mundo: estaba destinado a anunciar la traición de Pedro que tenía miedo aquella noche terrible.

"Saulo, Saulo, ¿por qué me persigues?", le preguntó Jesús a Pablo en un camino polvoriento. Saulo, ante la luz que se levantó en la orilla del sendero, se espantó y vio a Jesús hecho de reflejos y con la cara muy afligida. Así se lo contó su padre muchas veces y ante el misterio del polvo, del camino y de las palabras de reproche de Jesús, ella se quedó anonadada. También en su familia había otro Saulo que no era centurión romano sino general villista: Saulo Navarro, y era muy alto y muy rubio y combatió hasta morir a los veintiséis años por el Apóstol Madero. La bandera de su Brigada Independencia, estaba en el Castillo de Chapultepec, en el que antes vivió la Emperatriz Carlota. Su fotografía colgaba en la habitación de su madre, muy elegante y muy afeitado. Saulo era el preferido de su abuelo que hablaba de él con voz pausada y con luces verdes en los ojos que iluminaban sus barbas blancas: "¡Abate Dios a los humildes, mis hijos se murieron para que subieran 'éstos'!", exclamaba sentado en una banca del jardín de su tía Amalia.

—Tú te pareces a él, Leona, eres rebelde como lo fue Saulo —agregaba su abuelo y le acariciaba la cabeza.

Sí, su abuelo la llamaba: "Leona" y a ella le gustaba parecerse a Saulo, el centurión villista y pasaba largo rato contemplando su fotografía y la perfección de su uniforme de general norteño. Sabía que lo hirieron en Torreón y que eso no impidió que combatiera en Zacatecas... Ahora, en la ciudad amenazada por los grandes calores, recordó su hermoso rostro y su cuerpo alto, hecho para morir muy joven. ¡Muy joven! Su recuerdo la hizo olvidar que debía encontrar su traje verde agua para ir a la iglesia al día siguiente a visitar a los dos Santos altos y de barba blanca como su abuelo. Uno, Pablo, se parecía mucho a su tío Saulo el día que murió a los veintiséis años. Iba a serle muy difícil encontrar el traje verde agua, pues se había perdido y no encontraba su casa.

—No salgan a la calle sin permiso, la calle está llena de peligros —les repetía su madre, pero ella y Evita desobedecieron.

—Si alguien se te acerca en la calle y te ofrece un globo

o dulces, ¡corre! —le advirtieron sus padres muchas veces, pero ella los desobedeció y ahora andaba perdida.

Recordó aquel domingo en la avenida Jalisco. Iba caminando con su hermana Evita por enmedio de la calzada sembrada de árboles, en donde paseaban las señoras de cabellos cortos acompañadas de perritos blancos llamados: Lulús. En su casa las criadas cantaban:

Las pelonas de Orizaba
cuando al novio ven pasar
mamacita voy a Misa
y se van a vacilar...

Y Evita y ella se habían ido a "vacilar". Les gustaba que nadie las entendiera y hablaban un idioma desconocido para todos, salvo para ellas. De esa manera podían admirar los trajes de las señoras o reír de los otros niños que jugaban con aros y lloraban cuando caían y se raspaban las rodillas. Ese domingo Lelinca llevaba su bolsa de canicas en la mano. Eva llevaba la suya y ambas eran ricas. Las dos pasaban muchas horas descifrando los colores, las manchas como océanos pequeños y multicolores y las rayas oscuras como las de los tigres que encerraban aquellas esferas pequeñas, que rodaban por la tierra buscándose las unas a las otras. "¡Chiras!", exclamaba Evita con orgullo. Eva jugaba demasiado bien. ¡Tenía el golpe maestro! Como lo tenía Leonardo en su Gioconda colgada en el estudio de su padre o Goya con sus tristes fusilamientos y el hombre de la camisa amarilla que buscaba salida del cuadro o Blake con su ángel con una azucena en la mano, casi borrado que estaba encima de su cama, colocado por su padre para que velara por ella de noche. Sí, Eva era como esos personajes importantes que figuraban en las conversaciones de la mesa y que colgaban de los muros de su casa: "¡Tenía el golpe maestro!"

Las canicas hacían un ruido armonioso: ¡clic! ¡clic! ¡clic! Y la mañana fresca, recién barrida por la lluvia nocturna que había hermoseado la avenida y los árboles parecía una calzada nueva y sin estrenar. Pasaron frente a la casa del General Obregón. ¡Era un hombre importante y enemigo de su abuelo y de su tío Saulo! Su casa tenía columnas blancas, pero a ellas les gustaba más la casa de Turquesa, con sus terrazas de color rosado, sus rejas negras y sus pavos reales que gritaban con voces agudas por las tardes. Les gustaba mirar a aquellos pavos de crestas pequeñas y multicolores y colas gigantescas dibujadas con pinceles mojados en oro. Eran los mil ojos de Buda. También ellos, como Leonardo, Goya o Blake tenían ¡el golpe maestro! Desde la terraza la mamá de Turquesa las llamaba:

—¡Vengan güeritas, pasen a ver a los pavos reales!

La señora estaba en bata, siempre en bata, algunas veces rosa con encajes color crema y otras veces azul con encajes blancos. Turquesa estaba en su jardín muy aburrida. Les intrigaba su pelo negro y sus mejillas rosadas; era tímida y tenía dos nanas de mandiles blancos. Ellas huían cuando las invitaban a pasar a ver a los pavos reales, pues era peligroso hablar con los desconocidos o con las desconocidas que les ofrecían globos, dulces o pavos reales. Ese domingo bañado por la lluvia nocturna, la mamá de Turquesa no estaba en la terraza y delante de las columnas blancas de la casa del General Obregón, tampoco había nadie.

De pronto sintieron que alguien las seguía y Eva se lo dijo en su idioma secreto: "Viene atrás de nosotras. No te vuelvas." Ella, Lelinca, se volvió. Sí, detrás de ellas venía un hombre de traje negro, muy alto, muy temible, que le obsequió una sonrisa. "Te dije que no lo vieras. ¡Pero eres tan curiosa, que te acusaré con mi papá", le dijo Eva con mucho enfado. Lelinca no contestó pues el hombre le paralizó la lengua y no pudo decirle a su hermana que estaba aterrada. "¡Vamos más de prisa!", ordenó Evita haciendo sonar a sus canicas para que su ruido ahuyentara al hombre vestido de negro. Apretaron el paso y el hombre las alcanzó. Su mano gordezuela cayó sobre el hombro de Lelinca.

—Niña linda, ¿quieres un globo? —le preguntó con voz aflautada.

Lelinca se paralizó. Evita levantó la vista y se encontró

con los ojos azules del hombre vestido de negro.

—No, señor. No queremos un globo —dijo riendo.

—¿Quieren dulces? Yo quiero mucho a las niñas rubias. Parecen huerfanitas de cuento.

Lelinca escapó de la mano pequeña y gordezuela del hombre y echó a correr seguida de Eva. "¡Huerfanitas!", pensaron asustadas por la palabra. No había nada más triste en el mundo que ser huérfanas y cuando Antonio el mozo las amenazaba con quedarse huérfanas si eran malas, las dos se echaban a llorar y se portaban muy bien. El hombre vestido de negro volvió a alcanzarlas.

—¿No quieren venir conmigo a Chapultepec? Las llevaré a dar una vuelta en lancha...

Se echaron a correr y el hombre corrió tras ellas hasta alcanzarlas y detenerlas con sus manos gordezuelas.

—¡Vengan! ¡Vengan!, pasearemos en una lancha y llevaremos globos, dulces y pasteles. Luego las traigo a su casa.

Lelinca vio que Eva estaba tan blanca como un papel y que temblaba. Entonces, se dio cuenta de que la avenida Jalisco estaba abandonada: no había nadie. Las señoras que paseaban a sus perritos Lulús, se habían metido a sus casas. Los jinetes que iban a correr al Bosque de Chapultepec ya habían llegado a su destino y las puertas y las ventanas de las casas estaban cerradas. ¡No había nadie! El mundo se había quedado vacío. "¿Adónde se fue toda la gente?", se preguntaron con las lenguas frías de miedo. Sólo quedaba el hombre vestido de negro que las miraba inclinado sobre ellas y sonreía con una sonrisa que nunca habían visto. Lelinca quiso encontrar a alguien o algo y miró al suelo para escapar de la mirada del hombre vestido de negro. Sus ojos encontraron grava roja y algunas hojas pisoteadas por los cascos de los caballos de los jinetes. Las bancas estaban vacías. En el mundo no quedaba nadie, ni una hormiga, ni un caballo, ni un perro, sólo el hombre vestido de negro que las sujetaba por los hombros.

En su casa su padre estaría bebiendo café muy caliente, como a él le gustaba, y su madre estaría leyendo a

Mutt y Jeff. Le gustaban mucho esos dos amigos que salían dibujados y en colores en el periódico de los domingos. Siempre les sucedían aventuras. Ellas por desobedientes se habían quedado en un mundo vacío. "La desobediencia siempre es castigada", recordó. Nunca pudo imaginar que el castigo fuera tan tremendo y ante aquella soledad se quedó sorda. Eva le dijo algo que no pudo escuchar. La vio que se echaba a correr y ella la siguió en la carrera. Sus pasos atronadores llegaron hasta el cielo cuando pasaron frente a la iglesia blanca de la Sagrada Familia. En la carrera repitió: Sa-gra-da Fa-mi-lia y vio que sus padres y su casa se convertían en un puntito, cuando escuchó la carrera del hombre vestido de negro que corría tras ellas. "¡Corre!... ¡Corre!", le ordenaba Evita y siguieron corriendo hasta el parque Orizaba, en donde tampoco había nadie. La fuente silenciosa estaba quieta, sin niños y sin nanas, y ellas continuaron corriendo... Lelinca se preguntó cuánto habían corrido. La iglesia estaba cerrada hacía ya tiempo, por eso no entraron y tuvieron que seguir corriendo. La culpa la tenían los generales enemigos de su abuelo: Calles y Obregón que cerraron las iglesias. ¿Cuánto habían corrido? No pudo saberlo, pues ahora continuaba corriendo sola para escapar del hombre vestido de negro y estaba muy cansada. Además hacía calor y la ciudad había cambiado ¡tanto! que era una ciudad desconocida y en donde nadie la conocía, sólo el hombre vestido de negro.

Caminó despacio, pues ya no le quedaba aire. Pasaron muchas gentes cerca de ella, pero no podía preguntarles dónde estaba su casa. ¡Se había perdido! Pasó frente a una panadería de entrada estrecha y mostrador con tapa de mármol y recordó a una prima gorda que en el Colegio Teresiano era siempre la primera, hasta que Evita le quitó la Banda Azul de Honor, porque sabía más que ella. Su prima Anapurna se disgustó tanto, que al salir a la calle se dio un tope con el tronco de un árbol y se rompió la nariz, de la que salió un gran chorro de sangre.

—¿Ya ves? ¡Eso te pasa por envidiosa! —le dijeron las ayas.

Anapurna no dijo nada y de su nariz continuaron brotando dos mocos incontenibles de sangre, que mancharon con enormes dibujos rojos su uniforme blanco. Enfadada, miró con sus dientes de conejo a sus dos primas. Evita caminaba muy contenta con su Banda Azul de Honor cruzada sobre el pecho. Lelinca sabía que Anapurna continuaba enojada, pues aquella noche escuchó decir a su tío Boni: "Se encontró con el árbol que castiga a la envidia y la envidia no se cura." Desde esa tarde, todos supieron que Anapurna estaba muy enferma. Al oscurecer y mientras Evita lucía la Banda Azul de Honor, su tía, la madre de Anapurna, no tocó el piano. Siempre lo tocaba y sus notas melancólicas volaban sobre las tapias cubiertas de heliotropos y llegaban hasta la casa de Lelinca, en donde el huele de noche empezaba a abrir sus flores misteriosas y a esparcir su aroma intenso hasta invadir de sueño a las habitaciones. Entonces, también se dormían las golondrinas que en lo alto del enorme portón de su casa habían formado un nido con bolitas negras de lodo.

> Volverán las oscuras golondrinas
> de tu balcón sus nidos a colgar
> pero aquellas que aprendieron
> nuestros nombres, esas, ¡no volverán! ...

les decía su padre mirando el nido donde vivían las visitadoras golondrinas que se habían instalado en su casa.

Ahora, ella debía volver a su casa. Un calendario sin dibujos de colores, hecho solamente de hojas enormes y amarillentas marcaba: 28 de junio ... "Mañana es veintinueve. Día de San Pedro y San Pablo", se repitió y supo que era muy urgente llegar a su casa, saludar a sus padres y buscar su traje verde agua. Lelinca no había olvidado los nombres de los que vivían en aquella casa, no era como las golondrinas, que se instalaban y luego se iban para no volver. Se preguntó cómo habría llegado Evita después de esa terrible carrera y también se preguntó por qué el hombre vestido de negro les había ofrecido dulces, globos y un paseo en lancha por el Bosque de Chapultepec. "Ese hombre es muy peligroso", se dijo y caminó despacio, haciéndose la disimulada, porque sabía que el hombre andaba en su busca. Por eso se escondía en cualquier lugar y su nombre: Lelinca, la asustaba. "Habrá muchas Lelincas en el mundo, pero sólo una Lelinca que soy yo y a la que busca el hombre vestido de negro", se confesó aterrada. Volvió a pensar en Anapurna, iría a su casa y le pediría un bizcocho, pues el olor de la panadería le dio apetito.

Recordó a Anapurna de pie en la puerta de su casa, vecina de la suya, con las piernas rojizas, de rodillas gordas y un lazo enorme prendido sobre la cabeza. El lazo en forma de mariposa era azul, como la Banda de Honor que le había quitado Evita. Anapurna tenía dos globos rojos en la mano y estaba quieta, como si se preparara a que le tomaran una fotografía. Su traje era de organdí y sus zapatos eran de charol negro. Anapurna la miró con sus dientes de conejo y sus ojos con un pliegue en la esquina, como los ojos de los chinos que lavaban la ropa. Evita y ella le mostraron sus canicas y Anapurna se negó a admirarlas. Estaba orgullosa de su lazo azul y enorme prendido en la cabeza. Cada domingo llevaba un lazo de color diferente, a veces rosa, a veces verde o blanco. Ese domingo lo llevaba azul. Evita la miró burlona, Lelinca sabía que su padre le había regalado a su hermana una monedita de oro y con ella se compraron dulces y canicas.

La Madre Superiora del Colegio Teresiano estaba muy risueña. Se llamaba Sor Dolores y siempre estaba adentro de la Dirección. Ella, Lelinca, nunca había podido entrar en ese salón, lo veía desde afuera, de pie, en el patio de baldosas blancas, en donde crecían naranjos recortados y redondos que daban naranjas verdaderas. En el patio había columnas blancas y un olor muy suave a azahares. Narcisa, su nana, era de Toluca y le contó que los azahares eran las flores de las novias de los hombres y de "las esposas de Cristo". Se lo dijo en la cocina, mientras echaba tortillas y ella escuchaba sus palabras maravillosas.

Desde el patio embaldosado de blanco, Lelinca miraba la puerta abierta que llevaba a aquel salón encerado y en penumbra y, desde allí, divisaba a la otra puerta abierta al fondo del salón encerado y donde estaba siempre Sor Dolores con su hermosa cofia y envuelta en perfumes de cirios hechos de miel de abeja, según le explicaron.

Lelinca nunca había entrado allí, porque después de dos años de ir al colegio, apenas había aprendido las letras, por eso se resignaba a atisbar desde el patio el misterio de la Madre Superiora. La tarde en que Anapurna se rompió la nariz contra el tronco del árbol que castiga a la envidia, Evita entró al santuario de Sor Dolores.

—¡Quiero entrar yo también! —le dijo Lelinca.

Evita la cogió de la mano y entraron juntas al salón encerado. Junto a un muro estaba el Sagrado Corazón de Jesús, enmedio de un paisaje inmenso de cirios ardiendo. Era un mar de llamas que parpadeaban desparramando el perfume juntado por las trabajadoras abejas, que sacaban la esencia de las rosas, de los jacintos, de los heliotropos, de los nardos, de los claveles, de los azahares, de las violetas y luego, con mucho gusto y fina voluntad, se lo llevaban Sor Dolores para que ardiera en el salón encerado. Le hubiera gustado ser abeja afanosa para darles gusto a sus padres. "Tú eres como la cigarra, sólo te gusta cantar. ¿Y cuando llegue el invierno qué vas a hacer?", le preguntaban muy preocupados. Lelinca guardaba silencio, recordaba las palabras de su padre: "Dios provee." Pero, su padre la miraba con los bosques minúsculos que había adentro de sus ojos y su madre cortaba con los dientes el hilo del bordado, pensando en que ya era hora de ir a leer su libro y dejarse de preocupaciones y de cigarras y de hormigas. "¿Por qué estará bordando o leyendo en vez de hacer arroz con leche?", se preguntaba Lelinca.

Evita y ella disputaban por el cazo en el que su madre hacía el arroz con leche. "Será para la que se porte mejor", decía su madre, mientras ellas esperaban sentadas en la cocina, el lugar donde sucedía lo maravilloso, a que el postre terminara de hacerse para buscar las cascarillas de limón parecidas a serpientitas verdes y que les gustaban más que la canela.

—¡Vaya tontería! En casa hay arroz con leche todos los días —comentaba Anapurna sonriendo con sus dientes de conejo.

Evita y ella miraban el hociquito de Anapurna y pensaban que debía gustarle mucho la lechuga, pero ignoraban sus gustos, pues Anapurna con su nombre imponente era un grave misterio y de lo único que estaban seguras era de que Anapurna amaba a la Banda Azul de Honor por sobre todas las cosas... Seguramente ese 28 de junio habría arroz con leche en la casa de Anapurna. ¿Cómo asegurarse de eso? La última vez que estuvo en su casa, Anapurna ofreció darle un postre de natillas si lavaba los trastos acumulados en su cocina. Lelinca aceptó no tanto por las natillas sino porque le gustaban mucho las cocinas. En ellas sucedía lo mejor del mundo: los postres, los hechos históricos, las hadas, los enanos y las brujas que salían de las bocas de las criadas. Era curioso que las criadas siempre le daban la espalda, hablaban sin mirarla, mientras producían rabanitos, lechuga, orégano y chalupitas. Sus trenzas negras se mecían al compás de sus palabras misteriosas. Lelinca columpiaba los pies en la silla de tule y esperaba a los dragones, a los nahuales, a las cenizas y a las lenguas de fuego, anuncio del fin del mundo. Las criadas eran adivinas y pitonisas y estaban en su casa para avisar de los peligros y que esta no cayera en el pozo de todos ignorado. Eran muy amables y de espaldas le enseñaban el camino de las rosas que conducían al infierno y el camino de las espinas que llevaba al cielo. Lo sabían todo, porque estaban allí desde mucho antes de la llegada de los españoles. ¡Por eso Lelinca les obedecía! A veces, cuando se portaba mal, de sus labios brotaban palabras terribles: "¡Por respondona se te va a secar la lengua!" Y Lelinca procuraba guardar un silencio absoluto.

—¿Te comió la lengua un gato o estás tramando alguna trastada? —le decía su padre.

Ella no sabía si hablar y arriesgarse a tener la lengua seca o continuar en silencio. Ahora no sabía si buscar la casa de Anapurna o no buscarla. Lo de menos eran las pilas de platos sucios y el cambio del arroz con leche por las natillas. Lo malo era que la cocina de Anapurna no era una cocina. Estaba deshabitada y más bien parecía un cuarto de baño sin jabones pefumados y sin sales, ya que los mosaicos blancos estaban engrasados. Lo verdaderamente terrible era que Anapurna le había confiado, mostrando sus dientes de conejo, que era prima hermana del hombre vestido de negro. Lelinca lo ignoraba y Anapurna la miró con sus ojos de chino de lavandería y le dijo:

—Mira, mira lo que me regaló mi primo hermano, el señor vestido de negro —y le mostró un rincón donde guardaba muchos globos rojos desinflados, que más bien parecían bolsitas viejas y empolvadas.

No iría. Era más prudente no acercarse a la casa de Anapurna que continuaba enfadada con ella y con Evita por la Banda Azul de Honor. Caminaría por las avenidas llenas de ruidos de automóviles, para que ni Anapurna, ni su primo hermano, el enlutado, escucharan sus pasos y con algo de suerte encontraría su propia casa y entonces, con palabras alegres, contaría sus aventuras y sus padres se reirían contentos al verla y escucharla. Su traje verde agua debía de estar colgado en el armario y aunque no había cultos, porque a los generales Calles y Obregón les disgustaba Jesucristo y la Misa, se pondría su traje verde agua para festejar a San Pedro y a San Pablo y recordar a su tío Saulo Navarro, el más guapo de los centuriones villistas, según lo tenía comprobado en las fotografías. También su abuelo exclamaría: "¡Abate Dios a los humildes, hasta que apareció la Leona!" Y ella de un zarpazo cogería su traje verde agua.

De pronto apagaron las tiendas y sólo quedaron árboles escasos en las calles y ella, Lelinca, todavía no encontraba su casa. El calor había marchitado su cabellos y los guardias la observaban con recelo. Estuvo segura de que no le dirían nada al señor vestido de negro, pero era más prudente alejarse. ¿Adónde? Se le cerraban los ojos de sueño. "¿Por qué habré desobedecido ese domingo?", se preguntó en medio de la ciudad aplastada por el calor, pero no lloró pues era inútil, además ni siquiera tenía pañuelo. Se encontró frente a dos viejos, él flaco, con una calva verdosa y ella gorda, con la frente estrecha y las manos tan rojas que se diría que se las bañaba en sangre. La pareja le llegaba al hombro, pero no eran enanos.

—Íbamos a cerrar el portón —le dijeron con voces severas y levantaron los ojos para mostrar su indignación.

Lelinca miró a sus bienhechores y supo que ambos estaban enfadados por su retraso, pues ella dormía en el quinto piso y ellos no podían cerrar la puerta hasta su llegada. No sólo estaban enfadados, sino coléricos, que era mucho peor. La calva en forma de huevo de Pascual echaba chispas verdes y la frente de Atanasia se había juntado con las cejas negras. Sus voces estentóreas le indicaron que andaba lejísimos de su casa y quiso decírselos, pero sus bienhechores no escuchaban razones, se limitaban a contemplarla con una ira roja que crecía como una marea.

—¡Me cago en Dios! —gritó Pascual.

—Esperando, esperando a que le de la gana llegar —comentó Atanasia.

—¡Hala! ¡Quítese los zapatos, ya sabe que no puede hacer ruido en la escalera! —gritó Pascual agitando el puño amenazador muy cerca del rostro de Lelinca.

—¿Nadie preguntó por mí? —dijo ella en voz baja, con la esperanza de que sus padres la hubieran encontrado y la llevaran a su casa y con miedo de que el señor vestido de negro y Anapurna hubieran encontrado su escondite.

—¡Vamos! ¡Ahora resulta que la busca la Policía! —contestó Atanasia echándose a reír.

—¡Le dije que suba! —ordenó Pascual.

No eran amables y sus voces parecían la de Anapurna. "Deben de ser sus primos hermanos, ha tenido tantos maridos...", se dijo Lelinca asustada y les dio las "buenas noches".

Los cinco pisos eran en realidad demasiados pisos. Lelinca calculó que eran quinientos y empezó a subir con calma, para no fatigarse antes de llegar a su destino. "Vístete despacio que estoy de prisa", decía su padre. Por eso ella subía despacio porque tenía mucha prisa en llegar. Las escaleras estaban absolutamente oscuras y los escalones se diluían como sombras, se diría que se habían vuelto líquidos. A medida que subía las sombras se volvían más y más densas y el silencio se convertía en un silencio en el que nunca se había producido un ruido. Era extraño, pero Lelinca no tenía miedo. Mientras más subía, el hombre vestido de negro que le ofreció globos y paseos en lancha en el Bosque de Chapultepec, se quedaba más abajo, buscándola en la cocina parecida a un baño, acompañado de Anapurna que también la buscaba con sus ojillos de chino de lavandería. Era natural que estuvieran juntos y que conversaran, ella los escuchó de improviso: "No hagas caso que daremos con ella aunque se meta debajo de la tierra", le decía Anapurna a su primo hermano, el señor vestido de negro. Las voces se cortaron y volvió el silencio pacificador. La oscuridad era muy fresca, se diría que estaba hecha de granizos negros. En la escalera había sucedido una tempestad de sombras y ella pudo respirar el aire delicioso, desprovisto de cualquier olor. Siguió subiendo y se quedó triste al recordar que no tenía cocina y pensó en "La cocina de los ángeles". Le gustaba el título, pero le disgustaba el cuadro. La cocina de los ángeles no podía ser como la habían pintado. Faltaban muchas cosas como Tefa, Narcisa, la vainilla de la que surgen hermosísimas mujeres y duendes pequeños y sobraban sombras. De pronto se encontró frente a la puerta y supo que algo muy grave sucedía. Era tan grave, que antes de empujar la puerta perdió la memoria y su mente quedó en blanco. Se sintió aliviada al saber que había olvidado todo y con solemnidad empujó la puerta y entró en la habitación prohibida.

Se encontró en una habitación cuadrada, vacía. Sus muros eran tan blancos como los telones blancos que ponen los fotógrafos cuando encienden los reflectores para tomar el retrato para el pasaporte. Lelinca se encontró en el mismo centro del cuarto, frente a un muro blanquísimo y de pronto, de pie, formando un grupo familiar, enlutado y elegante, se halló frente a sus cuatro tías que la miraban con fijeza. Las cuatro estaban de pie, de frente, inmóviles, con trajes complicados y peinados perfectos. Fijó la vista en el hermoso rostro de su tía Consuelo y volvió a descubrir sus enormes ojos aterciopelados, el óvalo pálido y de pómulos altos, sus cabellos negros y lisos partidos por una raya enmedio y recogidos en la nuca. Su tía Consuelo la miraba y leía en ella todos los libros que ambas habían leído juntas. Recordó que era su madrina, pues ella misma le dijo: "Te llevé a la pila bautismal." Miró entonces a su tía Lidia de cabellos miel, tan parecida a una Greta Garbo de luto, muy delgada y muy alta, con la nariz de aletas exquisitas y párpados sonámbulos que también estaban fijos en los ojos de Lelinca, contándole todas las películas que vieron juntas en el cine Regis. "Lo que el viento se llevó", le dijeron los ojos de su tía Lidia. Se encontró, después, frente a su tía Amalia, su piel de piñón, su boca delicada hecha con pincel y los ojos dibujados con tinta sepia que la miraban con severidad, como si le recordaran su vanidad en la piscina azul de su casa en la que se bañaba con sus primas. La frente amplia de su tía Amalia encerraba jardines misteriosos y advertencias severas: "No subas tan alto en el columpio, no eres invencible." Por último se enfrentó con su tía Margarita. Llevaba el cabello ligeramente ahuecado y recogido en la nuca. Su tía Margarita tenía los pómulos quietos y los ojos tranquilos. La miraba con cierto reproche, como la miraba cuando no terminaba las rosas del bordado que le dejaba de tarea. "Entre tú y tu primo Poncho no fueron capaces de terminar la rosa y fueron a tirar piedras." Lelinca pensó que era una antigua fotografía de familia tamaño natural, pero algo le dijo que estaba equivocada: las sedas negras y los encajes negros de sus tías brillaban sobre el muro blanco, así como brillaron los matices de sus hermosos cutis blanquísimos o piñones. Se dio cuenta de que eran muy hermosas y no dijo nada. También ellas guardaron un silencio terrible. Fue entonces cuando entró su madre, caminando muy despacio hasta colocarse en el centro de la fotografía, que no era una fotografía. Su madre no estaba de luto. Traía un traje de color miel pálida y los cabellos rubios recogidos en una trenza que caía sobre su espalda. La frente era tan tersa y tan pálida como un campo de nardos. Se colocó sin ruido y sin palabras entre sus cuatro hermanas y la miró con ojos llenos de un reproche infinito, mientras que los ojos de sus tías se volvieron severos. Lelinca no pudo decir nada. Su madre la miró durante mucho tiempo y ella no recordaba nada, sólo sabía que estaba frente a ella y frente a sus cuatro hermanas. Después de muchos años, su madre avanzó un poco, giró frente a ella y se dirigió hacia la izquierda, esparciendo una enorme tristeza, antes de abandonar la habitación blanca, mientras que sus cuatro tías continuaron mirándola. Le pareció normal que su madre hubiera atravesado la pared blanca, pero una vez que se fue, Lelinca sintió que alguien le clavó una espada en la garganta. No pudo gritar de dolor y sólo vio cómo sus cuatro tías se desvanecían con velocidad y las cuatro a un tiempo. Quedó sola en la habitación cuadrada, presa de aquel dolor terrible y cayó fulminada. ¡Mamá!, gritó con una fuerza que nunca hubiera imaginado y corrió al muro por el cual su madre se había ido, lo cruzó sin dificultad y se encontró en la vieja cocina de su casa. Le llegaron los olores familiares a vainilla, a orégano, a chocolate y a carbones encendidos y vio la lumbre y el fogón y a Tefa, con sus trenzas negras meciéndose sobre sus espaldas al tiempo que le hablaba.

—¡Son más de las cinco de la tarde y hasta ahora llegas! ¿Sabes que tus padres estaban muy enojados?

Lelinca movió las manos para ayudarse a explicarle a Tefa lo que le sucedió aquel domingo.

—Tus padres han llorado mucho por tu culpa. Eres ingrata, eres mala, eres desobediente, sembraste la desdicha en tu familia...

La voz de Tefa trajo a Evita, que la miró con reproche durante un largo rato.

—¡Traidora! ¡Traidora! Me dejaste sola en la carrera. ¿Adónde fuiste? —le dijo a gritos.

—Me perdí y te anduve buscando. Me encontré con Anapurna...

225

Evita se rió, siempre le daba risa el nombre de Anapurna y los lazos de colores que le ponían los domingos sobre la cabeza. "Se encontró con Anapurna...", y se sentó a escuchar en una silla de tule, quería saber todas sus aventuras, pero Lelinca no pudo decir nada, porque sólo le había sucedido correr y quería escuchar la voz de su hermana, que de pronto, olvidó la comicidad de la cara, los lazos y el nombre de ¡Anapurna! para ponerse seria y triste.

—No hemos comido. Te hemos estado esperando —dijo y columpió los pies.

Lelinca guardó silencio, recordó a su madre y a sus tías y también recordó su traje verde agua, al que buscaría inmediatamente, pues ya estaba casi terminando el día de San Pedro y San Pablo, si es que no se equivocaba.

—Sí, hoy es San Pedro y San Pablo. ¿Sabes que San Pedro tiene las llaves de la Gloria?... parece que has olvidado todo —dijo Evita mirándola con curiosidad.

En efecto, Lelinca había olvidado que San Pedro es el portero del cielo y estuvo segura de que Evita la acusaría de hereje y de que San Pedro no le abriría a ella las gloriosas Puertas de la Gloria.

—¡No! A ti no te las va a abrir, porque hoy se las abrió a mi mamá y tú no viniste —le dijo Evita, que todavía le leía el pensamiento.

—¡No es verdad! ¡Hoy no le abrió las Puertas de la Gloria a mi mamá! —gritó Lelinca aterrada.

—¡Cómo de que no se las abrió hoy, ingrata! —le contestó Tefa de espaldas.

—¡Confiesa! ¡Confiesa que creíste que te iban a dar globos y un paseo en lancha y por eso nos dejaste! —exigió Evita.

—¡No confieso lo que no es verdad! ¿Dónde está mi mamá?

—En la Gloria —sentenció Tefa.

Lelinca no lloró. Permaneció quieta sentada junto al viejo fogón en donde ardían los carbones, perfumando la cocina de bosques y resinas incendiadas. Su humo tenue produjo que de los ojos de Evita brotaran dos lágrimas minúsculas. Lelinca siguió quieta, bajó la vista y se encontró con su faldita negra. ¿También ella estaba de luto como sus tías? ¡Sí, también! Y también lo estaba Tefa y también Evita.

—Sólo quedamos nosotras tres —dijo Evita.

Lelinca la miró con atención: su hermana tenía el rostro arrugado y sus cabellos rubios estaban casi blancos; entonces, confundida, no supo si era Evita o era ella misma, pues notó que tampoco sus pies alcanzaban el suelo y que llevaba calcetines negros.

—¡Tefa!... ¡Tefa!... —gritó.

Tefa dio la vuelta y enseñó su rostro de india vieja, tan vieja que estaba surcado por arrugas profundas.

—No llores niña, no llores —dijo y se enjugó una lágrima muy triste.

Lelinca contempló los carbones encendidos y vio que los muros de la cocina se achicaron. Se estrecharon tanto, que sólo quedó lugar para una brasa de carbón encendida que brillaba enmedio de la oscuridad más completa.

—No llores niña, no llores. Vamos a cortar ramas de pirú, te haré una limpia y luego trataremos de irnos con todos —le aseguró la voz de Tefa.

El carbón encendido se movió de lugar y Lelinca supo que estaba en la mano de Tefa y que la criada no permitiría que se apagara hasta que le hubiera hecho la limpia con las ramas de pirú.

—Desobedeciste a tus padres. Te fuiste corriendo ese domingo. Anduviste en parajes lejanos, abandonada de tus padres y contaminada por extraños, por eso me quedé yo a esperarte en la cocina. Así se lo prometí a tu santa madre, cuando iba a despuntar el día de San Pedro y San Pablo. Pensaste sólo en vanidades... Primero iremos al Camposanto, para que les rindas cuentas a tus padres, que durante tantos años te estuvieron esperando y derramaron lágrimas de pena. Después, iremos a buscar las ramas de pirú y luego, limpia, llamaremos humildemente a las Puertas de Oro y Plata de la Gloria. Si no te permiten entrar, volveremos aquí, a esta cocina oscura, en donde te expliqué los dos caminos, el de las rosas y el de las espinas y que tú no quisiste escuchar y sembraste la desdicha en tu familia . . .

Dijo la voz de Tefa, que va guiando a Lelinca entre las sombras . . .

LA DAMA Y LA TURQUESA

Dionisia tenía miedo. Era difícil decírselo a Vallecas, su amistad con aquel hombre de mirada astuta, era reciente. Se preguntó si Vallecas era real o un error de la nueva dimensión en la que vivía. El hombre con cuerpo en forma de guitarra ocupaba un sillón incoloro. El cuarto era grande, con muebles pardos, una mesilla con quemaduras de cigarro y rincones manchados. De los muros colgaban cuadros homicidas: manchas rojizas y manos y narices fragmentadas. Los cuadros eran de Vallecas. Dionisia se sostuvo el brazo lastimado por la golpiza y se quedó quieta. La voz de Vallecas tenía un soplo asesino, podía destruir la habitación harapienta y Dionisia comprendió que debía callar.

Atrás de Vallecas estaba la ventana de vidrios sucios enmarcados en madera pintada de verde espinaca. El televisor daba grandes voces y un aire espeso envolvía el cuarto. Dionisia se preguntó por qué estaba ahí y echó una mirada a la puerta de salida provista de una enorme mirilla enrejada. No debía confesar que tenía miedo. Paula, la compañera de Vallecas, estiró las piernas y miró a Rosana su hija, vestida como ella, con un traje fabricado con tela de pantalones vaqueros.

—Mirá, Ignacio, que todo esto es ¡una mierda! ¡Una grandísima mierda! —sentenció Paula.

—¡Joder! Claro que es una mierda —contestó Ignacio Vallecas.

—¡Y qué podés esperar sino la mierda! —clamó Rosana con voz de gallina joven.

La palabra mierda amenazó con inundar el cuarto iracundo. Dionisia quiso saber cómo había llegado allí y trató de recordar. Un gato muy pequeño de color ámbar cruzó las sombras de la habitación: "Tengo hambre . . .", lo escuchó decir. Vallecas le dio un puntapié.

—Rosana, quita a este gato de mierda —ordenó Vallecas.

—No jodan, ya se marchó —contestó Rosana desde su lugar en el suelo.

—¡Cuidá que no enmierde la mesa! —gritó Paula.

Sobre la mesa puesta cerca de la entrada había restos de comida, platos sucios, trozos de huesos enormes y una olla con potaje frío. Para buscar al gato, Dionisia preguntó por el cuarto de baño. No sirvió su pretexto, Vallecas le hizo una señal a Paula y ésta la condujo por un pasillo astroso hasta una puerta gris manchada de grasa. Dionisia se encontró en un cuarto de baño de paredes sucias, taza de servicio rota, trozos de jabón y bragas usadas por el suelo. Allí no estaba el gato y Paula echó el pestillo desde afuera. Creyó que nunca iba a salir de ese baño. A sus voces acudió Rosana. Volvieron juntas al cuarto donde chillaba el televisor. Debía irse de ese espacio oscuro habitado por esos tres personajes peligrosos. Se sostuvo el brazo lastimado y quiso decir algo, pero no pudo.

—¡Ah! Ahora la policía te está rompiendo la cara a golpes. ¡Cabrón! —gritó excitado Vallecas, mirando la cara de un desconocido que apareció unos segundos en la pequeña pantalla.

La habitación se sacudió y en sus muros aparecieron salpicaduras de sangre. "¡Vaya mièrda!", dijeron a coro los tres personajes. Dionisia ignoraba quién era aquella "mierda".

—Este cabrón quiso sacarnos de una iglesia cuando hacíamos "una sentada". ¡Se lo llevaron los guardias! ¡Hijo de puta! —explicó Vallecas.

—¿Te pegó? —preguntó Dionisia al recordar lo que acababa de sucederle a ella.

—¿A mí? ¿A un artista? ¡Qué va! ¡No me tocó! —dijo Vallecas indignado.

La cólera de Vallecas era temible y se sintió en peligro encerrada en aquellos muros privados de luz.

—¡Joder! Te has puesto pálida —exclamó Paula echándose a reír.

—¿Por qué te pones pálida? Tú eres una mierda. ¿Qué

temes? Sólo eres una pordiosera patética con un abrigo de pieles que debes vender inmediatamente. No eres nadie. ¡Nadie! —gritó Vallecas.

Dionisia se preguntó por qué la rodeaban aquellos tres desconocidos y recordó... Sí, recordó, recuperó su memoria translúcida. Aquella memoria que había perdido para siempre y que surgió como un pequeño resplandor que fue creciendo para mostrarle trozos de su irrecuperable pasado.

La palabra iglesia produjo el chispazo repentino y su primer recuerdo fue el de le catedral iluminada por el alabastro que cubría sus ventanas. Frente a ella estaban los fieles salpicados de polvo de granizo, brillando dentro de un aire líquido. La reina estaba muy cerca de ella y su traje y su toca despedían reverberaciones azules. Tenía las manos enlazadas como dos nenúfares. La iglesia ondulaba en luz atravesada por pequeñas ráfagas de nieve. Los rostros, las joyas, los trajes y los muros estaban bañados por la misma luz cambiante salpicada de copos movedizos. Al terminar la música que ella no escuchó, la reina y su cortejo abandonaron la iglesia, sólo ella permaneció bajo las naves de la catedral de Ravena. Por sus muros centelleantes avanzaban las figuras azules de los reyes, luciendo túnicas de agua y de granizo, mecidas por la luz del fondo de un océano azul muy pálido. No existían los olores y la música eran vibraciones ondulantes en las cúpulas y las columnatas. Sólo había una grave frescura y la luz descomponiéndose en azules. Quiso permanecer en aquella memoria, pero la iglesia se apagó con lentitud y volvió a las tinieblas... Alguien la llevó a un palacio con techos en forma de cebolla de oro, en donde la misma luz bañaba a los rostros que la contemplaban. "¡Qué hermosa es!", decían los labios sorprendidos. Asistía a los salones iluminados por corrientes de luces, bajo las cuales giraban las parejas, levantando nubes de nieve. El polvo de la nieve se prendía en los trajes y en las cabelleras. Los torbellinos congelados permanecían intactos, cuando ya sólo los lacayos de diamante apagaban las luces. Recordó el río y sus paseos por los muelles cubiertos de brumas ligeras hechas de cenizas transparentes. Era más feliz en el dormitorio, frente al espejo de profundidades imprevistas, que reflejaban las sedas azules de los muros y el dosel dispuesto a derribarse sobre la alfombra de cristal. Allí estaba quieta, admirando los cortinajes que ocultaban o mostraban a los cielos y a las cúpulas descompuestas en millares de puntos luminosos. Los espejos reflejaban rostros y flores de venas nutridas de reflejos. Un hombre rubio contemplaba desde una ventana la tempestad de luces que lanzaba la nieve y que a él lo convertía en estatua. Cerca una joven acuática, sus sienes eran lunas pequeñas y su bata olas cambiantes. Dionisia recuperaba trozos de su perdida memoria en esa habitación de muros sucios y personajes irreales y opacos... Sí, alguna vez viajó al extranjero y los árboles, los tejados, las calles y los ríos también eran azules y lunares. Nadie podía imaginar la variedad del sol convertido en millares de rayos y la increíble luminosidad de la luna repartida en formas nevadas por los cielos múltiples. Dentro de esa perdida memoria los ángeles flotaban en las catedrales, las vírgenes abandonaban sus altares para avanzar con paso leve por avenidas de luz abiertas en el espacio cerrado de las naves. Los mendigos eran de cristal y sus manos tendidas lanzaban luces que iluminaban los pórticos de los palacios y las encrucijadas de las calles... Sí, su memoria perdida era azul, sembrada de torbellinos de nieve, de ventiscas, de astillas de cristal y espirales de granizo. Tal vez existían memorias de colores diferentes. Había memorias verdes como madreselvas y memorias rojas como los trajes de los cardenales. También había memorias amarillas como los girasoles o las túnicas de los monjes budistas. Ella los había visto y sus figuras alargadas guardaban en el centro a una mandarina congelada bajo un torrente de jacintos... Dionisia no estaba muy segura de cómo eran las memorias de los otros, sólo estaba segura de cómo había sido la suya antes de perderla para siempre.

Miró el cuarto iracundo y supo que guardó su memoria mientras fue ella misma. Después sucedió la catástrofe y olvidó. Vagamente recordó el tiempo de cristal, el tiempo celeste: "Si se acaba la luz se acaba el tiempo", se dijo y trató de hallar refugio en el recuerdo de aquella luz perdida, para escapar a la palabra "mierda". Mientras pudiera recordar un trozo de la luz perdida, existiría. Acudió a su memoria Nueva York, en donde estuvo un tiempo: "¡Es magnífica!", exclamaban al verla. Ella se dejaba contemplar por los nuevos personajes parecidos a torres de mercurio. Se puso triste al encontrarse frente a una copa de Benvenuto Cellini. La copa estaba sola en un salón. Era una catedral pequeña guardada por una serpiente de escamas amenazadoras y lengua aguda. Le hubiera gustado quedarse allí y pensó que había tenido mala suerte. Si Cellini la hubiera conocido no andaría perdida y sin memoria escuchando la palabra "mierda". Estaría sola, como la minúscula catedral encerrada en un salón y guardada por la serpiente de lengua de hielo.

Fue la mujer de Curro Móstoles, una mujer inesperada en su vida, la que la arrancó de su memoria. "¡Es demasiado ostentosa. Demasiado grande, me van a creer muy rica!", exclamó y le ordenó al joyero partirla en varias piezas. El joyero obedeció la orden y de pronto Dionisia se encontró fuera de ella misma, sola y extraña en una calle de Madrid. Salió de la joyería a ciegas, privada de la luz y caminó entre personas gruesas, de carne porosa y cabello hirsuto. No sabía qué hacer, pues nunca se había hallado fuera de la turquesa en la que nació y vivió tantos años luz. El aire caliente amenazó derribarla. Rondó la joyería para espiar a la señora Móstoles, ya que cuando pronunció su sentencia ella dormitaba y no alcanzó a verle el rostro. Hablaría con ella para convencerla de dejarla entrar en su antiguo yo, aunque el espacio fuera mucho más pequeño. Entró a la joyería y le sorprendió que el joyero no la examinara con su lente y exclamara: "¡Es magnífica!"

—¿Qué quiere esta mujer? —preguntó el joyero a sus empleados.

—¿Donde vive la señora Móstoles? —preguntó Dionisia en voz baja para olvidar los alaridos del joyero.

—La señora Móstoles es una gran artista y no puedo

satisfacer su insolencia —contestó el joyero.

¡Era una artista! Recordó a Cellini y se sintió aliviada. La señora le permitiría vivir en uno de los trozos de la turquesa cortada que fuera su memoria, su país y su casa. Los artistas amaban a la luz y recordó Ravena en donde la Reina avanzaba para siempre entre reflejos. El joyero la observó alarmado, sus ojos despedían tinieblas.

—Esta mujer es muy extraña... ¡que pálida!... sus cabellos son rubios azules. ¡Márchese! —ordenó.

Dionisia permaneció quieta y pidió nuevamente la dirección de la señora Móstoles. "¡Llamen a la Policía!", escuchó decir al joyero. Sonó un campanillazo terrible y entró un guardia.

—Guardia, esta mujer entró aquí a preguntar por la señora Móstoles —explicó el joyero.

El guardia se volvió a mirarla y observó sus cabellos pálidos, su piel aún más pálida, sus sandalias, su traje azul, su abrigo de pieles lujosas y se quedó perplejo.

—¿Qué más ha hecho? —preguntó.

—¿Le parece poco? Ha entrado aquí, es una ladrona —gritó el joyero.

—Quiero saber dónde vive la señora Móstoles. Ella se quedó con mi casa y la rompió en muchos trozos —repuso Dionisia con voz clara.

—¿Ha escuchado usted, guardia? Esta extranjera acusa a la señora Móstoles de ser ladrona.

—Si esa señora le ha roto su casa, dígale donde puede encontrarla —razonó el guardia.

Dionisia escuchó que el gobierno protegía a los turistas y perseguía a los nacionales. El guardia cambió de color, Dionisia nunca había visto caras rojas.

—¡Vamos, señora, salga usted de aquí, que se va a armar un lío! —le urgió el guardia.

Salieron juntos de la joyería y entraron a un café en busca de una guía de teléfonos. "Es natural, usted no entiende el español, aguarde, aguarde...", dijo el guardia, mientras marcaba un número y luego preguntaba por la artista. Dionisia lo vio agitarse.

—Señora, ¡por Dios!, no se ponga usted así... No, no

234

la busca la policía, la busca una extranjera...

La artista no aceptaba que la llamara un guardia ¡era el colmo! La discusión duró unos minutos y al final la señora Móstoles aceptó concederle una entrevista a esa mujer, no sin advertir que daría cuenta a Seguridad.

—Vaya usted a esta dirección a las cuatro de la tarde —le dijo el guardia y le tendió un papel.

Dionisia caminó muchas horas entre cuerpos compactos que avanzaban hacia ella dispuestos a derribarla. Por la tarde subió al piso de la señora Móstoles. Una mujer la hizo pasar a un cuarto con mesas de vidrio y muebles pintados de blanco. Cuando apareció la señora Móstoles, Dionisia supo que la habían engañado. ¡Esa mujer no era artista! Su carne era opaca, sus cabellos amarillos y quemados. Defraudada, le explicó de prisa a aquella mujer regordeta que necesitaba verla porque había comprado la turquesa.

—¡Naturalmente que la compré! ¡No he robado nada! —gritó con voz estridente.

Dionisia guardó silencio, la Móstoles no comprendería jamás que había roto su casa y su memoria. Entró la mujer que abrió la puerta.

—Ya están aquí, señora —anunció.

La señora Móstoles se llevó una mano al rostro y cerró los ojos, en sus párpados había colocado una grasa que intentaba ser plateada. Dionisia sintió miedo al ver sus uñas sanguinolentas. Fue entonces cuando entraron Paula y Vallecas, dos personajes amenazadores fabricados en lana cruda. Los vio acomodarse junto a la dueña de la casa.

—De manera que te llamó la policía —dijo Vallecas.

—¡Mirá que es el colmo! ¡Eso no ocurre más que en este país de mierda! —comentó Paula.

—La señora se interesa en la turquesa que compré —dijo la Móstoles.

—¿Qué clase de mierda es ésta? ¿Es que no existe libertad para comprar una joya? —preguntó Vallecas.

—Querida, usted desconoce que la libertad es sagrada —afirmó Paula señalando a Dionisia con el dedo.

Los recién llegados le volvieron la espalda. Dionisia escuchó que hablaban de la Caja de Ahorros, el valor del dólar y la libertad. También hablaron de Seguridad, en donde Curro tenía amigos y presentaría una queja.

—¿Qué derecho tiene usted para preguntar sobre la turquesa que compró Marichu? —le preguntó Vallecas volviéndose a ella con brusquedad.

—Verá usted, la turquesa es mi memoria, es mi patria...

—¡Déjese de macanas! ¡Hable claro! ¿Cuál es su patria? —interrumpió Paula.

—La turquesa. Y también es yo... comprenderán que nadie puede vivir privado de su yo, de su casa, de su...

Vallecas hizo un gesto grosero y Marichu Móstoles se enjugó una lágrima que trazó un camino oscuro en la capa de pintura que cubría su rostro. Vallecas se encaró a Dionisia:

—¡Déjese de coñerías!

Paula intervino: una patria es algo definido y ella había molestado a una artista, llamado a la policía, se trataba de un miserable chantaje.

—Sólo en un país tan mierda como éste, existen ataques tan brutales a la intimidad como el que usted ha cometido —concluyó Paula.

La señora Móstoles movió la cabeza y sus pendientes de diamantes lanzaron rayos azules en la opacidad del cuarto. Dionisia se puso de pie, se acercó a la artista y sin rozar su mejilla tomó entre sus dedos un pendiente:

—¡Son diamantes! —exclamó.

Dionisia miró a las profundidades de la piedra, sí, era un diamante. Adentro, estaba un joven tan pequeño como ella, que la miró con intensidad, sacó su espada, la cruzó sobre su pecho, en señal de un grave peligro. Después la envainó nuevamente y se llevó un dedo a los labios en señal de silencio. "¡Son magníficos!", escuchó decir a Paula. La señora Móstoles permaneció inmóvil. Dionisia volvió a su asiento y miró asustada a los tres personajes.

—¡Mierda! Esta mujer es cleptómana, cuidado Marichu —advirtió Paula.

Salió con Vallecas y con Paula. "No te preocupés querida, investigaremos quién es esta pájara", escuchó decir a la compañera de Ignacio Vallecas. La pareja la llevó a un restaurante rodeado de espejos que repetían con ligeras variantes a sus nuevos amigos y la repetición la paralizó de terror. Al terminar la cena la llevaron a su casa y allí conoció a Rosana. Los juzgó temibles y decidió obedecerlos. Escuchó decir que también Vallecas era artista. Los cuadros homicidas los había pintado él en su "época de París". El nombre de la ciudad la sobresaltó y como estrellas errantes pasaron veloces algunas imágenes de la visita del Tzar Nicolás II. En ese instante supo que el mundo estaba, entonces, encerrado en la perfección de un granizo.

—¡Qué guapo era el Tzar! —exclamó al vislumbrar en su memoria los destellos azules de su rostro.

—¡Pero mirá, qué dice esta mujer! ¡Pero si está loca! —gritó Paula.

Vallecas se puso alerta y le dio un codazo a su compañera. El diálogo se volvió difícil. Vallecas despedía un olor putrefacto que venía de sus cuadros.

—¡París! ¡Vaya mierda! ¡Los francesitos son perfectamente asesinables! Nos llamaban metecos... —exclamó Paula con la mirada opaca.

Dionisia tuvo la certeza de que la mujer era ciega. La luz no podía penetrar a través de las tinieblas endurecidas de sus pupilas. Paula podía hacerla pedazos, como el joyero había hecho pedazos su memoria y calló. Más tarde no pudo recordar lo que les dijo. Temió haber recordado el lago congelado en el que patinaba con una hermosa dama, pero evitó decir que vivía adentro de la turquesa. No supo si explicó que dentro de la turquesa existían estanques en los que se mecían las raíces de los lirios como se mecen al viento los cabellos de los niños. A sus acompañantes no les interesaba la luz, ni las partículas de las que están hechas las aguas de los lagos, ni el viento protector. Creyó haber guardado silencio y sin embargo Vallecas le dijo:

—Escribe esas fantasías, tal vez ganes algún dinero, supongo que no tienes una peseta.

Le regaló papel y un bolígrafo y le ordenó llevarle lo que hubiera escrito. Después se volvió a Paula.

—¿No piensas que los cabellos rubios con tonos azules son horribles?

—¡Qué me decís! Una persona así, es totalmente asesinable —contestó Paula.

La llevaron al Hostal Don Carlos que estaba muy cerca de su casa. El hostal se encontraba en un cuarto piso. De una oficina defendida por canceles de vidrio salió un hombre en mangas de camisa, que consultó con doña Inmaculada, la propietaria, si podía recibir a la extranjera. Inmaculada dio el permiso y el hombre pidió: "Documentación." Dionisia confesó que carecía de ella. "Vaya usted a la Comisaría", le dijo el hombre en mangas de camisa.

Dionisia volvió a la calle, buscó la oficina de policía y una vez allí, evitó hablar de la turquesa.

Los escribanos la escucharon con impaciencia y uno de ellos la interrumpió.

—Para sintetizar, usted es apátrida o perdió sus documentos. ¿No es así?

—Así es . . . apátrida.

Le extendieron un permiso para dormir en el hostal e hicieron comentarios sobre la extrañeza del color de sus cabellos y de su piel. Debía legalizar su situación y volver a la comisaría. A partir de esa noche, Dionisia acudió con regularidad. Los empleados la miraban perplejos: su caso era complicado, pues no podía probar que había nacido en ningún país.

En el Hostal don Carlos le concedieron una habitación gris, cuya ventana daba a un patio interior. Los muros encerraban un calor parecido al aliento de un dragón indignado, que abrasaba las paredes, el piso y el techo. Al amanecer la despertaba el ruido ensordecedor de millares de cacerolas, cubiertos y platos. El estruendo y el calor la obligaban a dejar la cama y a dirigirse a un salón en el que reinaba la oscuridad. Varios huéspedes parecidos a

Vallecas ocupaban sillones de cuero negro y Dionisia escuchaba sus comentarios: "¡Qué cabellos más llamativos!"... "¿De dónde sale este personaje?" Una mujer corta de estatura y rostro inmóvil, doña Inmaculada, repetía:

—¿No piensa presentarse hoy en la Comisaría?

Salió y volvió al cuarto ardiente inundado de ruidos de cacerolas y se preguntó nuevamente: "¿Qué hago aquí?"... "¿Qué sucedió?" Asfixiada por el calor empezó a olvidar a la turquesa. Hasta entonces, nunca había sido desdichada. Ahora tenía hambre y evitaba pasar frente al salón. "La tía come pan como una rata", escuchó decir a doña Inmaculada. Vallecas tenía razón: vendería su memoria olvidada. Trató de recordar lo que no recordaba. Cerró los ojos y se produjeron algunos chispazos de su vida dentro de la turquesa: la velocidad con la que se consumían los cirios delante del icono de tapas de oro. Pero, el icono, los cirios y los reflejos azules se desvanecieron y sólo apareció la figura inmóvil de doña Inmaculada. Llevó su recuerdo de cirios a Vallecas, pues tenía hambre.

En el cuarto de los Vallecas supo que el rumor de su estancia en la ciudad se había esparcido y que "los peruanos" estaban indignados. ¿Quiénes eran "los peruanos"? La palabra le sonó siniestra.

—¡Y mirá! Los artistas —contestó Paula.

Vallecas le ordenó callar a su compañera y continuó comiendo un trozo de carne marrón prendido a un enorme hueso. En la olla de potaje flotaban zanahorias y Paula le ofreció a Dionisia una naranja.

—Tú escribe. Ya hemos hablado con Aluche, un editor —dijo Vallecas.

—¡Muy eminente! Le tira más bofetadas a su mujer... y siempre está ¡borracho! —afirmó Rosana.

En los ojos de Vallecas se formaron borrascas y Dionisia quiso irse en seguida; siempre que iba allí le dolía la cabeza. "Me la van a romper como me han roto la memoria", se dijo asustada. Esa tarde le dijeron que Marichu estaba dispuesta a venderle la turquesa en el mismo precio en el que la adquirió. ¡Le daba la oportunidad de volver a su casa!

Llena de entusiasmo ante la noticia escribió durante muchos días lo que no recordaba y al atardecer paseaba por las calles asfixiantes, en donde el aire estaba quieto, las plazas inmóviles y los palacios en ruinas. La luz había abandonado a la ciudad. Entraba a los hoteles en los que había criados muertos esperando la aparición de algún personaje y, en los muebles de sedas desvaídas de los vestíbulos, sólo encontraba a personajes iguales a los Vallecas. La intrigaba el uniforme infame de aquellos personajes y de pronto supo la verdad: había caído en una ciudad penitenciaria, poblada de convictos. Volvió al Hostal don Carlos para escribir su descubrimiento, pero se sintió calcinada. Recordó vagamente a un barco blanco flotando en olas blancas. Aquellos blancos estaban matizados de azules fríos y surgían como de su memoria como burbujas e invocó a las burbujas, ellas debían ayudarla.

Durante varios días le llevó su memoria perdida a Vallecas. Una tarde, un hombre de tez oscura la alcanzó en la escalera y ella creyó que iba a golpearla.

—Debe usted mudarse de este hostal. No es bienvenida, le dieron el cuarto que está encima de la cocina. Yo también soy huésped y sé que allí pusieron antes a dos huéspedes extranjeros y . . .

—Me iré cuando haya pagado la cuenta —contestó asustada.

—Soy egipcio, en realidad no debería meterme en esto, pero la he observado y son injustos . . .

Dionisia se detuvo en los escalones sombríos. "Son injustos . . .", había dicho el desconocido y recordó a "los peruanos". ¿Quiénes eran injustos? Vivía a oscuras, rodeada de desconocidos. Salió con el egipcio y éste la acompañó hasta la puerta de los Vallecas. Dionisia vio que en la mente del hombre se dibujaba el rostro de Inmaculada.

—Dígame . . . —le suplicó.

—Quieren acusarla de vagabundaje. Es decir, de algo más sucio, algo peor, muy castigado para las extranjeras.

¡No hable con ningún cliente! Usted no tiene un solo amigo —afirmó mirando al interior del edificio en el que vivía Vallecas.

Quiso preguntar algo, pero no se atrevió a decir una sola palabra. El miedo la paralizó y supo que podía romperse en mil pedazos. El egipcio bajó la cabeza y Dionisia lo vio alejarse. Quiso llamarlo y pedirle auxilio, pero era "un cliente". Se volvió para ver si alguien la seguía y por primera vez sintió que iba a evaporarse, a convertirse en nada.

Cuando le entregó las hojas escritas a Vallecas, le confió sus temores sin nombrar al egipcio.

—Inmaculada es magnífica —dijo Paula.

—¿Cómo puedes fiarte de habladurías? ¡Nadie puede acusarte de nada, porque no eres nadie! Simplemente una mendiga patética. ¿Por qué no vendes el abrigo de pieles? —dijo Vallecas.

Lo obsesionaba el abrigo con que había salido de la turquesa. ¡No podía venderlo! Olvidaría completamente su perdida memoria. Siempre estuvo envuelta en aquellas pieles que la protegían del frío de las profundidades congeladas de la piedra preciosa. Todas las habitaciones de las turquesas lo tenían. En cambio los habitantes de las esmeraldas poseían túnicas de sedas espesas cuajadas de hojas de oro, para celebrar los fastos de la primavera. Escuchó decir a Rosana.

—Sólo una estarleta de los años cuarenta puede vestirse como ella.

—Le encuentro parecido con una nevera. ¡Muy aséptica! Yo prefiero a una mujer que huela a axila —dijo Vallecas.

Unos días después, Vallecas le pagó cien pesetas por las hojas escritas y le repitió que seguía sin noticias de Aluche, el editor. Descorazonada paseó por la ciudad, en busca de los escaparates de las joyerías. Encontró piedras preciosas y las escrutó con intensidad. En un aderezo de rubíes, las damas agitaron los brazos, como el coro griego que anuncia la tragedia, ordenándole que abandonara la ciudad. Después, las damas de túnicas esplendorosas y coronas de llamas se cubrieron el rostro y permanecieron inmóviles. Continuó su paseo por las calles oscuras y se encontró con una fila de convictos que avanzaban con dificultad hacia la entrada de un edificio que lucía sobre su portada a un cartelón hecho con colores sucios que decía: "Diódora... Diódora", al pie de la figura enorme y grotesca de una mujer con los pechos desnudos y enmedio de ellos una cruz negra en forma de aspas de molino. La mujer tenía los cabellos rubios azules. Se acercó a un convicto de la fila.

—¿Qué es esto?

—La obra cumbre de Azuara. Trata de una nazi que se finge cleptómana de joyas y tortura a los artistas. En esta obra Azuara juega con el tiempo de una manera magistral. Yo la he visto ya diez veces. ¿Usted no la ha visto?

Dionisia contempló al hombre que se rascaba las barbas mientras sus ojos febriles brillaban de entusiasmo. No, ella no había visto aquella cosa, vio al hombre avanzar penosamente en la fila y se repitió "Diódora.... Diódora...", y tuvo la certeza de que Vallecas le ocultaba algo.

Su vida en el Hostal don Carlos empeoró. "Usted no come nada", le decía la criada que limpiaba el cuarto ardiente, mientras ella escribía sin descanso para ganar el dinero necesario y liquidar la cuenta que doña Inmaculada le presentaba diariamente.

En la casa de Vallecas había revistas con mujeres desnudas y calcetines a rayas. "¿Por qué los llevan?", preguntó.

—¡Mirá es erótico! ¡Mierda, no te enterás de nada! —le contestó Paula.

Vallecas hojeaba los papeles escritos por ella.

—Si no pagas el hostal terminarás en la cárcel... —dijo con voz casual.

—Todo está planeado. ¡Es diabólico! ¿No ves que esta pobre es una loca? —gritó Paula.

—¡Qué coños dices tú! —dijo él iracundo.

Dionisia alcanzó la puerta y huyó. La calle estaba oscura, anochecía más temprano y el calor bajaba. Se sintió bien entre las sombras, deseaba ser invisible como cuando habitaba la turquesa, ahora ella empezaba a romperse en trozos. La amenazaba un peligro y estaba indefensa. Descubrió otro cartelón con una mujer de cabellos rubios azules, llevaba botas negras, dos clavos enormes en las manos y estaba desnuda. "Arranca los ojos Dorotea", anunciaban las letras al pie de la mujer pintarrajeada. Una fila enorme de personajes igualmente sombríos avanzaban a una gran puerta iluminada. El hombre que había visto a "Diódora . . . Diódora" la reconoció.

—Es la obra cumbre de Azuara. Trata de una puta nazi que ciega a los artistas. Persigue a uno que conoce su pasado y mientras lo encuentra va cegando a todos aquellos que pudieron haberla conocido. ¡Azuara juega con el tiempo, es magnífico!

Dionisia se alejó de aquella Dorotea que le recordaba a Inmaculada. No podía escapar de ella, necesitaba que Aluche comprara sus memorias olvidadas.

—La llamó a usted don Curro Móstoles —le anunció una tarde doña Inmaculada.

Curro Móstoles era el marido de Marichu Móstoles. "Me devolverá la turquesa . . .", se dijo. Un automóvil negro vino a buscarla. Era el coche de Curro. El chofer la depositó en la puerta de un restaurante. Se encontró en un bar pequeño invadido de desconocidos. Un hombre encaramado en un banquillo saltó al suelo.

—¡Eres tú! Cómo has cambiado, no te hubiera reconocido nunca . . . —le dijo tendiéndole la mano.

Dionisia nunca había visto a aquel personaje adornado de un enorme bigote. Un criado los condujo a una mesa elegante. La comida era olorosa y Móstoles comió con apetito. Por su parte, Dionisia no pudo comer pues no recordaba al personaje que le hablaba con familiaridad. Mencionó su traje blanco de encajes, su salón de cortinajes amarillos y de pronto la miró con fijeza: quería saber algo que nunca entendió:

—¿Por qué llevabas siempre un guante blanco en la mano izquierda? —le preguntó.

En la oscura memoria de Dionisia apareció vagamente

una casa, un jardín, unos árboles, pero no apareció Móstoles. El hombre insistió: "Estuve varias veces, me llevó Robert y tú siempre llevabas ese guante..."

—Has cambiado muchísimo. Te vestías como una niña que va a hacer su primera comunión... y tus cabellos no tenían ese tinte azul... —afirmó mirándola con desconfianza.

A su vez, Dionisia deseaba saber de quién hablaba aquel hombre. La palabra Robert hizo que en su memoria se dibujara una mancha clara y alargada que se movía en un salón amarillo con reflejos azules. "Ludmila", se dijo. Ludmila resbaló en escena y se rompió un dedo, durante la convalescencia llevaba puesto un guante y ella no podía ver nada. Fue entonces cuando aparecieron los hombres que se llevaron las consolas en las que brillaban rosas congeladas y los espejos escarchados. A ella la guardaron y apareció en la joyería en la que la cortaron en trozos. ¡Móstoles era el culpable de su desdicha! "¿Por qué me confunde con Ludmila?" No la confundía y pensó que sólo deseaba asustarla como lo hacía Vallecas. Ambos personajes estaban fabricados con materiales groseros y ninguna luz iluminaba sus rostros opacos. "¿Dónde estará Ludmila?", se preguntó, tratando de olvidar que se hallaba bajo la mirada astuta del hombre de bigote erguido.

—Marichu ya no quiere la turquesa. ¡No soporta que nadie sufra!... le han salido pupas y se ha marchado de Madrid.

Dionisia sintió renacer la esperanza, Móstoles deseaba devolverle la turquesa. En voz baja le explicó a su amigo que necesitaba salir del hostal, una criada le alquilaba un cuarto en General Ricardos.

—¿Qué dices? ¡Te has vuelto loca! Es un barrio para la plebe. No puedes vivir entre gentuza —afirmó Curro.

Esa misma tarde, Móstoles decidió su destino. La mudó del hostal a un piso amueblado. El administrador, un hombre alto con tipo de moro y barba rala, sonrió satisfecho y le hizo una caravana, se llamaba don Inocente y el edificio La Flor Intacta.

—¡No tengo dinero! —exclamó Dionisia al enterarse de que debía pagar el mes por adelantado. Curro Móstoles hizo un gesto desdeñoso y don Inocente no prestó atención a sus protestas. En unos minutos Curro firmó un cheque y obtuvo para ella el piso compuesto por un dormitorio, un baño, una cocinilla, un salón y una terraza. El piso estaba al lado del despacho del Administrador.

—Así, tendrá usted más seguridad —le dijo acariciándose la barba.

Media hora después le prestó una máquina de escribir y sonrió satisfecho de su magnanimidad. Dionisia sintió que la bañaba el rocío que cae por las mañanas sobre los jardines antiguos. Escribió toda la noche, pues repentinamente su memoria perdida la llevó a un cementerio con ángeles de nieve, cruces de hielo, arcángeles de luz, cipreses de plata con vetas oxidadas, guirnaldas de flores eternamente pálidas y el cielo movedizo hecho de banderolas con todos los matices del azul, atravesados por corrientes de mercurio. Sí, era una tarde única, envuelta en lágrimas iguales a diminutos arco iris. Recordó el revuelo al paso del cortejo y el instante en el que los arcángeles bajaron sus espadas y cerraron los ojos en señal de duelo. Ella iba en la mano del amante de la dama difunta. Cuando abandonaron el cementerio, los ángeles volvieron a sus lugares, los arcángeles levantaron sus espadas y el cielo giró vertiginosamente. Se alejó en un carruaje de las tapias que encerraban a ese mundo más azul, más perfecto, en el que las cruces lanzaban rayos de luz para despedir a los mortales. La dama no quedó bajo tierra, flotaba detrás de los cristales del balcón de su amante y el joven se levantó para contemplar su rostro. Esa noche nevó y el rostro de la dama quedó dibujado con delicadeza en todos los cristales del balcón.

Móstoles se presentó a recoger las hojas que había escrito y Dionisia tuvo la impresión de haberse equivocado nuevamente. La fuerza brutal que despedía aquel hombre bajo de estatura le produjo miedo. Cenaron en una tasca oscura en la que el olor a jamón era demasiado intenso.

—¿Has visto las obras de Azuara? Es un plagiario y pronto pasará de moda —afirmó Móstoles.

A Dionisia no le interesaba Azuara, ignoraba quién era, a ella le interesaba la cara que estaba al otro lado de la mesa limpiándose el bigote.

Se despidieron cerca de los pisos de La Flor Intacta y Curro, antes de alejarse, le colocó un billete en la mano. Entró desconcertada a su departamento y tuvo la certeza de que alguien lo había visitado durante su ausencia. No pudo conciliar el sueño, la imagen gigantesca de don Inocente se proyectaba en todos los rincones. Encima de su cama pendía un candil de plomo y vidrio, Dionisia descubrió que los alambres que lo suspendían estaban rotos y que alguien los había sustituido por hilos endebles que amenazaban romperse de un momento a otro. Se fue a la terraza y las estrellas parpadearon: existía una trampa en aquel piso. Era urgente recuperar a la turquesa y huir de aquella gente obtusa. Para aliviar el miedo, trató de recordar algo y pasarlo al papel, se encontró en una galería formada por toldos blancos, avanzando de prisa en la mano de un hombre en traje de ceremonia religiosa. El hombre no iba a ninguna ceremonia, avanzaba solo bajo aquella empalizada cubierta de telas blancas y casi no pisaba tierra. De hecho, ella no veía el suelo. Solamente vio a un grupo de mujeres de cofias blancas abiertas como las de palomas en vuelo. Las mujeres avanzaban hacia él con reverencia, cada una llevaba en la mano un cirio provisto de una llama azul. Reinaba un grave silencio a juzgar por la quietud de los toldos. Las cofias blancas cayeron de rodillas y la mano surcada de venas azules hizo signos sobre las alas abiertas de las cofias. Las llamas azules formaron un círculo cuyo reflejo llegó a las profundidades de los estanques congelados en los que ella se encontraba ¡y la cegaron!

Por la mañana entró una sirvienta desmedrada que la miró con lástima, como si quisiera decirle algo, pero tras ella apareció la figura enorme de don Inocente.

—La lámpara se va a caer ... —dijo Dionisia.

—¡Imaginaciones! La gente que escribe inventa atrocidades —contestó don Inocente.

Guardó silencio, era más prudente no contradecir a aquel gigante. El administrador le ordenó ir a la Comisaría para obtener el permiso de vivir en su piso. Salió con rapidez y regresó con el papel deseado.

—Es muy indulgente la policía española —comentó don Inocente chasqueando la lengua.

Por la noche, Móstoles repitió lo mismo: "Es muy indulgente la policía española." Comió con apetito y después de guardarse las hojas escritas por Dionisia comentó que sus memorias eran imposibles de vender: "A nadie le interesa la vida de una mujer que vive dentro de una turquesa", dijo.

Encontró estropeada la cerradura de la puerta de entrada y el miedo la inmovilizó. Podía estallar en multitud de añicos. Debía escapar de aquel círculo de personajes que carecían de pensamiento, no eran reales, pertenecían a otra dimensión. Miró en su derredor y se sintió atrapada. No existía nadie a quien comunicarle sus temores. Estaba absolutamente sola.

Don Inocente se ofreció para guardarle su abrigo de cibelina, ya que la cerradura de su piso estaba rota. Entró a la habitación de dormir y recogió las pieles, que estarían más seguras en su despacho. Dionisia lo vio irse con su abrigo y olvidó lo que estaba escribiendo. Trataba de un lago con junquillos. ¿Qué había sucedido después? No logró recordarlo. Se quedó junto a la ventana: "Nunca pude comprarle un abrigo así a Marichu. El mejor que le compré es un 'Black Diamond'", le había dicho Curro unos días atrás. La interrumpió la sirviente desmedrada, que dejó la puerta abierta.

—Por favor, no me haga hablar la señorita... No, no quiero hablar. Quieren volverla loca... —trabajaba con rapidez y miraba hacia la puerta abierta.

—Me han prohibido que la cierre... —dijo.

Cuando la mujer se marchó, corrió hacia la ventana en busca de algún camino que pudiera sacarla de aquella soledad imprevista formada por paredes opacas y multitudes extrañas. ¿En dónde estaba la turquesa y las manos que la habían llevado? ¿En dónde sus amigos que la observaban desde afuera? ¿En dónde las ciudades, las terrazas, los jardines, las montañas y los lagos? Todo había desaparecido para dar paso a un mundo tenebroso, poblado por seres ciegos a la luz y formas amenazadoras. También su lenguaje era temible y peligroso. Se dio cuenta de que sus palabras eran bichos inmundos que brotaban de sus labios y recordó su tiempo mudo, sumergido en los estanques congelados hasta los que no llegaban ni las palabras ni los ruidos.

—Escribes con lentitud, no llegas al meollo. ¡Oye! una apátrida no puede ir como vas tú, de azul. ¿Qué te ha dicho la policía? —le preguntó Móstoles y notó que estaba muy interesado en la policía.

—Están buscando la forma de darme algún permiso... —contestó desganada.

Se dio cuenta de que todos la interrogaban y sintió un infinito cansancio. Tuvo la impresión de que en sus preguntas le ponían trampas. En cambio ella no le preguntaba nada ni a Curro ni a Vallecas ni a don Inocente.

Una noche, encontró rota la máquina de escribir. Pensó que el personaje que frecuentaba en su ausencia su piso podía sorprenderla en sueños y decidió no dormir. Por la mañana acudió a la Comisaría a renovar su permiso. Se preguntó si sería prudente decir que alguien le había roto la máquina que no era suya y decidió hacerlo. Los hombres que la atendían se miraron entre sí e hicieron un aparte. Después volvieron a ella.

—¿Usted es la extranjera que vive en La Flor Intacta?... Curioso, muy curioso, don Inocente ha pedido protección policiaca. Usted lo ha amenazado.

Quiso pedir explicaciones, pero los ojos que la miraban encerraban una grave preocupación. Al final, le extendieron el permiso y la dejaron ir. Al llegar a la esquina del edificio de La Flor Intacta, un hombre le salió al paso y le tomó una fotografía. El hombre huyó. Dentro del piso desolado, sintió que era inútil escribir sus memorias olvidadas. ¡Nunca recuperaría a la turquesa! Se sentó a esperar: "Llegará la luz, llegará el diamante, llegará el granizo . . .", se repitió durante muchos días.

Curro Móstoles se presentó un atardecer. Dionisia se quejó de lo que había hecho don Inocente en la Comisaría y Móstoles gritó indignado:

—¡Es un hombre incapaz de hacer algo semejante! ¡Tú te lo has inventado!

Dionisia le explicó con calma lo que le había sucedido: la lámpara con los cables rotos, la cerradura estropeada, la máquina de escribir destrozada y la confidencia de la sirviente: "quieren volverla loca". Curro se atusó el bigote y salió a reclamarle a don Inocente. Volvió al cabo de un rato.

—¡Esa criada es una sierpe! Está comprada por la policía —aseguró Móstoles, que parecía muy disgustado. Antes de marcharse le explicó que ella era una malagradecida.

Dionisia permaneció junto a la ventana muchos días. Una noche entró don Inocente, se acarició la barba y le anunció:

—Mañana se terminan sus días aquí. Mañana debe pagar el próximo mes, aquí se paga por adelantado.

"Si fuera verdad que mañana se terminan mis días aquí . . .", se dijo Dionisia esperanzada y cuando salió el Administrador permaneció junto a la ventana hasta que escuchó el timbre del teléfono. Era Curro, la invitaba a comer a la tasca. Durante la cena le anunció que salía de gira artística por varias semanas. Al final agregó:

—Tus memorias no sirven de nada.

—¿Y con qué voy a pagarle a don Inocente? —preguntó asustada.

—¡Yo que sé! Soy un trabajador, no soy un burgués. ¡Vende tu cibelina! Conozco a una francesa que compra ropa para el teatro, tal vez le interese.

Aceptó el trato y volvió a su piso. Se dio cuenta entonces de que la sirviente a la que Curro había llamado "sierpe" nunca volvió a hacer la limpieza. El cansancio le impidió dormir. Muy temprano, antes de marcharse para el extranjero, la llamó Curro. La francesa aceptaba darle siete mil pesetas por las pieles, él enviaría a un empleado a buscar la prenda. Con ese dinero podía encontrar un alojamiento más barato y él, Curro, la buscaría a su regreso. Dionisia permaneció quieta. Escuchó que llovía y vio algunos relámpagos a través de la ventana. ¡Había caído la noche! Sonó el teléfono, era el Administrador que la llamaba desde su despacho para ordenarle que se presentara allí inmediatamente. Obedeció la orden.

—He cortado el agua, la luz y el teléfono de su piso. Usted debió haber pagado ayer el dinero adelantado.

—Voy a vender el abrigo para pagar este día que le debo. ¡Démelo! —contestó ella.

El hombre abandonó su escritorio y avanzó hacia ella como una enorme mole. La golpeó y la sacó a empellones del despacho. Aterrada huyó a la calle. Caminó al azar por las calles oscuras barridas por la lluvia. No tenía adónde ir y el brazo que había recibido los golpes le dolía como si fuera a desprenderse de su cuerpo. Móstoles ya iba camino al extranjero, la noche era muy oscura y la lluvia amenazaba disolverla. ¿Qué quedaría de ella? Un pequeño humo azul disuelto en la tormenta. Recordó a Vallecas y a Paula. "Es diabólico", había dicho ella. Sintió que escondidos tras de los árboles estaban "los peruanos" y corrió a ver a Paula. Se encontró sentada en la habitación manchada y no se atrevió a decir que el Administrador la había golpeado. Iba a hacerlo, cuando Vallecas gritó: "¡Cabrón! ¡Tendrás la cara bañada en sangre!" Su cólera le produjo pánico y recordó que Móstoles le había repetido una y otra vez que Vallecas y Paula se golpeaban con brutalidad. Sin embargo, cuando apagaron el televisor, Vallecas se encaró a Dionisia y ésta mostró los golpes recibidos. Vallecas la escuchó con aire severo. ¿Y ellos qué podían hacer?

—Pedirle a don Inocente que me devuelva el abrigo para dárselo al empleado de Móstoles —dijo ella.

—¡Vamos, vas entrando en razón! Debes vender ese abrigo de mierda, sólo una putita con sueños de grandeza es capaz de echarse encima esa mierda —dijo Vallecas antes de marcar el teléfono de don Inocente.

Dionisia lo escuchó hablar en términos cordiales con su agresor. Don Inocente devolvería la prenda y esperaría cuarenta y ocho horas por el pago de los tres días de alquiler. Vallecas se mostró satisfecho.

—Mañana mismo entregas el abrigo al enviado de Curro, él te dará el dinero y asunto arreglado.

Su voz era tajante y Dionisia comprendió que debía retirarse. Volvió a la calle y trató de recordar cómo vivía antes de salir de la turquesa, pero sus recuerdos se escurrieron como agua entre las sombras de su memoria. En el piso privado de electricidad no pudo dormir. Tenía sed y de los grifos no salió una sola gota de agua. En esa noche larga e inolvidable le hubiera gustado saber llorar, tal vez hubiera tenido algún alivio, pero sus ojos permanecieron secos, mientras el miedo se volvía más espeso entre las sombras del piso solitario. Muy temprano, el Administrador la hizo firmar un recibo y le devolvió el abrigo.

—Le quedan treinta y seis horas para pagarme —le dijo divertido.

Dionisia se sentó a esperar la llegada del empleado de Móstoles, no entendía su tardanza y el día transcurrió eterno. Al oscurecer sonó el teléfono, era él, que pedía excusas por no haber llamado más temprano.

—Tengo mucho trabajo. Tataré de ir por la noche o mañana... —dijo la voz del empleado de Curro.

—¿Puede decirle a don Inocente que me devuelva el agua y la luz? Estoy a oscuras —le pidió.

—¡Ese hombre es una bestia! Trataré de calmarlo... no lo provoque, ha dicho que es capaz de arrojarla por la ventana. La llamaré —le dijo la voz y cortó la comunicación.

Dionisia esperó en vano durante un largo rato, después calculó con velocidad: la cerradura estaba rota, la noche muy avanzada, no contaba con nadie y si don Inocente lo deseaba, podía golpearla, tirarla por la ventana y no le sucedería absolutamente ¡nada! "Debo escapar", se dijo. Se echó el abrigo, escuchó el silencio, salió con sigilo y bajó por la puerta del servicio.

En la calle continuaba lloviendo. Caminó sin rumbo escuchando el ruido de sus pasos, la gente se cobijaba detrás de las ventanas iluminadas de sus casas. Tuvo miedo, en verdad que el mundo era redondo y solitario. Caminaría toda la noche... de pronto vio las espaldas de un hombre metido en un impermeable blanco. El hombre iba de prisa y decidió seguirlo, era el primer cuerpo luminoso que encontraba en esa ciudad extraña. Su silueta tenía algo familiar y estuvo segura de que ignoraba que ella lo seguía. El hombre tomó calles pequeñas, llevaba un rumbo bien definido. "Tiene adónde ir", se dijo contemplando la decisión del hombre para doblar las esquinas y avanzar por las aceras. Se encóntró en una plaza enorme cerrada por arcadas de piedra y con piso de baldosas que brillaban bajo la lluvia. La plaza estaba abandonada, le pareció llegar a un lugar conocido. El hombre del impermeable blanco pisaba las baldosas evitando colocar el pie sobre las junturas de las piedras. Lo vio detenerse, dudar unos instantes, y luego se volvió a mirarla. Dionisia descubrió su rostro claro, de ojos estrellados y grises como los de un niño.

—Usted me sigue porque tiene miedo —le dijo.

Dionisia iba a preguntarle: "¿Cómo lo supo?", pero no dijo nada. Se llevó la mano a los cabellos empapados y agachó la cabeza, pues se sintió muy miserable. El desconocido levantó una mano, se diría que le hacía signos a la lluvia, bajó los ojos y agregó:

—Lo comprendo. Al salir de la joyería tomó usted la puerta equivocada.

Lo miró estupefacta, ¿qué quería decir con eso de: "la puerta equivocada"? El desconocido le tomó el brazo, le levantó la manga del abrigo y le mostró las huellas azules dejadas por los golpes de don Inocente. Después, le señaló una marca morada en una sien y la miró con pena.

—¿Por qué ni siquiera intentó quejarse? Aun "allí" hay sitios en donde se presentan quejas. Y usted no lo hizo. Tiene demasiado miedo —y fijó sus ojos en ella con atención.

—¿Miedo?... ¿Miedo?... —preguntó ella limpián-

dose la lluvia que le bañaba el rostro y viendo cómo la
misma lluvia resbalaba sobre la cara del desconocido.

—¡Mucho miedo! Esos personajes no existen. ¡Aquí no
existen! —afirmó el desconocido observándola con sus
ojos estrellados de niño.

—¿Quién es usted? —le preguntó Dionisia.

—Eso no tiene importancia —contestó él riendo.

Dionisia insistió:

—¿Quién es usted?

—Si lo desea, llámeme... García —contestó con voz
risueña.

—¡Don García!

—Es igual. Vaya a buscarlos. ¡Ahora mismo! ¡Vaya!
—le ordenó risueño.

Dionisia sintió que debía obedecerlo. Su voz vibró enmedio de la lluvia y onduló las arcadas de piedra, sus ojos
abrieron puertas invisibles a una dimensión luminosa. ¿A
quién le tenía miedo? "¡A Vallecas!" No supo si ella lo
pensó o fue el joven del impermeable blanco el que pronunció el nombre temible. Don García le hizo un gesto de
adiós, como si fuese el propio Dios Mercurio que se prepara para elevarse por los cielos y caminó de prisa hasta
llegar a una estatua situada en el centro de la plaza. Allí
lo perdió de vista, confundido con el brillo de las baldosas lavadas por la lluvia. Bajo las arcadas de piedra hú-
medas por el agua, el nombre de Ignacio Vallecas le resultó un sucio disparate. Iría a verlo para decirle que no
le tenía miedo y observaría su mirada astuta. Abandonó
la plaza por una callejuela estrecha en la que corrían
arroyuelos formados por la lluvia y se fue caminando
hasta la puerta del edificio de Vallecas.

Encontró el portal abierto y lo cruzó con una extraña
sensación de alivio. Se dio cuenta de que el vestíbulo era
muy amplio y que a un lado se abría una puerta iluminada. Subió los escalones de mármol que llevaban al segundo vestíbulo, en donde se hallaba el ascensor. El ascensor le pareció una litera mágica que subía entre rejas
labradas que antes no había visto. Descendió en el quinto
piso y avanzó por el pasillo amplio hasta llegar a la puerta

de mirilla enrejada a la que antes había llegado tantas veces. Llamó a la campanilla muchas veces y esta permaneció muda. Adentro reinaba también el silencio. "Me han visto y no quieren abrir", se dijo. Insistió en sus llamadas inútilmente. "Siempre hay una puerta que cruzar", pensó y recordó a Don García: "Tomó usted la puerta equivocada." Miró en su derredor: no existían los olores, ni los ruidos y los muros estaban iluminados. Se habían disipado las tinieblas. Decidió abandonar a Vallecas que se negaba a abrirle ahora que le había perdido el miedo. Tomó el ascensor y encontró el portal cerrado. "Han echado la llave y siempre existe una puerta a la que hay que cruzar", se repitió.

—¡Señorita! ¿Busca usted a alguien? —dijeron a sus espaldas.

Se volvió. De pie, junto a la puerta abierta de uno de los muros estaba una mujer muy pequeña, de cabellos blancos y traje negro. Dionisia corrió a ella.

—Subí al piso de los señores Vallecas y nadie contestó. ¿Salieron?

La anciana no la entendió. Atrás de la puerta iluminada estaba su vivienda, en la que había una mesa de planchar y sentado junto a ella un anciano apacible. La luz era amistosa en ese cuarto.

—¡Antonio, ven aquí! Me parece que esta señorita se ha equivocado —llamó la anciana.

Acudió su marido y escuchó atento que "la señorita buscaba a los señores Vallecas".

—¿Vallecas? —preguntó el anciano.

—Sí, Vallecas. He venido a visitarlos muchas veces...

—Aquí no vive nadie con ese nombre —contestó el viejo Antonio.

—Es un artista, un pintor... —insistió Dionisia.

Discutieron y los viejos subieron con ella al quinto piso. Dionisia exclamó triunfante.

—¡Esa puerta! Ayer noche estuve aquí con ellos —y señaló la puerta de mirilla enrejada.

—Hija, no puede ser, usted está equivocada...

No los escuchó y tiró de la campanilla silenciosa. Los

viejos la contemplaron incrédulos y Antonio le hizo una seña a su mujer, que buscó entre los pliegues de su falda un arillo del que colgaban muchas llaves. Escogió una y la introdujo en la cerradura de la puerta sorda.

—Vamos, vamos a ver a quién visitó usted anoche.

La puerta cedió con facilidad y entraron al piso de Vallecas, pero no era el piso de Vallecas. Las duelas estaban enceradas, los vidrios del ventanal de fondo brillaban barridos por la lluvia y los muebles estaban tapizados de cretonas amables. De los muros colgaban medallones con personajes del siglo xix y sobre la mesa colocada cerca de la entrada, no estaba la olla en la que hervían los huesos del potaje, sino un caldero de cobre conteniendo unas espigas de trigo. Un silencio absoluto reinaba en el departamento. Dionisia permaneció quieta.

—¿Ve usted que no la hemos engañado? La señora está en Londres desde el año pasado. Fue a trabajar allá y debe volver en estos días. Nosotros le limpiamos el piso —le dijeron los viejos.

Desconcertada, quiso convencerse y se introdujo por el pasillo. "Por aquí se va al cuarto de baño", dijo en voz alta. El pasillo estaba encerado y sobre sus muros había libreros. La puerta del baño ya no era gris, la empujó y entró para encontrarse con un cuarto de baño en el que había repisas de cristal, frascos de sales, jabones intactos, tiestos con plantas frescas y toalleros ordenados. Se volvió y exclamó.

—¡Me equivoqué de puerta!

—Nada de eso. Usted ha venido directamente a este piso y a esta puerta —le contestaron los viejos. En el ascensor, Dionisia trataba de entender lo sucedido, mientras que los viejos buscaban explicaciones para aquel "fenómeno" que había sucedido allí. La chica había estado en ese piso...

—Sí, estuve muchas veces —afirmó Dionisia.

—Subiré mañana mismo... no quiero que la señora encuentre ratas en su casa... ¡Vaya bichos! Se cuelan cuando una menos lo piensa —dijo la mujer de Antonio, que buscaba una solución al "fenómeno".

—Llamaré a Sanidad, hemos matado a tres ratas muy gordas esta mañana y se ve que han dejado crías. —Y el viejo Antonio movió la cabeza, estaba muy preocupado.

—¡No eran ratas! Yo no visito a ratas... eran otra cosa —contestó Dionisia pensativa.

—¡Que le digo a la señorita que se cuelan por cualquier rendija, viven en las alcantarillas y uno no tiene defensa contra ellas! —afirmó Antonio con energía.

La despidieron en el portal y la invitaron a volver para hablar de lo que le había sucedido.

—Son muy astutos esos bichos —insistió Antonio.

Dionisia sabía que no había estado con ratas sino con algo que no podía definir. ¡No!, las ratas tenían dientes feroces y ojos amables y aquellos seres tenían dientes careados y miradas feroces. ¡Eran otra cosa! Además, Antonio y su mujer nunca los habían visto... Volvió a la lluvia y recordó la tasca a la que la llevaba Móstoles. Iría a buscarla, preguntaría por aquel hombre de bigote erguido y estatura chata.

La puerta de la tasca brillaba como un horno encendido. Entró en su luz acogedora y ocupó un banco oloroso todavía a bosque. Quería observar a los clientes que bebían vino apoyados en la barra. Un camarero con mandilón blanco se acercó a ella.

—¿No ha venido el señor Móstoles? —le preguntó al camarero.

El joven repitió: "Móstoles... Móstoles...", negó con la cabeza y fue a conferenciar con los otros camareros. La pregunta corrió de boca en boca y los clientes se volvieron a contemplarla con aire divertido.

—Don Curro Móstoles es un artista que cena aquí todas las noches. He venido con él muchas veces...

Sus palabras produjeron un silencio y el jefe de los camareros se acercó solícito:

—¿Habla usted español? Porque debo decirle que usted no ha venido aquí nunca, ni tampoco ese señor Móstoles. Está confundida, hay tantas fondas en Madrid...

—¡Eso mismo! —dijeron a coro los clientes y los camareros.

Dionisia insistió en que cenaba allí con Móstoles e hizo su descripción física. El coro de hombres se echó a reír.

—¡Que no, mujer! ¡Que no ha venido usted aquí con ese fantoche!

Era inútil insistir. El jefe de camareros le invitó un vino y le explicó que a las extranjeras cualquier chulo les toma el pelo.

—¿La tasca se llama El Majuelo? —preguntó ella con voz terca.

—¡Así se llama! —afirmó el hombre.

—Entonces, sí vine aquí con Móstoles...

El jefe de camareros se alejó moviendo la cabeza con aire resignado.

—Cuando a una sueca se le mete algo en la cabeza no hay quien se lo saque —le dijo a la clientela.

Dionisia terminó el vino y al irse se encontró rodeada por los camareros y los clientes.

—¡Cuidado con ese chulo! ¡Cuidado con ese Móstoles! ¡Madrid está lleno de maleantes...! —Le recomendaron a voces y la vieron marcharse enmedio de la lluvia.

—El chulo irá por ese abrigo. ¿Lo habéis visto? Vale una millonada...

En la calle sólo existía la lluvia. Escuchó su música cayendo sobre las aceras y las copas de los árboles y tomó la decisión más grave: ir en busca de don Inocente. Ya no le tenía ningún temor, sólo deseaba saber lo que había sucedido con Vallecas y Móstoles y recordó a Don García: "¡Vaya a buscarlos ahora mismo!" Protegida por su sonrisa acogedora, entró al edificio de La Flor Intacta y un joven le salió al paso.

—¿A qué piso va usted? —le preguntó.

—¡Al mío! —contestó ella.

El joven se ajustó el cuello del uniforme y la miró con curiosidad. ¿Cuál era su piso?, pues todos los departamentos estaban tomados desde hacía muchos meses. Dionisia le rogó que la acompañara, ella misma se lo mostraría. El empleado aceptó sonriente. "Con las extranjeras hay que ser muy amable, siempre se confunden", pensó. Se encontraron en el pasillo en el que estaba el despacho del administrador. Dionisia se dirigió sin vacilar a la puerta contigua.

—¡Aquí vivo! —exclamó.

—Perdone, señorita, pero aquí vive el capitán Winston, un inglés retirado, que volvió a Madrid hace dos horas, pues estaba en Baleares —explicó el joven.

Ante el asombro del empleado, Dionisia insistió en entrar a su piso. Para convencerla, el joven llamó a la puerta y en el dintel apareció un hombre viejo metido en una bata de seda gruesa.

—¿Qué sucede, old chap? —preguntó el capitán.

El viejo capitán escuchó las pretensiones de Dionisia sin inmutarse e invitó a ambos a pasar a su piso. Dionisia encontró un departamento diferente: las alfombras brillaban bajo las luces del candil, en los muros había libreros empotrados y los lomos de los libros lucían títulos ingleses. Un perfume a tabaco dulce invadía la habitación. Dionisia se quedó estupefacta y tuvo que reconocer que estaba equivocada: su piso no era su piso. Sin embargo...

—Hace un rato don Inocente quiso arrojarme por esa terraza —dijo mostrando la puerta de cristales que llevaba a la terraza cubierta de plantas trepadoras y de tiestos bañados por la lluvia.

El capitán inglés se interesó en las palabras de Dionisia y el empleado preguntó quién era don Inocente.

—¡El Administrador! —afirmó ella.

El empleado la miró como si estuviera frente a una loca y empezó a sudar, lanzando miradas de disculpa por el atrevimiento de hallarse allí en compañía de aquella mujer de mente extraviada. El capitán les ofreció asiento, se dirigió a la visitante y le explicó con buenas maneras.

—Estos pisos son muy selectos. No tienen administrador, el dueño es un viejo amigo mío, el capitán Molina, está retirado del Ejército como yo, y él mismo cuida de sus pisos.

El empleado afirmó con la cabeza y los dos hombres cruzaron miradas ante el silencio de la mujer. Con gentileza el viejo capitán tomó a Dionisia de la mano y la llevó al pasillo para mostrarle la puerta del despacho del capitán Molina. El empleado abrió la puerta y los tres se encontraron en un despacho apacible, de cuyos muros colgaban mapas antiguos de España. Sobre el escritorio limpio de papeles había un elefante de marfil con la trompa levantada y tres monos en actitud de: "Ver, oír y callar", la divisa del capitán Molina. Fascinada, Dionisia contempló las figuras minúsculas de los tres animales que la miraban con fijeza y pensó que iba a convertirse en nada. El capitán Winston observó la orden que le daban los tres monos a la visitante y la sacó del despacho con presteza.

—¡Un whisky! —ofreció con voz cavernosa.

Volvieron a su piso. El capitán Winston quería escuchar a la intrusa, pues tenía la absoluta certeza de que su visitante había sufrido una alucinación importante. Dionisia parecía perpleja, quizás demasiado perpleja.

—¿Usted cree que está loca? —le preguntó el empleado al capitán en voz muy baja.

—¡Nada de eso! Estamos frente a algo muy importante —afirmó el capitán Winston.

Dionisia aceptó el vaso de whisky, pero no lo bebió. Le explicó al viejo capitán inglés que en su país nadie lo bebía y cuando Winston le preguntó cuál era su país recordó que debía contestar:

—¡Apátrida!

—Eso significa un país inalcanzable —dijo Winston.

—Sí, inalcanzable —contestó ella recordando a la turquesa en manos de la señora Móstoles.

Se acomodó en el sillón mullido y miró en derredor suyo; ya no tenía miedo, ahora la invadía un sentimiento nuevo, una tristeza desconocida, le sucedía algo que no podía entender y la amabilidad del capitán no le proporcionaba consuelo, como tampoco la aliviaba la belleza tranquila de su estudio. ¿Por qué estaba allí?, ¿qué hacía frente a aquel inglés retirado y aquel español joven? No lo sabía. ¿Por qué se habían desvanecido Vallecas, Paula, Rosana y Móstoles? Tampoco existía don Inocente. Sería inútil buscar a doña Inmaculada o a Marichu Móstoles y recordó el terror que repandían aquellos personajes y, al hacerlo, el miedo volvió a apoderarse de ella. Podían reaparecer en cualquier instante... Le confió sus temores a Winston, que la escuchó con atención y afirmó.

—Sí, pueden reaparecer en cualquier instante.

Dionisia se cubrió el rostro con las manos, no quería ser testigo de aquel "instante" que podía reproducirse de un momento a otro.

—No, no... —dijo en voz baja.

—Querida, la antimateria éxiste. Se han hecho muchas pruebas y los institutos científicos tendrían un interés enorme en estudiar su caso. Su experiencia es valiosísima —le dijo Winston.

Recordó a Don García y a su impermeable blanco. "Usted salió de la joyería por la puerta equivocada." Su rostro claro había barrido a las tinieblas que la envolvían pero ¿dónde encontrarlo? "Usted tiene demasiado miedo", le había dicho también y su sonrisa mostró sus dientes blancos ligeramente montados sobre el labio inferior. Este detalle le daba un aire infantil y confiado. "Vaya a buscarlos", le ordenó y sus ojos grises de niño se llenaron de luz. Había obedecido y ahora se enfrentaba a invisibles fantasmas. Los seres atroces habían perdido cuerpo, pero estaban ahí, esperando en las tinieblas... Las ratas, los chulos y ahora la "antimateria" la acechaban. El capitán Winston repitió la palabra: ¡antimateria!

—¿Y una vez que usted ha visitado la antimateria puede volver a visitarla? —preguntó aterrada.

—¡Naturalmente! La frontera entre materia y antimateria no está delimitada, basta un gesto, una imprevista palabra, una frontera de luz para...

Dionisia se puso de pie, no quiso escuchar, el aderezo de rubíes le había ordenado abandonar la ciudad en la que corría un grave peligro. ¡Huiría esa misma noche! El capitán trató de detenerla, pero ella salió corriendo. La noche lluviosa la aceptó y Dionisia anduvo sin rumbo por calles armoniosas en las que brillaban las piedras de los edificios antiguos. Los palacios apagados se erguían en medio de la lluvia como signos benéficos. Se encontró en una avenida iluminada y la caminó despacio, era un alivio el agua que caía del cielo para limpiarla del miedo. La avenida estaba vacía, sólo escuchaba sus pasos chapoteando en el agua que reflejaba las luces y abría espacios inhabitados. Delante de ella caminaba un impermeable blanco por el que resbalaban las gotas de la lluvia como piedras preciosas. Dionisia supo que era Don García y caminó tras él sin hacer ningún esfuerzo. Era como si alguien la llevara sin pisar tierra. El impermeable blanco atravesaba la noche con presteza, como el presentimiento del alba y sus señales apuntaban a espacios intocados. Lo vio detenerse frente a una vitrina iluminada y ella se detuvo.

—Usted se ha metido en el revés de las cosas, por eso es una apátrida... —le dijo dándole la espalda.

—Fui en su busca y no existen... unos viejos pensaron que eran ratas, creo que fui al lugar de los microbios...

Don García se volvió a verla, tenía los ojos graves y la sonrisa alegre, levantó la vista y afirmó:

—¡Llámelos como prefiera!

Don García se inclinó para examinar las joyas que estaban tras el vidrio del escaparate y estuvo un largo rato observando a las piedras preciosas con sus ojos grises y estrellados de niño. Se diría que calculaba sus gestos y sus decisiones, pues no deseaba equivocarse. Se enderezó y dijo pensativo:

—No hay ninguna turquesa deshabitada. ¿Le gustaría un topacio?

—Sí...

—Ahora todo depende de usted. No vuelva nunca a equivocarse de puerta si alguna vez sale usted sola de esta joyería.

Dionisia vio el rostro de Don García al otro lado del cristal del escaparate. Sonreía bañado en una luz dorada, que sembraba de hojas otoñales y pétalos disecados a la lluvia que caía sobre la calle. Don García se inclinó sonriendo e hizo un gesto amenazador con el dedo índice:

—¡No puedo hacer más por usted! ¡Cuidado!

Le hizo una señal de adiós. Lo vio alejarse en torbellinos de lluvia dorada, metido en su impermeable blanco con reflejos de bronce que le recordaron las joyas de un español lujoso en algún lugar lejano. Dionisia se acomodó su túnica de color humo y se tendió a dormir en el fondo del valle tibio y silencioso abanicado por ramas de olivos, que le había regalado Don García. Su memoria había cambiado de color y olvidó las ventiscas, la nieve, los granizos y el azul, ahora todo estaba envuelto en reflejos de bronce, iguales al impermeable que llevaba Don García, que de pronto desapareció entre las ráfagas doradas de la lluvia . . .

ÍNDICE

IMPRESO Y HECHO EN MÉXICO
PRINTED AND MADE IN MEXICO
EDICIÓN DE 5 000 EJEMPLARES
Y SOBRANTES PARA REPOSICIÓN
TALLERES BOLEA DE MÉXICO, S. A.
CALLE 3, 9-A
FRACCIONAMIENTO ALCE BLANCO
NAUCALPAN, EDO. DE MÉXICO
14- VII-1980